Rien ne va plus sous les étoiles

Rien ne va plus sous les étoiles

Jenny McLachlan

Traduit de l'anglais (Grande-Bretagne)
par Camille Bocquillon

La Martinière j.
FICTION

Du même auteur,
aux éditions de La Martinière Jeunesse :

Comme des copines :
Tome 1 : *Bea mène la danse*
Tome 2 : *Betty cherche sa voix*
Tome 3 : *Kat se jette à l'eau*
Tome 4 : *Pearl tombe le masque*

Illustration de couverture : Hubert Van Rie

Édition originale publiée en 2017 sous le titre
Stargazing For Beginners
par Bloomsbury Publishing, Londres.

ISBN : 978-2-7324-8778-6

www.lamartinierejeunesse.fr
www.lamartinieregroupe.com

Conforme à la loi n° 49-956 du 16 juillet 1949
sur les publications destinées à la jeunesse.

Un

Pour mon septième anniversaire, papi m'a fabriqué une fusée. Il a utilisé le carton de la machine à laver, placé un cône au sommet et peint le tout en blanc. Puis, à l'aide de pochoirs, il a écrit *MEGARA 1* en rouge sur le côté.

Quand maman a retiré ses mains de mon visage, mes yeux se sont écarquillés. La fusée s'élevait jusqu'au plafond.

— C'est une vraie ? me suis-je exclamée.

— Presque, a-t-elle répondu.

— Tu es prête pour ta première mission, Meg ? a enchaîné papi en attrapant mon casque de vélo.

— Je crois, ai-je acquiescé d'un mouvement de tête.

Je portais déjà mon pyjama d'astronaute, alors il ne me restait plus qu'à enfiler mon casque et à monter à bord de la fusée. Maman m'a tendu un vieux clavier – mon tableau de bord – avant de refermer la porte. J'ai parcouru les touches du bout des doigts. Papi avait collé des étiquettes sur les boutons : niveau de carburant, largage, pression… Le plus gros était peint en vert et indiquait *DÉCOLLAGE*.

— Megara 1, a annoncé papi en imitant l'accent américain, compte à rebours dans une minute.

— Bien reçu, salle de contrôle, ai-je répondu.

Papi et moi regardions souvent des reportages sur la NASA alors nous savions exactement quoi dire.

— Megara 1, ici Houston. Procédez à la mise à feu.

— Mise à feu enclenchée, ai-je confirmé en tapant sur les boutons de mon tableau de bord.

Au même moment, un rugissement a retenti et j'ai réalisé que maman avait allumé l'aspirateur. Son grondement sourd faisait vibrer la fusée. Mon cœur s'est accéléré et j'ai agrippé mon clavier.

— Megara 1, ici Houston ! a crié papi par-dessus le bruit de l'aspirateur. Paré au lancement ! Tous les signaux sont au vert. Décollage dans dix secondes…

— Neuf… huit…

Maman s'est jointe à nous.

— Sept… six… cinq…

Puis l'un d'eux s'est mis à secouer la fusée dans tous les sens.

— Maman !

— Que se passe-t-il ? a-t-elle demandé par le hublot découpé dans le carton.

— J'ai peur !

Elle a passé son bras par l'ouverture et pris ma main. Ses bagues en argent étaient froides contre ma peau.

— N'aie pas peur, Meg. Je suis là.

— Quatre… trois… deux… un…, poursuivait papi.

— Puissance maximale, ai-je repris en appuyant sur le bouton vert. Lancement activé !

— Elle décolle ! s'est alors exclamé papi. On a réussi !

Maman a lâché ma main et disparu de mon champ de vision. L'aspirateur s'est mis à rugir encore plus fort et la fusée à trembler furieusement tandis que je quittais la Terre pour rejoindre l'espace !

Deux

Huit ans plus tard. De retour sur Terre.

Avant d'aller prendre mon petit-déjeuner, je m'assure que tout est bien en ordre dans ma chambre. Je lisse la couette, range la chaise sous le bureau et tourne mon globe pour que l'Angleterre soit face au soleil. Puis je prends un stylo rouge et barre la journée d'hier sur le calendrier de mon emploi du temps. Parfait. Si j'arrive à consacrer quelques heures à mon discours ce soir, ça devrait aller. Je ne crois pas à la chance ni à la superstition, mais avant de quitter la pièce je jette un œil à ma photo de Valentina Terechkova – la première femme à avoir voyagé dans l'espace. Son regard bleu acier m'aide à rester concentrée pendant la journée.

Je me prépare un bol de Weetabix dans la cuisine puis me dirige vers le *poum, poum, poum* émanant du salon. Il n'y a que maman pour écouter de la techno à huit heures du matin. Je la trouve agenouillée sur la moquette, en train de souffler dans une piscine gonflable. Ma petite sœur, Elsa, est assise sur le canapé, la bouche barbouillée de miettes et de confiture.

Je baisse le volume de la musique et m'installe à côté d'elle. Puis je commence à manger mes céréales, tentant en vain d'ignorer l'odeur de pipi qui se dégage de la couche de ma sœur.

Un courant d'air me parvient tandis que maman continue de souffler dans l'embout en plastique.

— Alors, hâte de tester notre nouvelle piscine ?

— Pas vraiment, je réponds. On vit dans un appartement, maman. Pourquoi aurait-on besoin d'une piscine ?

— Pour *s'amuser*, Meg ! J'ai pensé qu'on pourrait la remplir et faire comme si on était en vacances.

Je contemple la pièce. Des tas de vêtements, de livres et de jouets sont éparpillés sur la moquette et Pongo saute autour de la piscine en aboyant comme un fou.

— Maman, il n'y aura jamais assez de place.

— Bien sûr que si ! s'exclame-t-elle avant de bondir sur ses pieds. Je vais la remplir.

Elsa retire une miette de sa bouche et me la tend.

— Non, merci, dis-je, mais elle s'obstine à l'agiter sous mon nez.

— Da ! fait-elle d'une voix aiguë. Da, da !

— OK, d'accord.

Je capitule et prends la miette que je fais semblant de manger.

— Mmm, délicieux, je marmonne. Tu es contente maintenant ?

Elsa sourit, enfonce son doigt dans sa bouche et s'affale sur le canapé. Pendant ce temps, maman fait des allers-retours à la cuisine avec des casseroles d'eau fumante. Elle porte son pyjama Fée Clochette, et ses dreadlocks blondes décolorées sont attachées avec un gros chouchou. Ses bracelets cliquettent chaque fois qu'elle verse une casserole dans la piscine.

Après six voyages, l'eau recouvre à peine le fond.

— Ça va prendre des siècles, constate-t-elle tristement en plongeant un orteil dans l'eau. Tu veux bien m'aider, Meg ?

— Désolée. Il faut que j'aille en cours.

J'avance devant le miroir posé sur le manteau de la cheminée et rassemble mes cheveux en queue-de-cheval.

— Tu as de si beaux cheveux, commente maman.

Je la vois m'étudier dans le miroir, son piercing turquoise brillant à son nez. Nous sommes tellement différentes : moi, avec mes yeux sombres et mes cheveux noirs et elle, avec ses yeux bleus et ses cheveux si blonds qu'ils paraissent presque blancs.

— Je préfère quand tu les laisses détachés.

— C'est plus pratique comme ça, je réponds en passant une mèche derrière mon oreille.

Puis je ferme les boutons de mon blazer et débarrasse mes épaules des miettes de pain grillé.

— Tu ne devrais pas te préparer pour aller au travail, maman ?

— Dans une minute. Je vais rajouter encore un peu d'eau.

Elle dirige le centre de bienfaisance de la ville. C'est sa principale activité, mais elle en a beaucoup d'autres, comme organiser des collectes de fonds pour

Greenpeace ou gérer les jardins communautaires. Elle veut faire de cette planète un endroit plus propre, meilleur. Tout l'inverse de notre appartement, en quelque sorte.

— Au fait, tu pourras garder Elsa après les cours ? me demande-t-elle avant de vider une nouvelle casserole dans la piscine. Tu te souviens de Sara, mon amie infirmière ?

Je secoue la tête. Maman a trop d'amis pour que je puisse me les rappeler tous.

— Eh bien, elle part ce soir pour une mission humanitaire à l'étranger et elle a besoin que je l'emmène à l'aéroport.

— Je ne sais pas, maman..., dis-je en repensant à mon emploi du temps surchargé. J'ai plein de devoirs... Et il faut que je révise mon discours.

— Je serai de retour vers dix-huit heures. Elsa et toi pourrez passer un peu de temps ensemble. Ça va être fun !

Je regarde Elsa, étalée sur le canapé, occupée à essayer de mettre son pied dans sa bouche, un filet de bave coulant sur sa joue.

— Il faut vraiment que ce soit toi qui la conduises ?

— Ça lui rendrait un immense service, déclare-t-elle.

Elle me serre dans ses bras et je sens l'odeur de bois de santal qu'elle affectionne tant. Je la laisse m'étreindre un moment avant de me libérer.

— D'accord...

Son visage s'illumine.

— Qu'est-ce que je ferais sans toi ?!

Par-dessus son épaule, je vois ma petite sœur ramper au bord du canapé, la main tendue vers la queue de Pongo.

— *Maman !* je m'écrie.

Mais Elsa perd déjà l'équilibre, elle vacille, puis elle bascule vers l'avant et atterrit sur la moquette avec un bruit sourd.

Le silence s'abat sur la pièce, et l'instant d'après les pleurs retentissent. Maman se précipite sur Elsa pour la prendre dans ses bras.

— Oooh, pauvre bébé ! gémit-elle en la couvrant de baisers.

Pongo les rejoint et tente de glisser son museau pointu entre leurs visages.

— Il faut que j'y aille, dis-je, mais personne ne m'entend.

Les aboiements de Pongo – ravi d'avoir réussi à se joindre au câlin – couvrent à présent les pleurs d'Elsa. Je quitte l'appartement et referme la porte derrière moi.

Je suis aussitôt frappée par le calme, l'air frais et la vue. Notre appartement est petit et humide, certes, mais il offre une vue incroyable sur la ville. Je me tiens sur la galerie et contemple les maisons, l'établissement scolaire, et au-delà, les hôtels, la jetée et la mer. Puis je lève les yeux vers le ciel à la recherche de la lune. Elle s'efface peu à peu pour laisser place au soleil.

Je me retourne et descends l'escalier, mes pas résonnant sur les marches en béton. Il faut que j'aille en cours. Il n'y a pas une minute à perdre.

Trois

La journée se passe plutôt bien. J'obtiens un vingt à mon devoir de maths, j'apprends à conjuguer de nouveaux verbes en allemand et je consacre ma pause déjeuner à l'étude de mon étoile préférée, Alpha Centauri B.

Quand la cantine commence à se vider, je me décide à y aller pour acheter de quoi manger. La salle est quasi déserte, hormis quelques élèves de ma classe – Bella Lofthouse et ses amis – toujours assis à leur table malgré les agents d'entretien qui s'affairent autour d'eux. Alors que je les dépasse, leurs regards se tournent vers moi, et je vois un sourire se former sur les lèvres de Bella. J'accélère le pas. Bella a la fâcheuse habitude de s'esclaffer avec ses amis, et elle me trouve particulièrement drôle. Plus je traîne dans le coin, plus il y a de risques qu'elle m'adresse la parole et que je passe pour une débile. J'attrape un sandwich au hasard – œufs mayonnaise –, tends ma monnaie à la caissière et sors en trombe de la cantine.

C'est dans ces moments-là que Harriet me manque. C'était ma meilleure amie. C'était ma seule amie en vérité, mais peu importe, parce que c'était mon âme sœur. On faisait tout ensemble, que ce soit à l'école ou en dehors. Et quand on ne se voyait pas, on passait des heures à discuter au téléphone. Harriet venait même camper avec maman et moi tous les étés. Puis un jour, elle m'a annoncé que ses parents envisageaient de déménager en Nouvelle-Zélande et, cinq mois plus tard, elle était partie.

Quand une étoile meurt, il se produit une énorme explosion, une supernova, et ensuite tout ce qui reste d'elle est un immense trou noir où aucune lumière ne peut entrer ni sortir. En l'espace de quelques secondes, elle passe d'un éclat intense au noir le plus total : c'est ce que j'ai ressenti quand Harriet est partie.

Lorsque je me suis enfin remise du choc de son départ et que j'ai regardé autour de moi, il semblait n'y avoir de place nulle part pour moi : tout le monde faisait déjà partie d'un groupe. J'ai essayé de parler aux gens, de prendre part aux conversations, mais c'était le rôle de Harriet, et je ne savais pas comment m'y prendre. D'autant que, je le répète, j'étais choquée par son départ et je me sentais un peu comme un trou noir, complètement vide à l'intérieur. Et qui a envie d'être ami avec un trou noir ? Personne !

Toute cette noirceur a disparu à présent, mais le moment de se faire des amis aussi. C'est pour ça que je suis là, appuyée contre le mur des toilettes des filles, à manger seule mon sandwich aux œufs.

Comme je l'ai dit, Harriet me manque, parfois.

Quatre

J'arrive en avance au cours de sciences et trouve Mme Edgecombe en train d'accrocher une affiche sur la porte.

— Qu'en penses-tu ? demande-t-elle.

Il s'agit d'une photo de la salle de contrôle de la NASA et les mots *Visite du centre spatial de Houston – Décollage prévu le 16 juillet !* sont imprimés en gros. Mme Edgecombe tapote la photo de son ongle verni de bleu.

— Tu pourrais y aller, Meg. Dans quatre mois, tu pourrais te tenir dans la salle de contrôle et assister au prochain décollage pour la Lune ! Ce serait foutrement incroyable !

— Je ne suis pas sûre que ce mot soit très approprié dans la bouche d'une enseignante, fais-je remarquer.

— Désolée, Meg, mais parfois certaines situations méritent un bon juron…

Je la suis à l'intérieur de la classe. Le voyage jusqu'à Houston coûte plus de deux mille livres et maman n'aura jamais les moyens de le payer. Papi a proposé de vendre quelques vieilleries pour me permettre d'y aller, mais il s'est rendu compte qu'il ne possédait rien d'une telle valeur, pas même son précieux télescope.

— Ce serait génial…, je concède. Mais c'est impossible.

Elle se tourne vers moi avec un grand sourire.

— Bien sûr que si. Il te suffit de gagner la compétition !

La compétition. Deux mots qui ont le pouvoir de me donner des frissons dans le dos et des nœuds à l'estomac. Elle s'intitule « À la poursuite des étoiles » et un adolescent de notre pays aura la chance de gagner son ticket pour la NASA ; tout ce qu'il a à faire, c'est de monter sur une scène et d'expliquer ce que l'espace représente pour lui.

Facile ! Ce devrait être *ma* compétition – je suis obsédée par l'espace et je sais absolument tout ce qu'il y a à savoir sur les trous noirs, les exoplanètes et notre Système solaire – mais, et c'est un gros « mais », j'ai une peur panique de m'exprimer en public. Certaines personnes ont peur des araignées, des ascenseurs, ou des clowns. Moi, j'ai peur de parler. C'est une phobie un peu gênante, car je suis bien plus souvent confrontée au fait de parler aux gens qu'un coulrophobe l'est aux clowns.

Au début, ça allait. Quand j'étais en primaire, je levais la main avant même que l'instituteur n'ait fini de poser sa question, mais ensuite, je suis entrée au collège et j'ai remarqué que les autres élèves gloussaient chaque fois que je levais la main. Et puis un jour, en cours de sciences, M. Harper a demandé : « Comment appelle-t-on le processus permettant aux plantes de produire de l'énergie grâce à la lumière du soleil ? » À ce moment-là, j'avais déjà appris à ne plus lever la main. « Quelqu'un ? » a-t-il insisté. « Ça commence par un "p"... "ph"... "photo"... » Finalement, n'y tenant plus, j'ai levé la main et répondu : « Photosynthèse ». Le mot a flotté dans les airs un instant, puis M. Harper a répété : « *Photosynthèse !* » en imitant ma voix à la perfection. Tout le monde a éclaté de rire. « Je plaisante, Meg », a-t-il repris en me faisant un clin d'œil. Mais le mal était fait. Depuis, je garde ma bouche résolument fermée.

J'arrive à parler quand je suis seule avec une personne. Deux, passe encore. Mais dès que je me retrouve devant un public, mes mots se volatilisent. *Pouf !* Le simple fait de devoir lire à voix haute m'est insupportable, mon cœur s'accélère, ma gorge s'assèche et j'ai envie de vomir. D'ailleurs, rien que le fait d'envisager de participer à la compétition me donne envie de rendre mon sandwich aux œufs !

— Ça t'inquiète, n'est-ce pas ? s'enquiert Mme Edgecombe. Tes mains tremblent.

— Vraiment ?

Je regarde mes mains et pousse un grognement.

— Comment je vais faire pour y arriver, madame ?

Elle rit.

— Meg, tu serais capable de parler de l'espace pendant trois heures d'affilée sans même avoir besoin de regarder un bout de papier. Choisis un sujet qui te plaît et parles-en.

Je secoue la tête.

— Je ne pourrai jamais monter sur scène si je ne sais pas *exactement* ce que je dois dire. J'ai rédigé mon discours sur des fiches et je vais l'apprendre jusqu'à le connaître à la *virgule* près.

— Et comment s'est passée la rédaction ?

— C'était dur, j'admets en repensant aux différentes versions que j'ai écrites et à la complexité de devoir résumer tout ce que j'aime en cinq minutes. L'espace est tellement immense ! Je ne pouvais pas expliquer ce que les neutrinos représentent pour moi en si peu de temps, ni qu'ils sont tellement petits que soixante-cinq milliards viennent juste de s'introduire sous mon ongle ! (J'observe mon index d'un air dubitatif.) Honnêtement, je ne sais pas si mon discours mérite d'être présenté devant un public.

— Pas de panique, Meg ! s'exclame ma prof. Tu as encore trois semaines.

— Deux semaines et demie.

— Essaye de le réciter devant tes amis. Vois ce qu'ils en pensent.

Elle dit ça comme si c'était la chose la plus facile au monde.

— Oui, peut-être.

— Fais-moi confiance, déclare-t-elle en me collant une pile de livres entre les bras. Maintenant, sois gentille et va en poser un sur chaque table.

Cinq

Au moment où je dépose le dernier livre, les élèves commencent à entrer. Bella fonce droit sur Mme Edgecombe.

— Devinez quoi, madame ! lance-t-elle en agitant un carton rose sous son nez. Les invitations pour le bal du printemps viennent d'arriver. On l'organise avec les secondes dans un hôtel près de la jetée. C'est carrément plus classe que celui des quatrièmes qui aura lieu dans la cantine !

Notre prof étudie le carton d'invitation.

— Oh, Seigneur… J'imagine que je vais devoir y aller.

— Ça va être génial ! réplique Bella en lui donnant un petit coup de coude. Vous pourrez nous montrer vos talents de danseuse.

— Je ne voudrais pas vous impressionner, riposte Mme Edgecombe, les yeux plissés. Maintenant, va t'asseoir et attache-moi ces cheveux.

Bella glisse la carte dans sa poche et me rejoint à notre table.

— Comment ça va, Megara ? demande-t-elle avec un sourire.

— Meg, dis-je machinalement.

Bella Lofthouse est la seule personne au monde à m'appeler par mon prénom complet. Peut-être est-ce pour se montrer amicale et me rappeler qu'on se connaît depuis des années… Ou peut-être que c'est juste pour se moquer de mon prénom ridicule de princesse Disney. Avec elle, on ne sait jamais.

— Pour moi, tu seras toujours Megara, répond-elle avant de rassembler ses cheveux.

Elle tire un élastique de son poignet et l'enroule autour de son chignon. Quelques mèches retombent sur son visage, et malgré tout elle est parfaite. Soudain, elle se redresse légèrement.

— Hé, voilà les garçons !

Je lève les yeux pour voir Raj et Ed se diriger vers nous, mains dans les poches de leur jean serré, leurs cheveux défiant les lois de la gravité.

— Bella, espèce de troll ! lance Raj avant de se placer derrière elle et de la palper de haut en bas. Rends-moi mon téléphone !

— Oh, mon Dieu ! s'écrie Bella. Retire tes sales pattes de là ! Madame, Raj est encore en train de me tripoter !

Mais Mme Edgecombe ne se retourne même pas. Alors qu'ils continuent de se chamailler, Ed pose son sac de l'autre côté de la paillasse et je me sens presque me ratatiner sur moi-même dans une tentative lamentable de me rendre invisible.

Ed King s'assied à mon côté. Il est si grand qu'une ombre semble fondre sur moi.

— Ce n'est pas elle qui l'a, mec, dit-il de sa voix profonde. Tu perds ton temps.

Il échange un petit sourire avec Bella et elle lui adresse un clin d'œil.

D'un coup, le téléphone de Raj est oublié et Bella se met à parler d'une photo qu'elle a postée sur Instagram.

— Montre-la à Meg, intervient Raj avant de me coller le portable de Bella sous le nez.

Je n'arrive jamais à rester invisible très longtemps.

— Qu'est-ce que tu penses de son selfie ? me demande-t-il, visiblement impatient d'avoir mon avis.

Je jette un œil à la photo. À en croire la mousse qui encadre le visage de Bella, elle a dû la prendre dans son bain. Je tente de trouver les mots justes, une réponse qui a) ne les fera pas mourir de rire ou b) ne me fera pas passer pour une tordue.

Je hausse les épaules et dis :

— Elle a l'air propre.

— *Propre ?* répète Bella, avant d'éclater de rire. Ça, c'est du Megara tout craché ! Je vais le mettre dans les commentaires.

OK. Raté.

Raj se balance sur son tabouret.

— Et moi, j'ai l'air *propre* ? s'enquiert-il avec un grand sourire.

— Bon, déclare Ed d'un ton ferme. J'aimerais bien travailler, alors ce serait cool que vous vous taisiez – il désigne Bella et Raj – et que Meg me passe un stylo.

Il me tend la main, comme à chaque fois que nous avons un cours ensemble.

Je trouve un stylo bille dans ma trousse et le lui tends. Ed l'étudie en faisant la moue.

— Tu n'aurais pas plutôt un stylo à encre ?

De l'autre côté de la paillasse, Bella ricane. Avec un soupir, j'échange le stylo bille contre un de mes précieux stylos à encre.

— Merci, Meg, dit Ed en me le prenant des mains.

Une demi-heure plus tard, Mme Edgecombe nous distribue des dominos et des balles de ping-pong.

— Nous allons reproduire le phénomène de fission nucléaire, annonce-t-elle, et je veux que vous travailliez…

— En groupes, la coupe Bella. *S'il vous plaît*, madame.

Dans la salle, plusieurs de mes camarades se joignent à sa demande tandis que je prie intérieurement pour travailler seule.

— Je veux que vous travailliez avec la personne assise à côté de vous, reprend la prof.

— Quoi ? s'exclame Bella en regardant Raj d'un air dégoûté. Je voulais travailler avec Woody !

C'est comme ça qu'elle surnomme Ed – Ed*ward* / Woody – mais contrairement à Megara, quand Bella appelle Ed « Woody », on peut être sûr que c'est cent pour cent amical.

— Eh bien tu ne peux pas, réplique Ed en rebouchant mon stylo. Je suis avec Meg.

— Comme d'habitude…, marmonne Bella.

Ed et moi travaillons toujours ensemble. C'est parce que nous sommes tous les deux bons élèves ou, comme Raj se plaît à le dire, « des gros intellos ». Sauf que bizarrement Ed parvient à n'être un gros intello qu'à mi-temps, selon qu'il se trouve en classe ou avec ses amis. Alors que moi je le suis vingt-quatre heures sur vingt-quatre. Je me demande souvent ce qui nous différencie, lui et moi, et comment il arrive à être à la fois populaire et intelligent. Peut-être que c'est parce que c'est un garçon, ou alors parce qu'il est capitaine de l'équipe de football et que ça vient contrebalancer ses capacités intellectuelles. Allez savoir. Ce qui est sûr, c'est que même si Ed et moi sommes tous les deux intelligents, pour tout le reste, nous sommes diamétralement opposés.

— Meg, tu t'occupes du questionnaire et moi je m'occupe de ça, dit-il en secouant les dominos.

— Et si je veux m'occuper des dominos ? je rétorque.

Quand les deux autres ne nous écoutent pas, j'arrive à parler à Ed. Enfin, presque.

— Tu ne connais pas toutes les réponses ? demande-t-il en haussant un sourcil. Tu veux que je te file un coup de main ?

— Je connais parfaitement les réponses, je maugrée en tirant la feuille vers moi.

Ed et moi sommes en constante compétition. Nos profs ont initié cette rivalité il y a longtemps et depuis chacun s'efforce d'être meilleur que l'autre. J'imagine que ça devrait me contrarier, mais en réalité ces « disputes » avec Ed sont généralement les seuls échanges que j'ai au cours de la journée.

La montre dorée d'Ed brille tandis qu'il place minutieusement les dominos. Quelques secondes plus tard, il chuchote :

— Uranium 235.

— Pardon ?

— C'est la réponse à la question trois. Tu avais l'air bloquée.

— Faudrait savoir, tu veux t'occuper des dominos ou de la feuille ?

— Je voulais juste t'aider, dit-il avec un sourire en coin.

— Je m'en sors très bien, merci.

Au moment où je note la dernière réponse, quelque chose sur son livre de sciences attire mon regard. En haut d'une page, il a dessiné un astéroïde laissant derrière lui une traînée de poussières. Je jette un œil à l'autre bout de la paillasse. Raj a entrepris de glisser les balles de ping-pong dans sa bouche pendant que Bella dessine des visages sur ses joues arrondies. Ils ont l'air plutôt occupés, alors j'en profite pour demander à Ed :

— Tu en as entendu parler ?

— De quoi ?

— De l'astéroïde TR7768, dis-je en désignant son dessin. Il mesure trois kilomètres de large et va bientôt passer près de la Terre.

Il m'étudie d'un drôle d'air et je sens mon visage s'enflammer. En temps normal, je ne parle jamais de ce genre de chose à Ed – on se chamaille, un point c'est tout –, mais la présence de cet astéroïde dans son livre ne peut pas être un hasard.

— L'astéroïde TR7768 ? répète-t-il avec un petit sourire. À vrai dire, mon dessin est *censé* représenter un ballon de football.

J'observe à nouveau son dessin. Un ballon de football ? Évidemment ! Où avais-je la tête ? Je me sens devenir aussi rouge que la planète Mars.

— Alors, parle-moi un peu de cet astéroïde, reprend-il après un moment.

De l'autre côté de la paillasse, Bella se tourne vers nous et je me replonge aussitôt dans mon manuel.

— Oh, ce n'est rien, dis-je.

— Hé, intervient Bella en bondissant sur son tabouret. Vous avez entendu parler de ce requin trouvé près de Hastings ? Il paraît qu'il est énorme !

— Je l'ai vu à la télé, confirme Raj. Il avait des millions de dents, on se serait cru dans *Les Dents de la mer.*

— Woody, reprend Bella, tu te souviens de l'été dernier, quand tu as nagé jusqu'à cette balise ?

Il acquiesce, les yeux rivés sur les dominos.

— Il devait sûrement traîner dans le coin, il aurait pu *t'arracher une jambe* ! Je ne mettrai plus jamais les pieds dans la mer.

— J'ai entendu dire qu'il s'agissait d'un requin-tigre, commente Ed. Un mangeur d'hommes.

— Ce n'était pas un requin-tigre, j'interviens, incapable de résister à l'envie de contredire Ed.

Leurs regards se braquent sur moi et je réalise que j'aurais mieux fait de me taire.

— C'était un requin-taupe, je précise néanmoins. Celui-là est inoffensif.

Bella soupire.

— S'il te plaît, Megara, ne gâche pas mon incroyable histoire de requin. En parlant de mangeurs d'hommes…, poursuit-elle. Woody, tu veux savoir qui a l'intention de te demander de l'accompagner au bal ?

— Pas vraiment, lâche-t-il. Mais j'ai l'impression que tu vas quand même me le dire.

— Chiara Swift ! Elle m'en a parlé à la pause déjeuner.

Ed secoue la tête et sourit.

— Chiara est cool, déclare Raj.

— Je lui ai dit que c'était hors de question, proteste Bella. Je te garde sous le coude au cas où je n'aurais pas de meilleure offre. Et toi, Megara, à qui tu vas demander ?

Je lisse consciencieusement mon questionnaire. Nous y voilà. Je m'y attendais dès l'instant où je l'ai vue brandir son invitation. Pour elle, le bal du printemps est l'occasion rêvée de me tourner en ridicule, considérant qu'il y a de grandes chances que je me retrouve complètement à côté de la plaque, que ce soit au niveau de la tenue, de la danse ou des garçons… C'est la raison pour laquelle je réponds :

— Je n'ai pas l'intention d'y aller.

Voilà qui devrait lui clouer le bec.

— Pourquoi ? s'étonne Ed.

— Je suis occupée.

— Ah oui ?

Il dit ça d'un ton innocent, mais je le vois échanger un regard avec Bella et je ne peux pas m'empêcher de penser qu'ils se moquent de moi. Ce qui me pousse à ajouter :

— C'est justement ce dont je te parlais – l'astéroïde. Il va passer près de la Terre le soir du bal.

— Et ce caillou est plus important que le bal parce que… ? demande Bella malgré ma tentative de noyer le poisson.

Ma gorge commence à s'assécher. Comment me suis-je retrouvée dans cette conversation ?

— Eh bien, il mesure trois kilomètres de large… S'il entre en collision avec la Terre, il pourrait raser un pays.

— Mais *vraisemblablement* il ne va pas s'écraser sur la Terre ? s'enquiert Ed.

Son « vraisemblablement » fait jaillir les mots de ma bouche.

— Non, mais on verra peut-être un point lumineux au moment de son passage, et si c'est le cas j'ai prévu de l'observer avec mes amis au Centre des sciences.

— Et c'est qui, ces amis ? interroge Bella.

Comment dire ça pour que ça ait l'air cool ? En fait, ce sont les copains de mon grand-père, un groupe de messieurs d'un certain âge qui se retrouvent pour se vanter de la taille de leurs télescopes.

Je choisis soigneusement mes paroles avant de répondre.

— Ce sont les membres du club des astronomes amateurs du Sussex.

Ses yeux s'ouvrent grand comme des soucoupes.

— Attends une minute. Tu veux dire que tu vas rater le bal du printemps pour aller regarder un point lumineux avec un groupe de vieux ?

C'est plutôt bien résumé. Je me force à redresser la tête.

— Ce sera une fête dédiée aux étoiles.

Bella affiche un immense sourire.

— Oh, Megara ! T'as le chic pour tout transformer en truc de geek !

Et Raj et Ed éclatent de rire.

Six

Après les cours, je passe une heure à la bibliothèque avant de rentrer à la maison. Je gravis la colline derrière laquelle se trouve notre quartier, puis grimpe les trois étages menant à notre appartement. À l'intérieur, je remarque à quel point tout est silencieux. En temps normal, je suis accueillie par la musique frénétique de maman, à laquelle se mêlent les cris de ma petite sœur et les aboiements de Pongo. Mais ce soir, le calme règne dans notre petit appartement.

Parfait. Je vais pouvoir répéter mon discours à voix haute tranquillement.

Je laisse tomber mon sac dans l'entrée et me dirige vers le séjour. Je connais le début par cœur, alors je me racle la gorge, me concentre sur le bouddha vert de maman, et récite : « Pour moi, l'espace représente la liberté… » Ma voix semble tellement maladroite et hésitante que j'en oublie aussitôt la phrase suivante. Une vague de panique m'envahit et, tout à coup, le sourire du petit bouddha se transforme en rictus moqueur. C'est ridicule ! Si je n'arrive même pas à m'exprimer face à une *statuette*, comment suis-je censée parler pendant cinq minutes devant un public ?

Je prends une grande inspiration. Je peux le faire... Mais d'abord, il faut que je mange quelque chose – quelque chose qui me donnera du courage, un sandwich à la confiture et au beurre de cacahuète, par exemple.

Je contourne la piscine gonflable, que maman a vidée, et rejoins la cuisine. C'est là que j'aperçois le mot collé sur le réfrigérateur : *Meg, n'oublie pas d'aller chercher Elsa et Pongo chez papi. À + ! Maman.*

Mince, j'avais complètement oublié. On dirait bien que ma séance de répétition s'achève déjà, à moins que je ne veuille tester mon discours sur Elsa et Pongo. Ce qui ne serait peut-être pas une si mauvaise idée, en fin de compte...

J'appelle maman pour lui demander quand elle sera de retour, mais dès la première sonnerie j'entends « Libérée, délivrée » retentir dans le salon. Je suis la musique pour découvrir le portable de maman coincé entre les coussins du canapé. Je le sors de sa cachette et saisis mes clés. Je ferais mieux d'aller chez papi. L'idée de garder Elsa ne me réjouit pas spécialement, mais on ne peut pas vraiment faire confiance à mon grand-père pour la surveiller. Il est beaucoup trop tête en l'air et il a une passion pour les feux de joie et les liquides inflammables. Bref, ce n'est pas la nounou idéale.

Je trouve papi allongé devant sa cuisinière, entouré de divers outils.

— Bonjour, ma puce ! lance-t-il en relevant la tête. Tu es venue chercher ta sœur ?

— Ouaip… Qu'est-ce que tu fais ?

— Je relie la cuisinière à une bouteille de gaz, explique-t-il avant de gratter sa tempe grisonnante. J'ai égaré le mode d'emploi, mais je devrais pouvoir m'en sortir.

Je ramasse l'adaptateur et fouille dans la boîte à outils à la recherche d'une clé anglaise.

— Passe-moi le tuyau, dis-je.

Je m'accroupis près de lui et me mets au travail – pas question que je m'asseye sur son sol crasseux : papi laisse ses poules se balader en liberté et c'est Pongo qui fait office d'aspirateur. En ce qui concerne les tâches ménagères, maman et lui partagent le même laxisme. Comparée à notre appartement et à la maison de papi, ma chambre est une oasis de propreté.

Tandis que je fixe l'adaptateur, papi allume une de ses cigarettes roulées et attrape ses mots croisés.

— Alors, tu as hâte d'être à samedi ? s'enquiert-il en me glissant un regard.

— Je suis un peu nerveuse, je confie, mais j'essaye de ne pas trop y penser.

Samedi, je dois l'aider à animer un atelier au Centre des sciences. Ça lui arrive régulièrement de participer à ce genre d'activités. D'habitude, j'y assiste depuis le public, mais cette fois j'ai proposé d'être son assistante. Je ne lui en ai pas parlé, mais j'espère secrètement que le fait de lui passer des ballons devant des spectateurs m'aidera à présenter mon discours. Du moins, c'est le plan.

— Il ne faut pas t'inquiéter, me rassure papi. Tu m'aideras simplement à préparer le matériel, tout se passera bien. (Il me donne un petit coup de coude et me sourit.) Nous allons épater ces enfants, Meg. Ils vont en prendre plein la vue ! J'ai hâte.

Il laisse tomber la cendre de sa cigarette sur le sol et je fixe sa lueur orangée en tentant de m'imaginer devant tous ces enfants. Une minute… *je suis en train de fixer l'embout incandescent d'une cigarette ?!*

— Papi, j'espère que tu as coupé le gaz au moins… ?

— Ne t'en fais pas, tout va bien, répond-il en chassant la fumée par-dessus son épaule.

— Non, tout ne va *pas* bien.

C'est alors que j'entends un cri provenant de dehors.

— Elsa explore le jardin…

— Papi !

— Quoi ? Je ne pouvais pas la laisser ici pendant que je bricolais, c'est trop dangereux. Et puis Pongo la surveille.

— Pongo est un *chien*, et Elsa a… quoi, un an et demi ?

— Nooon. Ce n'était pas son anniversaire il y a quelque temps ?

Nous essayons de définir l'âge d'Elsa, mais nous abandonnons quand elle commence à pleurer.

Je la découvre au milieu des jonquilles, les mains et les cheveux couverts de terre. Les poules de papi picorent à ses côtés, elles aussi couvertes de terre. Quand elle m'aperçoit, Elsa arrête de pleurer et se met à rire en agitant les bras.

— Cot-cot-cot ! fait-elle de sa petite voix.

Elle se prend pour une poule ? Allez savoir… Je la saisis à bout de bras pour ne pas me salir et la ramène à l'intérieur.

— Où est sa poussette ? je demande en revenant dans la cuisine.

— Ta mère l'a déposée en voiture.

Super. Elsa pèse une tonne. Je sens que le trajet de retour va être long. C'est alors que mon regard se pose sur le chariot de courses de papi. Est-ce que ce serait considéré comme de la maltraitance si je la ramenais dedans ? Mais j'oublie aussitôt cette idée. Si l'un de mes camarades me voyait avec un bébé dans un chariot, ça me poursuivrait toute ma vie.

— Bon, on dirait que je vais devoir la porter jusqu'à la maison.

Je la confie à papi le temps d'attacher la laisse de Pongo. En équilibre sur ses genoux, Elsa tente d'attraper ses mots croisés.

— Quelle est la réponse pour « Gaz incolore ; numéro atomique quatre-vingt-six ? » demande-t-il.

— Radon.

Je récupère Elsa et ses petits poings couverts de terre s'agrippent à moi. J'essaye de m'écarter, mais elle serre encore plus.

— Tu le savais, je reprends à l'intention de papi. Arrête de ne me donner que les faciles.

Elsa lâche mon pull pour s'attaquer à mes cheveux et papi sort une nouvelle cigarette.

— Cinq lettres, déclare-t-il. « Confusion totale ».

— Chaos ! je lance tandis que Pongo me tire vers l'entrée.

Sept

Lorsque j'arrive à la maison, Elsa et Pongo ont tous les deux fait caca. Pongo s'est arrêté devant l'arrêt de bus – ce qui était très gênant parce que j'ai dû poser Elsa par terre le temps de ramasser – mais ma petite sœur a gardé le sien jusqu'à ce qu'on monte l'escalier. D'un coup, je ne l'ai plus entendue, puis elle s'est mise à fixer l'horizon et à devenir toute rouge.

— Tu exagères, Elsa, je marmonne en plissant le nez. On était presque arrivées. Maintenant, je vais devoir vous porter, toi *et* ton popo.

— Da, fait-elle en me frappant avec son poing collant.

J'espère que maman est rentrée. C'est à elle de s'occuper d'eux. J'ai eu du mal à y croire quand elle m'a annoncé qu'elle était enceinte. J'imagine qu'une partie de moi trouvait ça cool d'avoir une petite sœur, mais l'autre s'est dit : « Comment allons-nous faire tenir une personne de plus dans cet appartement ? » Officiellement, nous ne sommes même pas censées avoir Pongo. Maman l'a trouvé sur un site appelé « Chiens courants de Transylvanie » et elle est – je cite – « tombée amoureuse de ses cicatrices ». Pour l'adopter, elle a menti en prétendant que nous avions un jardin et quand les éleveurs sont venus vérifier, nous avons fait semblant de vivre chez papi. En revanche, elle n'a pas eu besoin de vérifications pour avoir Elsa ; elle est juste allée au festival de Glastonbury où elle a rencontré un Espagnol nommé Angel et elle est revenue enceinte.

Au silence qui m'accueille lorsque j'ouvre la porte, je devine que maman n'est pas encore rentrée. Comme si elle pouvait sentir son absence, Elsa se met à pleurer. Je la dépose au milieu du salon et vais chercher une couche propre. Le moment est venu de changer ma première couche !

— Tiens-toi tranquille, dis-je en tentant de me remémorer les gestes de maman.

Alors que je retire son legging, ses pleurs se transforment en hurlements. Attiré par le bruit, Pongo vient lui lécher le visage pour la consoler.

Je le repousse, mais il prend ça pour un jeu et commence à lécher Elsa de la tête aux pieds. Je suis parvenue à détacher un côté de la couche quand il change de cible et m'assaille de coups de langue baveuse.

— Ne bouge pas, j'ordonne à Elsa.

J'attrape Pongo et vais l'enfermer dans la cuisine. Quand je reviens, Elsa a disparu.

— Da ! crie une voix depuis l'entrée.

Je la trouve agrippée à la poignée de la porte, sa couche pleine à moitié détachée. Si elle tombe, c'est la catastrophe assurée.

Je plisse les yeux.

— Elsa..., fais-je de ma meilleure voix de bébé. Ne bouge pas.

Je me rapproche lentement tandis qu'elle se tourne vers moi dans un équilibre précaire.

— Elsa ! je m'exclame. Je t'ai dit de ne *pas* bouger !

Grosse erreur. Elle se laisse glisser par terre et se remet à pleurer. Puis, comme si cela n'était pas suffisant, elle s'affale sur le dos et commence à se tortiller. Dans son caca.

Je n'ai aucune idée de ce que je dois faire. Les lingettes pour bébé ne viendront jamais à bout de ce désastre. C'est un tuyau d'arrosage qu'il me faudrait ! J'attrape le téléphone de maman posé sur la commode. Peut-être que je devrais taper « Comment changer une couche vraiment très sale » sur Google... Il doit bien y avoir une vidéo sur le sujet.

— Mama, se lamente Elsa.

Elle a arrêté de pleurer et tend la main vers le téléphone.

— Ma !

Elsa fait beaucoup de bruits d'animaux, mais elle ne sait dire que trois mots : « mama » ou « ma » pour maman, « na » pour non, et « da » pour tout le reste.

— Da ! s'écrie-t-elle d'une voix fâchée.

— Tu veux le téléphone de maman ?

— Da ! Da !

— OK. Mais tu le tiens bien. Tu ne le lâches *surtout pas.*

Je lui passe le téléphone et elle le porte aussitôt à sa bouche. Puis elle le secoue dans tous les sens, et se remet à le suçoter.

Je cours alors à la salle de bains puis reviens dans l'entrée pour libérer Elsa de sa couche.

— C'est l'heure de se laver ! j'annonce en l'emportant à bout de bras.

Quand elle découvre ce qui l'attend, ses jambes s'agitent au-dessus de l'eau. Je ne pensais pas que l'idée de prendre un bain la ravirait autant ! Les choses s'annoncent moins compliquées que prévu, finalement. Puis je me rappelle ce qu'Elsa tient à la main.

— Elsa, ne fais pas tomber le – *Splash !* – téléphone de maman…

Avec un soupir, je la dépose dans la baignoire et récupère le portable. Il est fichu. Le menton appuyé contre la paroi en émail, trop épuisée pour avoir le courage de me relever, je regarde ma sœur jouer avec la mousse. Je marmonne :

— Tu as cassé le téléphone de maman.

— Da ! s'exclame Elsa, puis elle éclate de rire et frappe ses mains dans l'eau.

Huit

Durant les heures qui suivent, je tente de réviser mon discours alors qu'Elsa saccage l'appartement. Elle renverse les statuettes des étagères, sème les biscuits de Pongo dans la cuisine et jette du linge sale dans la piscine vide. Pongo la suit partout, heureux de pouvoir prendre part à ce nouveau jeu. J'essaye tant bien que mal de ranger derrière eux, mais les deux complices sont trop rapides, et bientôt l'appartement est sens dessus dessous.

De temps à autre, ils reportent leur attention sur moi, ce qui explique que je retrouve des chips écrasées entre mes fiches. Je me débarrasse des miettes et décide de travailler sur mon devoir de géographie. Je suis en train de décrire l'impact de l'érosion sur les glaciers quand Pongo m'arrache le livre des mains et s'enfuit avec jusqu'à son panier. Lorsque je me lève pour aller le récupérer, il croit que je veux jouer avec lui et tire dessus comme s'il s'agissait d'une corde, laissant de grosses empreintes de dents sur la couverture.

Je passe mes doigts sur le livre abîmé. Je l'avais *parfaitement* recouvert d'un film transparent – il n'y avait pas une seule bulle ; maintenant, il est fichu. Maman a dit que ce serait fun ! Mais ce n'est pas *fun* du tout. C'est bruyant, tumultueux et chaotique.

— Qui veut regarder Peppa Pig ? je demande soudain.

Moi, je veux. J'en ai besoin.

Après avoir regardé huit épisodes d'affilée, je lève les yeux vers la pendule et remarque qu'il est dix-neuf heures passées. C'est à ce moment que l'agacement cède place à l'inquiétude. Maman ne m'a jamais laissée seule avec Elsa aussi longtemps. D'habitude, ça ne dure pas plus d'une heure, le temps pour elle d'aller faire quelques courses. Je me dis qu'elle doit être coincée dans les bouchons et qu'elle ne devrait plus tarder, mais quand l'horloge annonce dix-neuf heures trente et que je vois Elsa en train de mâchouiller une carotte en plastique, je comprends que je vais devoir la faire manger. Le problème, c'est que ça n'est jamais arrivé, et que j'ignore quoi lui donner…

Des raviolis ? Tout le monde aime les raviolis.

— Le dîner est servi ! j'annonce avant de déposer un bol de raviolis sur le plateau de la chaise haute.

Elsa pousse un petit cri. Elle est tellement excitée que ses mains battent les airs, envoyant valser le bol au passage. Les raviolis atterrissent sur sa chaise et sur le carrelage, puis Elsa en attrape une poignée et les fourre dans sa bouche.

— Hé ! je m'exclame en lui tendant une cuillère. Tu as déjà pensé à te servir de ça ?

Elle prend la cuillère et la jette par-dessus son épaule. Puis elle essuie sa main pleine de raviolis sur sa poitrine.

Je commence à comprendre pourquoi maman lui donne le bain *après* le repas. Je n'ai jamais vraiment prêté attention à ce qui se passe le soir parce que je suis souvent dans ma chambre, mais je sais dans quel ordre elle procède : repas, bain, dodo.

Elsa frotte ses yeux de ses doigts couverts de sauce tomate.

— Fatiguée ? Tu veux aller au lit ?

— Na !

— Je vais prendre ça pour un oui, dis-je avant de la détacher de sa chaise haute.

Je me suis toujours demandé pourquoi maman ne couchait pas Elsa plus tôt. Elle aurait beaucoup plus de temps pour elle de cette façon. Tout ce que j'ai à faire, c'est la débarbouiller, lui mettre sa grenouillère et l'installer dans son berceau. Ensuite, le reste de la soirée m'appartient !

— Na ! répète Elsa tandis que je la soulève. Na, na !

J'ai encore plein de devoirs à faire, mais si je vais me coucher tard je devrais y arriver.

Neuf

Pourquoi n'arrête-t-elle pas de pleurer ? Je suis assise par terre, la tête appuyée contre la porte de la chambre de maman, mes fiches de révision éparpillées autour de moi. Les cris d'Elsa sont tellement puissants que je jurerais qu'ils font trembler les murs. Heureusement que la voisine du dessous est sourde parce qu'Elsa pleure non-stop depuis plus d'une heure. Quand j'entre dans la chambre, elle s'arrête aussitôt, mais dès que je sors, les pleurs reprennent de plus belle.

Je n'en peux plus de l'entendre. Il est presque vingt-et-une heures et si maman ne rentre pas bientôt, je vais devoir appeler papi à la rescousse. Plus Elsa pleure, moins j'arrive à réfléchir et je commence à avoir peur qu'il ne soit arrivé quelque chose à maman. Je m'imagine un accident de voiture, des sirènes d'ambulance, un officier de police venant frapper à la porte… Je me demande même si maman ne se serait pas fait arrêter à l'aéroport pour avoir perturbé la sécurité. Cette pensée n'est pas totalement illogique, d'ailleurs. Un peu avant ma naissance, elle a débarqué à Heathrow déguisée en ours polaire. Elle a échappé de justesse à la prison parce qu'elle était enceinte de huit mois.

Pleurs… Pleurs… Pleurs…

Je ferme les yeux et tente de me souvenir à quoi ressemble le silence. C'est alors que, par miracle, après un long sanglot, Elsa arrête de pleurer ! Je retiens mon souffle et presse mon oreille contre la porte. Se pourrait-il qu'elle se soit endormie au beau milieu d'un cri ? J'essaye de respirer le plus discrètement possible, à l'affût du moindre bruit. Mon cœur cogne dans ma poitrine.

C'est bien trop calme, tout à coup.

Puis j'entends un gémissement, et les pleurs recommencent, encore plus forts qu'avant. Elle faisait juste une pause avant le second round !

Noyé au milieu des cris, je perçois soudain un autre son : celui de mon téléphone.

Je bondis sur mes pieds et me précipite au salon.

— Allô ?

Personne ne répond, mais j'entends des voix étouffées, des rires et un bourdonnement.

— Maman ? C'est toi ?

— Meg !

— Maman !

Je m'effondre contre le canapé et ferme les yeux un instant. Je suis tellement soulagée que j'éclate de rire.

— Quand est-ce que tu rentres ? Elsa n'arrête pas de pleurer et je ne sais pas quoi faire…

À l'autre bout du fil, je perçois un bruit de moteur de plus en plus présent. J'ai un mauvais pressentiment.

— Maman, que se passe-t-il ?

— Tu ne devineras jamais où je suis ! s'exclame-t-elle d'une voix enjouée.

Un nœud se forme dans ma gorge. Je connais cette voix : c'est celle qu'elle emprunte quand elle s'apprête à se lancer dans une nouvelle mission. Elle l'a déjà utilisée pour m'annoncer des trucs du style : « J'adopterais bien un chat aveugle » ou : « Je me suis proposée pour venir parler des adolescentes enceintes à ton école. »

— Dis-moi où tu es, maman.

— Dans un avion !

— Quoi ?! je m'écrie, agrippée au téléphone.

— Je vais au Myanmar !

Pendant un moment, ces mots n'ont aucun sens et je me demande ce qu'est le Myanmar, mais ensuite mes connaissances en géographie resurgissent et je me souviens qu'il s'agit d'un pays situé à côté de la Thaïlande ; un pays qui se trouve *à des milliers de kilomètres d'ici*. Elle doit sûrement me faire une blague.

— Tu viens de me dire que tu allais au *Myanmar ?*

— *Oui !* Écoute, je suis désolée de te laisser Elsa comme ça, mais sur la route de l'aéroport, Sara m'a confié que son agence humanitaire manquait cruellement de volontaires, puis elle m'a montré les photos de ces magnifiques enfants. Meg, *la moitié* des morts infantiles au Myanmar pourraient être évitées et j'ai reçu une formation d'infirmière ! Quand j'ai découvert ça, j'ai tout de suite su qu'il fallait que…

Je l'interromps.

— Maman, *s'il te plaît*, descends de cet avion.

— Je ne peux pas. Il est en train de rouler. J'ai déjà prévenu le travail. Emmène Elsa chez papi et demande-lui de la garder. Tu pourras rester chez lui, toi aussi. Je reviens dans deux semaines, ça va passer vite !

Une vague de panique m'envahit tandis que je nous imagine allant vivre chez papi. Il a des poules, des hamsters, du bazar qui traîne partout, et il mène des expériences bizarres dans toutes les pièces...

— On ne peut pas aller chez papi ! Il n'y a pas de place pour nous.

Mais c'est comme si je n'avais rien dit.

— Meg, promets-moi quelque chose, reprend maman. À part à papi, ne dis à personne que je suis partie. Tout se passera bien pour Elsa, mais si les employés de la crèche l'apprennent, ça risque de ne pas leur plaire. Ils pourraient prévenir les services sociaux ou je ne sais quoi.

— Non, maman, attends... Papi ne pourra jamais s'occuper d'Elsa. Il arrive à peine à s'occuper de lui, et moi j'ai tellement de devoirs que...

— Tu t'inquiètes trop, Meg, me coupe-t-elle. Prépare quelques affaires et allez chez papi. Il comprendra pourquoi je suis partie.

Je sens une pointe de reproche dans sa voix, comme si moi j'étais trop égoïste pour comprendre.

— Dis-lui que je donnerai des nouvelles, mais je ne pourrai sûrement pas appeler parce que nous serons dans une zone reculée. Oh... Il faut que je rende son téléphone à Sara. Nous allons décoller. Je t'aime, Meg !

Tandis qu'elle m'envoie une série de bisous, la ligne se coupe.

Je prends une grande inspiration, puis une autre, le téléphone toujours collé contre l'oreille. Maman vient-elle vraiment de m'appeler depuis un *avion* ? Va-t-elle réellement s'envoler pour le *Myanmar* ? Mon cœur bat à toute vitesse alors que les pleurs d'Elsa me vrillent les tympans. Je pourrais peut-être joindre l'aéroport et leur demander de stopper l'avion ? Je commence à composer le numéro des renseignements, avant de laisser retomber le téléphone sur mes genoux. Maman a dit que l'avion allait décoller. Le temps que j'appelle l'aéroport, il sera trop tard. Et ils n'arrêteront jamais un avion parce qu'une fille le leur a demandé. C'est complètement insensé. Il faut que je me ressaisisse.

Elsa tousse à force de pleurer. Je voudrais pouvoir m'enfermer dans ma chambre, me rouler en boule sur mon lit et prétendre que rien de tout ça n'est en train d'arriver. Mais je ne peux pas. Pongo gémit et glisse son museau sous mon bras.

— Je sais…, je soupire en lui caressant la tête. Je l'entends, moi aussi.

Je me relève, traverse le couloir et ouvre la porte de la chambre de maman. Elsa est debout dans son berceau, les bras tendus vers moi, son visage rouge et couvert de larmes. Pongo trottine jusqu'à elle et passe sa truffe entre les barreaux, mais ça ne la calme pas pour autant. Je la prends dans mes bras et, après s'être débattue un moment, elle finit par se résigner et s'affale contre moi de tout son poids. Elle ne pleure plus, mais elle n'arrête pas de répéter « Mamamama » entre deux sanglots.

— Maman n'est pas là, dis-je doucement. Elle est partie au Myanmar.

Elsa s'accroche à moi et ses pleurs se tarissent peu à peu. Je l'emmène au salon, attrape mon téléphone et appelle papi. Il répond au bout de la cinquième sonnerie.

— Allô ?! lance-t-il d'un ton joyeux.

— Papi, c'est moi.

— Meg ! Tu vas bien ?

Puis, même si je sais que c'est stupide, je lui dis ce que je dis toujours quand j'ai besoin de son aide :

— Houston, on a un problème.

Dix

Au début, papi ne me croit pas. Il me fait répéter exactement ce que maman a dit, il me demande même de lui décrire les bruits que j'ai entendus.

Puis il rit.

— Ça alors ! On peut dire que ta mère est une sacrée aventurière !

Il y a plusieurs mots qui me viennent à l'esprit pour décrire maman en cet instant, mais « sacrée aventurière » n'en fait pas partie.

— Bon, eh bien vous n'avez plus qu'à venir ici.

— Où est-ce qu'on va dormir ? je demande. Ta maison est minuscule.

— J'arriverai bien à vous faire un peu de place, répond-il. Je vais regrouper les cages des hamsters et vous pourrez vous installer dans la chambre d'amis. Ce sera comme au bon vieux temps !

Il a perdu la tête ? Moi, Elsa et vingt-trois hamsters ? Je n'arriverai jamais à dormir avec leurs roues qui tournent sans arrêt ! Et encore moins à me concentrer pour faire mes devoirs…

En un battement de cils, mon unique chance de m'envoler pour Houston part en fumée.

Quand j'étais petite et que maman s'absentait pour aller à des meetings ou à des festivals, la chambre d'amis de papi était ma seconde chambre. Puis les hamsters sont apparus. Papi voulait savoir s'il pouvait produire de l'électricité en connectant leurs roues à un générateur. Il s'avère qu'il a réussi, mais que son petit élevage n'a pas seulement produit de l'électricité, il a aussi produit d'autres hamsters. Un passionné de sciences tel que lui aurait dû se rappeler les principes de base de la reproduction…

— À vrai dire, papi, je ne suis pas sûre qu'il y ait assez de place pour nous dans la chambre d'amis, pas avec toutes les affaires d'Elsa.

— Je mettrai les hamsters dans le salon.

— Et qu'est-ce que tu feras de ta brasserie artisanale ?

Papi a aussi créé une minibrasserie qu'il a installée dans un coin de son salon.

— Oh, je l'avais oubliée celle-là ! s'exclame-t-il en riant. Écoute, je vous trouverai bien de la place quelque part.

Soudain, une idée me traverse l'esprit. Je doute qu'elle plairait à maman, mais à ce stade je ne m'en soucie pas vraiment.

— Papi, et si Elsa et moi restions ici ?

Un silence s'étire au bout du fil.

— Je suppose que c'est une solution. Je pourrais venir m'installer avec vous et je repasserais de temps en temps à la maison pour m'occuper de ma bière et des animaux.

Ce n'est pas tout à fait ce à quoi je pensais. Je comprends que papi veuille garder un œil sur nous, mais s'il vient je vais devoir m'occuper de lui *et* d'Elsa. L'appartement se transformera aussitôt en une extension de sa maison : les robinets resteront ouverts, la vaisselle s'accumulera dans l'évier, les livres et les journaux traîneront partout... Ce sera comme vivre avec maman, mais avec plus de nicotine !

— En fait, je commence prudemment, je crois que ce serait mieux si on restait toutes seules.

— Tu es sûre ? demande-t-il d'un ton perplexe.

Plus j'y pense, plus je suis convaincue que c'est la bonne solution. En l'absence de maman, je pourrai m'organiser comme je veux. Bien sûr, il faudra que je veille sur Elsa, mais je ferai en sorte de la coucher au plus tôt. Et dès qu'elle sera endormie, j'aurai l'appartement rien que pour moi. Pas de musique d'Ibiza, pas de réunions pour les jardins communautaires, pas de séances de yoga, juste le calme. J'aurai tout le temps de réviser mon discours pour la compétition.

Tout à coup, Houston semble de nouveau à ma portée !

— Je peux m'occuper d'Elsa, dis-je d'un ton résolu. Ça va aller.

— Bon... Après tout, pourquoi pas. J'imagine que ce sera plus simple comme ça.

Il n'a pas l'air très convaincu, mais je sais qu'il se pliera à mon choix. Papi déteste les conflits.

Elsa tire sur le téléphone pour me l'arracher des mains.

— Tout se passera bien, je te le promets. Avant d'aller en cours, je te déposerai Pongo et, ensuite, j'emmènerai Elsa à la crèche.

— D'accord... On va essayer comme ça pendant quelques jours, concède-t-il. Et je pourrai nous préparer à dîner quand tu rentreras de l'école !

— Ce serait super, papi, je réponds en essayant de ne pas penser à l'état de son frigo. Il faut que je te laisse. Elsa est en train de s'endormir dans mes bras. (En fait, pas du tout. Elle s'évertue à enfoncer son index dans mon nez.) Bonne soirée !

— À vous aussi, les filles. Dormez bien.

Je raccroche et regarde ma sœur. Elle me fixe de ses grands yeux bleus, et ma confiance se met à vaciller. Elsa et moi vivons peut-être sous le même toit mais nous ne savons rien l'une de l'autre. Maman m'incite souvent à me rapprocher d'elle, mais à vrai dire je ne sais pas comment m'y prendre, et il est évident qu'elle préfère être avec maman.

Comme si elle pouvait sentir mon incertitude, son visage se déforme et elle se remet à pleurer. Mon rythme cardiaque s'accélère et je me demande si je n'ai pas pris la plus stupide des décisions. Je tiens toujours mon téléphone, et tandis que les pleurs se transforment en cris, je suis à deux doigts de rappeler papi pour lui dire : « Déplace les cages des hamsters. On arrive ! » Mais je chasse aussitôt cette pensée. Si je fais ça, je ne pourrai jamais me rendre à la compétition. J'ai réussi à démonter et remonter un ordinateur ; je devrais être capable d'endormir une petite sœur !

Je décide de lui tapoter le dos en la faisant rebondir dans mes bras. J'ai déjà vu maman faire ça.

— *Chuuut*, dis-je en la serrant contre moi.

Mais son corps se raidit et elle se débat. Je tente de la calmer en lui caressant la tête, mais elle la secoue violemment. OK. Je vais essayer de la bercer. Je commence à déambuler dans l'appartement mais les pleurs d'Elsa ne font qu'empirer. Mon cœur cogne dans ma poitrine et je décide de tout essayer en même temps : je berce, caresse, fais rebondir et tapote son dos comme s'il s'agissait d'un tambour.

Ses cris s'intensifient et je sens mon cœur battre jusque dans mes tempes. Je ne la calme pas du tout. Je suis en train de la faire enrager ! Un nœud se forme dans mon estomac, mais je n'abandonnerai pas.

— Bien, je lâche. Si tu ne veux pas de câlins, tu files au lit !

Je la ramène dans la chambre de maman et la dépose dans son berceau. Elle se redresse aussitôt pour s'agripper aux barreaux.

— Bonne nuit, Elsa ! dis-je d'un ton sec.

Je referme la porte derrière moi et vais directement dans ma chambre. Ma couette est parfaitement lissée sur mon lit, mon mobile représentant le Système solaire tournoie lentement au centre de la pièce et tout est exactement là où je l'avais laissé ce matin.

Elsa pleure toujours, mais le volume a diminué et je peux enfin réfléchir à ce que maman a fait. Il y a quelques détails qui me chiffonnent... Par exemple, comment se fait-il qu'elle avait son passeport si elle a décidé de partir au Myanmar au dernier moment ? Et pourquoi a-t-elle attendu d'être dans l'avion pour m'appeler ? Je contemple le ciel étoilé à travers la fenêtre. J'imagine qu'elle ne m'en a pas parlé avant parce qu'elle savait que j'allais tenter de l'en dissuader. Ou alors elle nous a complètement oubliées...

J'ignore ce qui est le pire.

De l'autre côté du mur, Elsa continue de pleurer. Je me demande soudain ce qui se passerait si elle ne voulait pas s'arrêter. Un bébé peut-il pleurer non-stop pendant quinze jours ? L'espace d'une seconde, j'envisage de vérifier sur le Net, mais je suis trop fatiguée pour allumer mon ordinateur.

Je tourne mon globe à cent quatre-vingts degrés, entoure la journée d'aujourd'hui sur mon calendrier (elle n'est pas encore terminée alors je ne peux pas la barrer) et retourne dans la chambre de maman.

Elsa tend les bras vers moi, mais je secoue la tête et lui dis :

— Il faut dormir.

Puis je m'allonge sur le lit et plaque un oreiller sur ma tête pour étouffer ses gémissements. Mes yeux se ferment peu à peu. Au bout de quelques minutes, ses pleurs commencent à se calmer. Il s'agit davantage d'un bourdonnement. Le son est presque apaisant...

Onze

— Ta mère a une hernie discale ?

Dawn me regarde comme si c'était la chose la plus bizarre qu'elle ait jamais entendue.

— C'est assez fréquent, j'explique. Surtout chez les personnes qui portent des charges lourdes.

Je me tiens devant l'entrée de la crèche, ma sœur se tortillant entre mes bras.

— Maman doit absolument rester allongée alors c'est moi qui déposerai Elsa et viendrai la rechercher. Du moins pendant quelque temps… Disons quinze jours ?

— Une hernie discale ? répète Dawn en clignant des yeux.

Papi m'a assuré que ce serait l'excuse parfaite ; je ne m'attendais pas à devoir me justifier ! Je repense à ce que j'ai lu sur Internet.

— Oui, c'est quand un disque de la colonne vertébrale comprime le nerf sciatique. Ça provoque une douleur atroce dans la jambe, la hanche et les fesses.

— Les fesses ?

— Sa fesse gauche, surtout.

Qu'est-ce qui m'a pris de parler de fesses ?! Je lui confie Elsa et commence à m'éloigner.

— Si vous avez un souci, appelez-moi. Ou alors mon grand-père. Mais n'essayez pas de joindre ma mère, elle a *vraiment* besoin de repos.

Dawn plonge son nez dans les cheveux ébouriffés d'Elsa.

— J'imagine que ça explique pourquoi elle est toujours en pyjama…, déclare-t-elle.

Ah bon ? Zut ! J'ai attrapé le premier truc que j'ai trouvé dans la commode.

— Désolée, je réplique. J'étais un peu pressée ce matin et maman dormait encore quand je suis partie. Vous savez, à cause des antidouleurs…

Cette fois, Dawn ne relève pas.

— Qui est-ce qui a une maman malade ? demande-t-elle à Elsa d'une voix de bébé beaucoup plus convaincante que la mienne. Allez, viens. On va te changer et te préparer une brioche au miel.

Une brioche au miel ? Ça a l'air trop bon ! Elsa m'a réveillée à cinq heures du matin en sautant dans son berceau et caquetant comme une poule. Ensuite, j'ai dû me dépêcher de la préparer et je n'ai pas eu le temps de prendre de petit-déjeuner ni d'enfiler d'autres vêtements. À l'heure qu'il est, je porte toujours ma culotte de la veille. Ce n'est pas une sensation très agréable…

Au moment où je suis sur le point de filer, Dawn m'interpelle.

— Et comment est-ce arrivé ?

— En ramassant… une boîte de raviolis, je réponds. Elle s'est tournée comme ça – je me contorsionne pour lui montrer –, s'est penchée pour la ramasser – je saisis une boîte imaginaire sur le trottoir – et *crac !*, son disque s'est déchiré.

— Une boîte de raviolis ? Eh bien…

Dawn prend la main d'Elsa et l'agite dans ma direction.

— Tu dis au revoir à Meg, ma puce ?

— Au revoir, Elsa !

Je souris en lui rendant son salut.

Dès qu'elles entrent dans le bâtiment, mon sourire disparaît et je me mets à courir comme une dératée. Je vais être méga en retard pour les cours ! Je coupe à travers le cimetière, slalome entre les passants et arrive à l'école pile au moment où le portail électrique se referme.

Je l'ai fait !

C'est alors que je vois M. Curtis, le principal adjoint, rôdant près des buissons.

— Meg Clark ! s'exclame-t-il. Je rêve ou tu es *en retard* ?

— Oui, monsieur, dis-je à bout de souffle.

Il secoue la tête et sort un carnet de la poche de sa veste.

— Une raison particulière, peut-être ? s'enquiert-il.

Par où commencer ? J'ai dû changer plusieurs couches, empêcher Pongo de manger les Weetabix d'Elsa, ramasser son bol qui était tombé par terre et nettoyer les poils du chien dans lesquels Elsa avait fourré ses doigts pleins de Weetabix – c'est fou comme ces trucs peuvent coller ! Oh, et Elsa a pleuré quatre fois et moi une, mais seulement parce que j'ai eu mal quand elle m'a mordue parce que j'essayais de retirer mes clés de sa bouche.

— Panne d'oreiller, je déclare finalement. Je suis désolée.

Il commence à remplir un bulletin de retard en riant.

— J'ai bien peur que cela ne te vaille une retenue pendant la pause déjeuner. (Il me tend le papier et hausse un sourcil broussailleux.) Rassure-moi, Meg, tu sais ce qu'est *une retenue* ?

— Oui, monsieur, je réponds en lui arrachant le bulletin des mains.

Douze

J'erre devant la salle de retenue. M. Curtis est déjà à l'intérieur mais je ne sais pas si je dois entrer ou attendre que les autres élèves arrivent. Je jette un coup d'œil à mon téléphone. J'ai passé la matinée à vérifier que je n'avais pas reçu de message de maman disant qu'elle avait changé d'avis et rentrait à la maison. Jusqu'ici, pas de nouvelles.

— Prends ton temps, surtout, dit une voix derrière moi.

Je me retourne pour découvrir Annie Demos qui me dévisage de ses yeux vert clair.

— Désolée.

Je m'écarte et lui ouvre la porte. Annie me dépasse dans son fauteuil roulant et va s'installer à une table au fond de la salle. Annie souffre d'une forme de paralysie qui affecte ses jambes. Elle arrive à marcher, mais elle doit utiliser des béquilles et certains jours, comme aujourd'hui, elle se déplace dans l'école en fauteuil roulant.

J'entre à sa suite et le visage de M. Curtis s'illumine.

— Meg ! Je t'en prie, va t'asseoir.

Son enthousiasme exagéré me donne envie de faire demi-tour aussi sec.

— Annie, Meg est ici parce qu'elle est arrivée en retard ce matin, alors que toi, tu es là parce que tu as traité ton professeur principal de… Qu'est-ce que c'était déjà ? Gros abruti.

— C'est parce que c'en est un, réplique-t-elle avant de glisser de son fauteuil à sa chaise.

— Et pourtant, vous voilà toutes les deux en retenue, poursuit-il. Injuste, n'est-ce pas ?

— Si vous le dites, lâche-t-elle en haussant les épaules.

Je l'observe du coin de l'œil. Aujourd'hui, ses longs cheveux noirs sont réunis en queue-de-cheval au sommet de son crâne et elle porte un rouge à lèvres rose vif. Si ça avait été n'importe qui d'autre, on lui aurait demandé de le retirer, mais Annie Demos a ce que M. Curtis appelle « un fort tempérament » – en gros, elle fait ce qu'elle veut quand elle veut. Donc si elle a décidé de porter du rouge à lèvres rose vif, elle portera du rouge à lèvres rose vif. Elle sort un livre de son sac et commence à lire, une mèche tombant sur son visage.

Je me tourne vers M. Curtis.

— Euh… Est-ce que je dois juste…

— Rester ici ? C'est exact, Meg. Tu n'es même pas obligée de faire quoi que ce soit, je veux simplement gaspiller ton temps.

Il n'est pas question que je perde mon temps. Je sors mon manuel d'histoire et commence à faire mes devoirs. Peu à peu, la salle se remplit. Néanmoins, l'ambiance reste plus calme ici qu'à la bibliothèque. Si je n'avais pas aussi faim, j'apprécierais presque cette retenue. Une demi-heure plus tard, la cloche retentit. Tandis que nous rassemblons nos affaires, M. Curtis nous interpelle, Annie et moi.

— J'ai quelque chose pour vous, les filles, commence-t-il en nous tendant à chacune une feuille pliée en deux. J'allais les confier à votre professeur principal afin qu'il vous les remette en classe, mais puisque vous êtes là, autant vous les donner en main propre.

Je prends la feuille et la contemple, convaincue que ça a quelque chose à voir avec maman. Se pourrait-il que Dawn ait découvert qu'Elsa et moi étions seules hier soir et qu'elle ait contacté l'école ? J'ai fait quelques recherches sur Internet pendant le cours d'informatique et lu que des parents avaient été mis en prison pour avoir laissé leurs enfants seuls à la maison. D'une main tremblante, je déplie le papier :

Megara Clark, vous êtes priée de bien vouloir vous rendre à l'atelier « Élèves sous les projecteurs » animé par M. Curtis, aujourd'hui à 14 h 30, salle H4.

Une vague de soulagement m'envahit. « Élèves sous les projecteurs » est un atelier auquel tous les élèves de troisième doivent participer.

— Arrrgh ! rugit Annie en froissant la feuille. Vous êtes sérieux, monsieur ?

Il lui adresse un immense sourire.

— Aussi sérieux qu'une crise cardiaque. J'ai bien peur que ce ne soit pas une option, Annie, même pour toi.

— Je me fiche que « ce ne soit pas une option » ! riposte-t-elle en jetant la feuille vers la poubelle. Il est hors de question que j'y aille. Je préférerais encore m'enfoncer des aiguilles dans les yeux… Des aiguilles chauffées à blanc.

— Annie, reprend M. Curtis d'un air détaché, veux-tu ramasser ta feuille, s'il te plaît ? Tu as manqué la poubelle.

Elle tend la main par-dessus son fauteuil et se penche en faisant la grimace.

— Désolée, monsieur, déclare-t-elle avec un sourire. Je ne peux pas l'attraper.

— Puisque tu *choisis* de ne pas la ramasser, que dirais-tu de me retrouver ici demain ?

— Si vous voulez, lâche Annie, puis elle quitte la salle à toute vitesse.

Une porte claque de l'autre côté du couloir. M. Curtis reporte son attention sur moi.

— Meg, dit-il, ramasse la feuille en sortant.

Treize

J'arrive à oublier maman et Elsa pendant le cours de maths. Nous travaillons sur les équations simultanées et mon esprit est merveilleusement absorbé par les chiffres. Bientôt, ma feuille est remplie de calculs et de croix vertes (je valide toujours ce que je fais au stylo vert) et dès que j'ai fini la première page d'exercices, j'enchaîne avec la seconde, plus compliquée.

Tandis que le prof nous distribue des copies, Ed King jette un œil à mon questionnaire. Comme en histoire et en sciences, il est assis à côté de moi.

— Tu as validé la douze, mais elle est fausse, observe-t-il en tapotant *mon* stylo sur ma feuille.

Je vérifie ma réponse. Il a raison… Comment ai-je pu me tromper sur une question aussi simple ? Avec un sourire suffisant, il me regarde corriger mon calcul, puis ajoute à voix basse :

— Ce serait dommage de commettre ce genre d'erreur pendant ton discours pour la compétition.

— Ça n'arrivera pas, je réplique avant de ranger mon correcteur dans ma trousse et de la refermer d'un geste vif.

Ed rit. Je me décale légèrement, note « Équations polynomiales » en haut d'une nouvelle page et continue mes exercices.

Quelques minutes plus tard, Ed lève la main.

— Monsieur, appelle-t-il d'une voix forte qui résonne dans la classe. Je peux avoir un autre questionnaire ? J'ai terminé le premier.

Après le cours de maths, je me dirige vers la salle H4 pour l'atelier « Élèves sous les projecteurs ». Même si je sais qu'il n'y aura pas beaucoup de monde, je ne peux pas m'empêcher de me sentir nerveuse. Le terme « atelier » suggère que nous allons devoir nous exprimer devant les autres et je sais déjà que j'en serai incapable. Pour la énième fois de la journée, je sors mon portable et constate que j'ai reçu un message de papi : *J'espère que tu n'as pas eu de souci avec la crèche. Ici tout va bien, sauf que Pongo a tué une poule ! (Ne t'inquiète pas, elle était toute décharnée.) Bisous. Papi*

Avant que j'aie eu le temps de répondre, la porte s'ouvre sur M. Curtis.

— Meg ! s'exclame-t-il en m'invitant à entrer. Content de voir que tu es à l'heure.

Deux autres élèves de troisième, Jackson et Rose, sont tranquillement installés sur des fauteuils-poires.

— Salut, Meg ! lance Rose.

Je vais m'asseoir à côté d'elle. Jackson m'adresse un signe du menton mais ne relève pas la tête. Il est concentré sur des billes en polystyrène qu'il a réussi à extraire de son fauteuil. Je crois qu'il essaye de les écraser entre ses doigts.

— J'ai emprunté les fauteuils-poires à la bibliothèque pour créer une ambiance un peu plus cosy, explique notre principal adjoint.

— *Cosy !* se moque Jackson.

M. Curtis lève les yeux au ciel et retire ses mocassins.

— Bien, poursuit-il. Je crois que nous ferions mieux de commencer.

La porte s'ouvre au moment où il s'apprête à s'asseoir et Annie entre dans la salle, soutenue par ses béquilles.

— Tu n'as donc pas trouvé d'aiguilles chauffées à blanc ? s'enquiert M. Curtis, pince-sans-rire.

Elle sourit et hausse les épaules.

— Kieron Webber m'a dit que vous aviez des biscuits, réplique-t-elle en se frayant un chemin jusqu'à nous.

Puis elle s'arrête et étudie le fauteuil-poire disponible.

— Je ne m'assiérai pas là-dedans.

M. Curtis réfléchit un instant.

— Non, bien sûr. Je vais te chercher une chaise.

— Et vous allez me regarder assise sur mon perchoir ? Hors de question.

— D'accord…, soupire M. Curtis. Allez, debout ! Tout le monde va prendre une chaise. Annie a raison : on devrait tous être à la même hauteur.

Rose et moi nous exécutons, mais Jackson ne bouge pas d'un pouce.

— Quoi ? fait-il d'un air innocent. Je suis bien ici.

— Parfait, reprend M. Curtis. Jackson reste sur sa poire ; nous, nous allons nous asseoir sur nos chaises.

— Merci, m'sieur ! s'exclame Jackson. Hé, regardez. Il neige !

Il a collé des billes de polystyrène sur les verres de ses lunettes branchées.

— Une fois, mon chat s'est faufilé à l'intérieur de mon fauteuil-poire, poursuit-il. C'était trop marrant, il était couvert de billes. En fait, c'est moi qui l'y ai mis. Vous avez vu les photos sur Facebook ?

— Non, rétorque Annie. 1) je ne suis pas amie avec toi sur Facebook – pour des raisons évidentes, et 2) c'est cruel.

— Ce n'était pas cruel, c'était drôle. Mindy a adoré ! Ça se voit sur les photos, on dirait qu'elle sourit.

— J'aimerais bien les voir, intervient Rose.

— Qu'est-ce qui te fait croire qu'elle sourit ? dit en même temps Annie.

M. Curtis se racle la gorge.

— Si vous avez fini de parler du chat de Jackson, j'aimerais vous souhaiter la bienvenue à notre première session d'« Élèves sous les projecteurs ». J'espère que ces rencontres vous permettront d'exploiter au mieux votre potentiel en vue de ce qui vous attend cette année, à savoir : le brevet.

— Pourquoi vous nous avez choisis, monsieur ? demande Rose. Enfin, c'est cool, ça me permet d'échapper à l'assemblée générale alors je suis contente d'être dans ce groupe, mais pourquoi nous quatre ?

— C'est une sorte de punition ? ajoute Annie.

Mais M. Curtis ignore sa question.

— Comme vous le savez, tous les élèves de troisième vont participer à cet atelier à un moment dans l'année, mais je vous ai réunis parce que vous avez tous les quatre le même niveau, explique-t-il en nous regardant à tour de rôle. Le même *excellent* niveau, devrais-je dire. Vous êtes en quelque sorte le groupe de l'excellence !

Annie réplique aussitôt.

— Si on est le groupe des intellos, pourquoi Ed King n'en fait pas partie ?

C'est exactement ce que je me demandais.

— Parce que chaque groupe est limité à quatre personnes, répond M. Curtis.

— Ou Kani Nadar, ou Elizabeth West ? poursuit-elle en haussant un sourcil dubitatif.

M. Curtis reste silencieux, alors Annie se penche sur sa chaise et déclare :

— Je crois avoir compris pourquoi vous nous avez choisis. Tout le monde ici sait que Kani, Ed et Elizabeth sont « socialement plus adaptés » – elle mime des guillemets – que nous.

Elle a raison, me dis-je, mon regard glissant de la timide Rose à l'insolente Annie. Elles non plus n'ont pas beaucoup d'amis. Je sens une pointe d'irritation à l'idée que, une fois de plus, Ed King ait une longueur d'avance sur moi. Sauf que dans ce cas, ce n'est pas parce qu'il est plus intelligent mais parce qu'il est plus « normal », et ce même aux yeux du personnel de notre établissement !

— Non, intervient Jackson en secouant la tête, envoyant valser ses billes de polystyrène. Ce n'est pas pour ça qu'on est là. Je suis super populaire, moi.

Il marque un point. Tout le monde aime Jackson. Même *moi* je me sens à l'aise avec lui.

Le front d'Annie se plisse.

— C'est vrai que tu es populaire…, commence-t-elle avant de se tourner vers notre principal adjoint. Monsieur, je vais me lancer et vous poser la question qui nous brûle tous les lèvres : qu'est-ce que *Jackson* fait dans ce groupe ?

Les yeux de Rose s'agrandissent et à nos pieds, Jackson abandonne ses billes pour relever la tête.

— Il est ici parce que c'est un excellent élève, se défend M. Curtis, visiblement agacé par les remarques d'Annie.

— Bof, lâche Jackson en faisant la moue ; puis son visage s'illumine. Je sais ! Vous m'avez choisi parce que je suis *ultra* stylé, avouez ?

Il sourit d'une oreille à l'autre.

— Ça m'étonnerait, réplique Annie.

— Jackson a un immense talent pour les langues étrangères, déclare M. Curtis.

— Pas du tout ! riposte Annie. C'est Jackson *Woods* qui est doué pour les langues. Il parle couramment le cantonais. Vous vous êtes trompé de Jackson, monsieur !

Il vire au rouge cramoisi.

— Écoutez, vous êtes ici parce que Mme Kinney m'a donné une liste de noms et demandé d'animer cet atelier. C'était ça ou un exposé sur l'éducation sexuelle. Le choix était vite réglé. (Son regard se pose sur Annie.) Jackson *Wood* était sur la liste alors il restera dans ce groupe. Compris ?

Annie éclate d'un rire incrédule.

— Alors parce que Mme Kinney vous a donné une liste, je me retrouve coincée ici une fois par semaine…

— Trois fois par semaine, corrige M. Curtis.

— … je me retrouve coincée ici *trois* fois par semaine avec une tête de linotte, une super-geek et un tortionnaire de chat ?

— C'est moi la tête de linotte ? demande Rose.

Annie rit encore plus fort.

— Évidemment que c'est toi !

Mon cœur se serre dans ma poitrine. Ça fait de moi la super-geek.

— Ça suffit, Annie, prévient M. Curtis, agrippé à son classeur.

— De toute façon, je m'en vais, dit-elle en se levant. Merci pour l'invitation, mais contrairement à Tête de Linotte et Super-Geek, je n'ai pas besoin de *cours* pour me faire des amis. J'en ai déjà, c'est juste qu'ils ne sont pas à l'école ici.

C'est à ce moment que la fatigue et la colère me submergent, et que quelque chose cède en moi.

— Je suis peut-être une super-geek, mais moi au moins je ne suis pas une super-*garce* !

Rose plaque ses mains sur sa bouche, Jackson rit et Annie me fixe de ses yeux pétillants.

— Oh, la geek parle ! Est-ce que tu viens de me traiter de *garce* ?

— Désolée, je bredouille. Je n'aurais pas dû dire ça.

Annie sourit et secoue la tête, puis elle se dirige vers la porte et quitte la pièce plongée dans le silence.

Après un moment, Jackson se redresse sur son fauteuil-poire et tapote l'épaule de M. Curtis.

— Ne vous inquiétez pas, M'sieur. Elle fait ça dans tous les cours.

— Je sais, soupire-t-il, puis il hisse un attaché-case sur ses genoux et l'ouvre d'un geste vif.

Il disparaît derrière le couvercle avant de réapparaître muni d'une boîte rouge, estampillée *Biscuiterie Budgens*.

— Quelqu'un veut un biscuit ?

Quatorze

Malgré les biscuits que j'ai mangés, je me sens complètement vidée lorsque j'arrive en sciences, mon dernier cours de la journée. Tandis que nous attendons devant la salle, je pose ma tête contre le mur et écoute des bribes de conversations. Comme d'habitude, j'entends des mots que je ne comprends pas, du style « contouring », « crop top », « RPG » et quelqu'un – ou quelque chose – appelé « Devo ». Avant, Harriet me servait de traductrice. Elle a deux grandes sœurs et était toujours au courant des dernières tendances. Sans elle, je suis perdue.

Ed et Bella sont appuyés contre le mur d'en face. Bella mange une sucette et Ed lui dit quelque chose qui la fait rire. Quand elle me voit en train de les observer, elle ôte la sucette verte de sa bouche avec un bruit de succion.

— Il paraît que tu as été une vilaine fille…, lâche-t-elle avec un petit sourire.

Je déglutis, nerveuse à l'idée de ce qui va suivre. Ed relève brusquement la tête.

— Qu'est-ce qu'elle a fait ?

— Apparemment, elle s'est pris une retenue !

— Sérieux ?

Ed fronce les sourcils et se met à rire.

— C'est juste parce que je suis arrivée en retard ce matin, je tente d'expliquer.

Mais Mme Edgecombe apparaît au même moment et lance :

— Prêts à vous remuer les méninges ?

Nous travaillons seuls au début du cours, ce qui me donne l'occasion de contempler le vide. J'ai passé le reste de ma pause déjeuner à la bibliothèque, où j'ai englouti un sandwich en révisant le cycle de vie des étoiles, mais je n'ai pas beaucoup avancé. J'aurais mieux fait de me trouver un radiateur et de m'y blottir pour faire une sieste. Je suis si fatiguée…

— Meg !

Un bout de gomme rebondit sur mon front et je lève les yeux pour voir Bella me dévisager de l'autre côté de la paillasse.

— Je sais que tu te prends pour une rebelle depuis que tu as eu une retenue, mais tu comptes nous aider ou pas ?

Il semblerait que Mme Edgecombe nous ait distribué un exercice à faire en groupe pendant que je rêvassais.

Je prends la feuille et lis les questions.

— Les réponses sont « cuivre », « attraction » et « molécules », dis-je après un moment. Ed peut faire le reste.

Je pousse la feuille vers lui, puis bois une grande gorgée d'eau et presse mes doigts sur mes paupières. Il faut à tout prix que je me réveille.

Bella et Raj me regardent d'un drôle d'air.

— Qu'est-ce qui t'arrive aujourd'hui ? me demande Raj. Tu es...

— Super canon ? suggère Bella. Absolument délicieuse ?

Je suis trop fatiguée pour prêter attention à ses sarcasmes.

— Désagréable, assène Ed sans détacher les yeux de sa feuille.

OK. En revanche, je ne suis pas assez fatiguée pour ne pas réagir à *ça*. Je sens mes joues s'enflammer tandis que Bella s'écrie :

— *Woody !*

— Quoi ? C'est vrai, se défend-il en se tournant vers moi. Qu'est-ce qui ne va pas ?

— J'ai mal à la tête, je réplique.

Ça commence même à devenir pénible de parler.

— Je savais que ça finirait par arriver, intervient Raj avec un soupir.

— Quoi donc ? s'enquiert Bella.

— Le cerveau de Meg est devenu trop gros pour son crâne. Il va bientôt lui sortir par le nez.

— Mais oui, je le vois ! s'exclame Bella en se penchant vers moi.

— Arrêtez, s'il vous plaît, je marmonne – j'ai tellement mal que je n'ai même pas le courage de m'écarter de Bella. Vous parlez trop fort.

Raj rejette la tête en arrière et éclate de rire.

— C'est vrai que tu parles fort, ma vieille !

Avant que Bella puisse répondre, Mme Edgecombe presse le buzzer posé sur son bureau jusqu'à ce que tout le monde se taise… Ce qui prend un certain temps.

— Je vous rappelle que votre devoir pour ces quinze prochains jours sera de travailler avec votre binôme sur votre discours « Que représente l'espace pour moi ». Je sais que seuls Meg et Ed représenteront notre école lors de cette compétition mais je tiens à ce que tout le monde participe.

— Vous êtes sérieuse, madame ? se lamente Raj. C'est quoi l'intérêt ?

— *L'intérêt* est que vous partagerez vos connaissances sur l'espace avec vos camarades et développerez des compétences en termes d'écoute et de prise de parole… sans compter que vous apprendrez à travailler avec les autres. En résumé, ce devoir fera de toi une meilleure personne, Raj.

Elle presse son buzzer à plusieurs reprises pour marquer ses propos.

— Bien, vous savez tous avec qui vous allez travailler, alors profitez de la fin du cours pour expliquer à votre partenaire ce que l'espace représente pour vous.

Les discussions commencent à s'élever dans la salle.

— Argh, fait Bella en regardant Raj du coin de l'œil. J'arrive pas à croire que je me retrouve *encore* coincée avec toi.

Raj étire ses bras derrière son dos.

— Arrête de geindre. Je suis sûr que tu adores ça.

— Euh… non.

Ed se tourne vers moi.

— Alors, qu'est-ce que l'espace représente pour toi, Meg ?

Il prend un air détaché, mais je sais qu'il doit être curieux d'entendre mon discours.

Pendant un moment, j'envisage de rester vague en répondant un truc du style « la technologie de pointe » ou « l'énergie solaire », mais je suis si fatiguée qu'il me paraît plus simple de lui dire la vérité.

— Pour moi, l'espace représente la liberté.

Il fronce les sourcils et je poursuis :

— Quelque part dans l'univers, il existe peut-être une nouvelle Terre, une planète habitable qui n'a pas été contaminée par les humains.

— Tu veux dire une Terre jumelle ?

On appelle Terre jumelle une planète ayant des caractéristiques et des conditions semblables à celles de notre planète : gravité, taille, topographie, climat, atmosphère, etc., lui permettant ainsi d'être considérée comme « habitable » par l'être humain.

Je secoue la tête.

— Non, pas une planète *similaire* à la Terre, une planète *meilleure* que la Terre.

Je me sens beaucoup plus réveillée, d'un coup. Parler de l'espace m'a sortie de ma torpeur.

— Notre soleil a une durée de vie de dix milliards d'années, tu es d'accord ?

Il acquiesce.

— Eh bien, de plus petits soleils vivent plus longtemps et seraient tout à fait capables de subvenir aux besoins d'une planète plus riche que la Terre.

Un demi-sourire se forme sur ses lèvres, et je sais pourquoi : je ne parle jamais autant d'habitude, mais soudain, je ne peux pas empêcher les mots de sortir de ma bouche.

— Quand on y pense, la Terre n'est pas si terrible que ça. Presque quatre-vingt-dix-huit pour cent de sa surface est inhabitable. On ne peut vivre que sur *deux pour cent* de sa globalité.

— Tu n'es pas très impressionnée par notre planète, on dirait ?

— Elle est surpeuplée, dis-je en faisant la moue.

Nous restons silencieux un instant, puis Ed déclare :

— C'est le moment où tu es censée m'interroger sur mon discours, Meg.

— Oh, bien sûr. Alors... qu'est-ce que l'espace représente pour toi ?

— L'espace sera le sauveur de la Terre ! s'exclame-t-il en écartant les bras, puis il repose ses coudes sur la paillasse, visiblement content de lui. Je vais expliquer comment les satellites et la recherche spatiale vont nous aider à résoudre nos problèmes environnementaux.

— C'est super.

— Les adultes adorent entendre les jeunes parler d'environnement. Ça leur donne l'impression de laisser la planète entre de bonnes mains.

— Tu as pensé à tout.

Pour être honnête, je ne me suis pas demandé une seule seconde ce que les gens voudraient entendre. Une fois de plus, j'ai ce sentiment désagréable qu'Ed King a fait mieux que moi.

Il hausse les épaules.

— J'ai simplement envie de gagner.

— Allez, tout le monde dehors ! annonce Mme Edgecombe en frappant dans ses mains.

Tandis que nous quittons la salle, la prof nous rappelle de rapporter nos autorisations de sortie pour la journée scientifique prévue à l'université du Sussex la semaine prochaine. Alors que tout le monde se bouscule dans le couloir, je me demande ce que je vais bien pouvoir faire d'Elsa. Nous rentrerons trop tard pour que je puisse aller la récupérer à la crèche. Soudain, le moindre aspect de ma vie me paraît atrocement compliqué à gérer – même cette sortie, que j'attends pourtant depuis si longtemps.

Une fois dehors, j'aperçois Bella s'éloigner avec ses amies et Ed monter à l'arrière d'un Range Rover noir. J'entrevois l'intérieur en cuir beige avant qu'il ne referme la portière avec un bruit mat. Puis le moteur ronronne et la voiture se glisse avec grâce dans le trafic.

Je vérifie mon téléphone : j'ai dix minutes pour arriver à la crèche. J'agrippe les sangles de mon sac à dos et me mets à courir.

Quinze

— Au fait, papi, j'ai besoin de huit livres, dis-je depuis son canapé où je me suis blottie pour regarder *Les Télétubbies* avec Elsa. La crèche m'a demandé un supplément parce que je suis arrivée en retard.

Dans la cuisine, j'entends des poêles s'entrechoquer et des pâtes plonger dans l'eau.

— Mais tu n'es *jamais* en retard ! s'étonne papi.

— Eh bien, maintenant, je le suis. Tout le temps. Je suis arrivée avec six minutes de retard exactement.

Papi apparaît dans le salon et me tend une tasse de thé fumant.

— Rajoute trois sucres, ça te redonnera un peu d'énergie.

Je lève les yeux pour découvrir Elsa, le visage écrasé contre la télé, en train de baver sur l'écran.

— Qu'est-ce qu'elle fait ? je demande d'un air dégoûté.

— Elle embrasse Tinky Winky, c'est son préféré.

Papi retourne à la cuisine, laissant Elsa baver sur sa télé (je doute qu'elle aime Laa-Laa à ce point) et moi luttant contre l'envie de m'endormir au son de la musique de l'émission.

Heureusement, quelques minutes plus tard, nous passons à table et parlons de maman en mangeant nos macaronis au fromage.

— Alice est allée au Myanmar juste après ta naissance, raconte papi entre deux bouchées. Elle voulait prendre soin des éléphants... Non, attends, je crois que c'était en Thaïlande.

— Elle ne m'a jamais dit qu'elle était partie quand j'étais bébé.

Je pensais que maman m'avait tout raconté de sa vie : la naissance mouvementée d'Elsa (elle a voulu que je regarde mais j'ai refusé), ses missions humanitaires à l'étranger, ses aventures d'adolescente rebelle... Elle m'a même raconté sa rencontre avec mon père au Vietnam – « le plus bel homme qu'elle ait jamais vu » – et son départ pour l'Australie juste avant d'apprendre qu'elle était enceinte.

— Elle n'est partie que quelques semaines, précise papi. Elle avait le baby-blues et voulait prendre du recul.

— Et elle adore les éléphants, j'ajoute en pensant à ceux qu'elle a peints dans l'entrée.

— Tu as raison, acquiesce papi. Les éléphants, les animaux, les gens... Peu importe de qui ou de quoi il s'agit, ta mère adore prendre soin des autres.

Soudain, je n'ai plus envie de manger mes macaronis. Leur sauce est grumeleuse et papi ne les a pas fait cuire assez longtemps.

— Je crois qu'on devrait rentrer.

— Tu es sûre de ne pas vouloir rester dormir ?

J'étudie la cage posée sur le plan de travail. La poule couchée à l'intérieur m'observe de ses yeux ronds. Si une épidémie de grippe aviaire devait se déclarer, c'est *exactement* d'ici qu'elle partirait.

— Ne t'inquiète pas, je réponds, ça va aller. Il faut juste que je m'organise.

— Vous pouvez venir quand vous voulez, tu le sais ?

— C'est gentil, papi, mais je sais ce que je fais.

Quelque chose dans l'intonation de ma voix le fait rire et lever les bras en signe de reddition. Je l'ai vu faire ça des milliers de fois avec maman quand elle n'est pas d'accord avec lui.

— Comme tu voudras, capitule-t-il. Ça va être une sacrée aventure pour vous de rester seules à la maison. Tu peux sans doute voir ça comme une mission !

— Je suis un peu vieille pour jouer aux « missions », dis-je en riant.

— Pas du tout ! Parlons un peu logistique. Tu as un stylo ?

J'en sors un de la poche de mon blazer. J'ai toujours un stylo.

— Bien. Va chercher une feuille. Je vais donner une orange à Elsa. Ça devrait l'occuper un moment.

Nous passons la demi-heure qui suit à rédiger des listes, remplir des tableaux et prévoir un emploi du temps. Lorsque j'étais petite et qu'on jouait aux astronautes, la préparation de la mission était une étape primordiale. J'enfilais une des chemises de papi en guise de blouse de laboratoire et nous organisions mon voyage autour de Mars ou mon atterrissage sur Vénus. J'étais tellement absorbée par les préparatifs que parfois nous n'arrivions jamais jusqu'à la phase du décollage. En plus, j'avais un peu peur des extraterrestres.

Bientôt, nous avons élaboré un plan afin de survivre à ces deux semaines sans maman. Tout a été prévu, même quelques créneaux pour me permettre de réviser mon discours. Je me sens soudain beaucoup plus sereine. Néanmoins, je rappelle à papi que nous allons avoir besoin d'argent. Maman est partie avec sa carte bleue, alors je ne pourrai pas l'utiliser pour retirer du liquide.

— J'ai reçu ma pension, m'informe-t-il.

— C'est parfait !

Papi perçoit sa pension de retraite en début de chaque mois ; elle devrait suffire à couvrir nos besoins en l'absence de maman.

— Mais j'en ai dépensé une partie samedi, confesse-t-il d'un air penaud. Pour acheter une petite poule padoue blanche comme neige.

— Sérieusement, papi ? Encore une poule ?

— Une *magnifique* poule.

— Bah, j'imagine qu'on pourra toujours la manger, dis-je en haussant les épaules.

— Pas avant d'avoir mangé celle que Pongo a tuée, précise-t-il en riant. Je l'ai préparée et mise au congélateur.

Je me souviens qu'il s'agit de la « toute décharnée » et me promets de ne pas manger de poule chez papi avant un moment.

Après avoir pris en compte l'achat de la nouvelle poule, nous découvrons qu'il nous reste cent vingt-trois livres pour tenir jusqu'au retour de maman.

— Ce sera largement suffisant ! s'exclame papi.

Je n'en suis pas si sûre. Les couches d'Elsa coûtent une fortune…

Je désigne le premier carré sur ma feuille de mission.

— « Mardi soir : donner un bain à Elsa et la mettre au lit. » Facile, dis-je en chassant de mon esprit les images désastreuses de la veille. Je vais taper mes notes au propre et les mettre dans une pochette plastifiée.

— Ça, c'est ma petite-fille ! se réjouit papi. Est-ce que tu veux que je garde Pongo ici ?

Nos yeux se posent sur le chien : il se tient dans un coin de la cuisine, grognant sur une porte de placard. Pongo a peur de tout, même du vent et de la pluie, mais quand on ne le connaît pas il peut paraître effrayant. Il a tendance à montrer les crocs pour un rien et son regard sombre est intimidant.

— Je crois que je vais le prendre avec moi. Il pourra nous défendre. Allez, viens, Pongo. Notre mission nous attend !

Seize

De retour à l'appartement, je suis le plan à la lettre. Je donne un bain à Elsa, lui enfile une grenouillère propre, puis je la prends sur mes genoux et lui colle un biberon dans la bouche. Dès lors, elle arrête de babiller et se contente de boire son lait en me regardant avec de grands yeux. J'en profite pour réviser mon cours de sciences et approfondir mes connaissances en matière d'énergie cinétique.

Quand Elsa a fini son biberon, je jette un coup d'œil à l'horloge : dix-neuf heures tapantes. Je suis pile dans les temps !

— C'est l'heure d'aller au lit !

— Na ! répond-elle en secouant la tête.

— Si.

— NA ! crie-t-elle.

Puis, tel un pain de savon dans un bain moussant, elle me glisse entre les mains et se met à ramper à travers le salon.

Trois secondes plus tard, elle a déjà disparu dans la cuisine.

— Je viens te chercher ! j'annonce, avant d'entendre un cri d'excitation suivi d'un *boum* et d'un claquement.

Je me précipite dans la cuisine, m'attendant à trouver la poubelle ou la gamelle de Pongo renversée mais, à mon plus grand étonnement, je ne vois rien.

Elsa s'est volatilisée.

— Elsa ?

Pongo pointe le bout de son nez et commence à renifler le sol tel un chien truffier. Je regarde derrière la porte.

— Elsa !

C'est alors que je perçois un « Da ! » étouffé provenant d'un des placards. Aussitôt, Pongo se met à gratter la porte que j'ouvre d'un geste vif – et elle est là, cachée derrière le carrousel à épices.

— Comment es-tu rentrée là-dedans ? Allez, viens. Il faut sortir d'ici.

Je tends les bras pour l'attraper mais elle se tortille en riant hors de ma portée. L'horloge du four affiche dix-neuf heures cinq. Je n'ai pas le temps pour ça. Je suis censée être en train de réviser mon cours d'informatique ! Je passe les mains sous ses bras et la tire vers moi, renversant un paquet de sucre au passage. Immédiatement, Pongo enfouit sa truffe dans le placard pour le lécher. Je l'écarte d'une main et maintiens Elsa de l'autre.

— Na, na, na ! fait ma sœur en secouant la tête.

Je m'assieds sur le carrelage froid et la regarde au milieu des sacs de farine et des pots de cannelle et d'origan.

— On dirait bien que tu es coincée.

Son visage se déforme et elle se met à pleurer.

— Ne pleure pas, Elsa. C'est de ta faute si on en est là !

Je commence à vider l'intérieur du placard, et bientôt le sol de la cuisine est jonché de pots, de sacs et de paquets. Pongo s'amuse comme un fou, et Elsa se calme lorsqu'elle découvre un paquet de raisins secs dans lequel elle plonge la main.

Une fois le placard débarrassé de son contenu, je comprends pourquoi je n'arrivais pas à l'en sortir : le pied de sa grenouillère est coincé dans le mécanisme du carrousel. Je tire le morceau de tissu dans tous les sens, mais rien à faire, il ne veut pas se dégager. Alors je fais la seule chose à laquelle mon cerveau fatigué est capable de penser : je prends une paire de ciseaux et découpe la grenouillère.

— Ne bouge pas, dis-je à Elsa tandis que les ciseaux fendent le tissu.

Finalement, je parviens à la libérer.

Elsa se jette à mon cou et enfouit son visage couvert de raisins dans mes cheveux.

— Mama, fait-elle d'une petite voix.

— Elle est toujours au Myanmar, je murmure en l'emmenant dans sa chambre.

Je la dépose dans son berceau et, allongée sur le dos, elle me fixe de ses grands yeux bleus.

— Da ? demande-t-elle en désignant son pied à moitié nu.

— Oui, je sais, tes orteils dépassent... Tu étais coincée dans le placard et j'ai dû découper ta grenouillère, tu te souviens ?

— Da...

— Écoute, il n'est pas question que je te change à nouveau, je suis trop fatiguée. En plus, je dois encore ranger au moins cinquante pots de cumin dans le placard.

J'exagère. Il n'y en a que six.

— Da !

— Bonne nuit, Elsa, je conclus avant de m'éloigner.

Mais elle bondit sur ses pieds et secoue les barreaux du berceau.

— Mama ? dit-elle, avant de se mettre à pleurer.

Un nœud se forme dans ma gorge.

— Elsa, je suis si fatiguée... Dors, s'il te plaît.

Ses cris se déclenchent avant même que j'aie fermé la porte, et le cauchemar recommence.

Comme la veille, je m'effondre sur la moquette, pose la tête contre le mur et écoute Elsa crier à s'en décoller les poumons. J'essaye de faire mon exercice d'informatique, mais je n'arrive pas à me concentrer.

Depuis notre retour à la maison, je n'avais pas vraiment eu le temps de penser à maman. Mais à présent, son absence hante mon esprit. Il est deux heures du matin au Myanmar, que fait-elle à cette heure-ci ? Est-elle déjà endormie ? Ou discute-t-elle autour d'un verre avec d'autres bénévoles ? À moins qu'elle ne soit en train de danser pieds nus sur la plage… Un jour, maman m'a confié que rien ne la rendait plus heureuse que de danser sous les étoiles. Mon cœur se serre à l'idée qu'elle puisse s'amuser loin de nous alors qu'Elsa et moi sommes coincées seules ici.

Les pleurs de ma petite sœur sont de plus en plus désespérés et la douleur dans ma poitrine augmente. Pongo apparaît dans le couloir et vient s'asseoir auprès de moi. Il pose une patte compatissante sur ma cuisse tandis qu'une larme tiède roule sur ma joue. Je l'essuie du revers de la main et murmure :

— Pongo, si je n'arrive pas à la faire dormir, comment je vais tenir jusqu'au retour de maman ? Je ne pourrai jamais remplir ma mission. Je ferais mieux de retourner chez papi et de tirer un trait sur Houston…

Pongo court vers l'entrée en aboyant, puis revient et soulève ma main avec son museau.

— Tu veux aller te promener ?

Après tout, pourquoi pas ? Ce sera toujours mieux que de rester assise ici à écouter ma sœur pleurer.

J'ouvre la porte de la chambre et Elsa me contemple en clignant des yeux, son visage rouge de colère.

— Tu sais quoi ? On va mettre une chaussette sur ce pied et aller regarder les étoiles !

Dix-sept

J'imagine que ça ne doit déjà pas être évident, en temps normal, de faire rentrer un bébé dans un porte-bébé. Mais quand le bébé est en colère et se débat dans tous les sens, c'est quasi impossible. Après de longues minutes, je parviens enfin à glisser les bras et les jambes d'Elsa dans les trous appropriés et nous quittons l'appartement.

J'ignore si c'est à cause du froid ou de la nuit, mais dès que nous sommes dehors Elsa arrête de pleurer, enfonce son pouce dans sa bouche et étudie les environs. Le silence ne m'a jamais paru aussi apaisant.

Pongo nous entraîne vers le parc situé au sommet de la colline derrière notre résidence. Lui et moi venons souvent nous y promener avant d'aller dormir. Pongo chasse les lapins et moi j'observe les étoiles à travers mes jumelles. La plupart des parents ne laisseraient pas leur fille venir seule ici à la nuit tombée mais maman a toujours pensé que « les femmes ne devraient avoir peur de rien » – et j'ai une très grosse lampe torche.

Quelques minutes plus tard, nous atteignons le haut de la colline et je m'arrête pour contempler la ville.

— Ça te plaît ? je demande à Elsa.

D'ici, nous voyons tout Hastings : les rangées de maisons, les voitures glissant sur les routes, le bandeau de lumières longeant le front de mer.

Elsa retire son pouce de sa bouche et ouvre de grands yeux.

— Da, fait-elle en agitant les jambes.

— Maintenant, regarde, dis-je en me penchant afin qu'elle puisse voir le ciel. Ça, c'est la constellation du Cygne, aussi appelée Croix du Nord. Et ça, ce sont les Pléiades.

Elsa suit mon doigt tandis que je trace une ligne dans le ciel.

— Ce sont des bébés, comme toi. Leur âge est estimé à environ cent millions d'années. Les dinosaures les ont probablement vues naître.

Je baisse la tête et remarque que ses yeux commencent à se fermer. Je suis si ennuyeuse que ça ? Je la berce doucement en lui montrant la constellation d'Hercule, et c'est alors que ses paupières se ferment complètement.

Miracle !

— Pongo !

Il émerge d'un buisson et trottine jusqu'à moi.

— Elle s'est endormie. Allons-y.

Nous redescendons la colline et gravissons les trois étages menant à l'appartement. Dans la chambre de maman, je libère Elsa du porte-bébé et la dépose dans son berceau. Ses yeux s'ouvrent dès l'instant où elle touche le matelas et son visage se crispe.

— Orion, je chuchote en la prenant dans mes bras, Cassiopée, Andromède, Lyre…

J'installe Elsa sur le lit et m'allonge à côté d'elle.

— Petit Renard, Centaure, Hydre…

Je remonte doucement la couette pour nous couvrir.

— Corbeau, Phénix, Licorne…

Le matelas s'enfonce lorsque Pongo saute sur le lit et se couche dans mon dos. Je parviens à murmurer « Loup » avant que mes yeux ne se ferment et que nous ne plongions tous les trois dans un profond sommeil.

Dix-huit

— Qu'est-ce qui s'est passé ? chuchote Annie.

C'est l'heure de la pause, et pour la deuxième fois nous sommes toutes les deux assises au fond de la salle de retenue.

— Je suis encore arrivée en retard, je réponds.

Tout ça parce que j'ai pris une douche. Pour sa propre sécurité, j'avais attaché Elsa dans sa poussette devant des dessins animés. Mais Pongo a dû marcher sur la télécommande parce que quand je suis sortie de la salle de bains, ils regardaient tous les deux le télé-achat. Et voilà : pour la deuxième fois de ma vie, je me retrouve en retenue. Mais cette douche en valait vraiment la peine ; je sens incroyablement bon.

Annie secoue la tête.

— Non, je veux dire, qu'est-ce qui s'est passé à l'atelier biscuits de M. Curtis après que je suis partie ?

— Oh. Bah on a mangé les fameux biscuits et regardé des photos du chat de Jackson.

Elle plisse les yeux. Je note qu'elle a coupé sa frange de façon que celle-ci forme une pointe entre ses sourcils. Avec ses yeux clairs et son eye-liner noir, elle ressemble un peu à une extraterrestre.

— Donc en gros, vous avez glandé.

— Eh bien, Jackson avait photoshopé la tête des profs pour la mettre sur le corps de son chat.

— Sérieux ?

— Et il leur a ajouté un chapeau.

— Dites donc, vous deux ! nous interpelle M. Curtis. Vous êtes en retenue, ici, pas au salon de thé.

— On échange entre intellos, monsieur, explique Annie. C'est pour développer notre lien social.

— Je ne veux pas de lien social en retenue, Annie, rétorque-t-il. Juste le silence complet.

Elle lui adresse un sourire forcé et fait mine de fermer sa bouche avec une fermeture Éclair. Mais à la seconde où M. Curtis baisse les yeux sur son ordinateur, elle chuchote à mon attention :

— Ça m'ennuie de l'admettre, mais je serais vraiment curieuse de voir ces photos.

Puis elle pose son menton dans sa main et retourne à sa lecture.

Je ne suis donc pas étonnée de la retrouver en salle H4 plus tard dans la journée. Une fois de plus, Jackson est avachi sur son fauteuil-poire tandis que nous prenons place autour de lui sur nos chaises.

— J'ai l'impression d'être un roi parmi ses sujets ! se vante-t-il en s'étirant de tout son long.

— Ou un chien couché à nos pieds, le rembarre aussi sec Annie.

M. Curtis coupe court à la conversation.

— J'ai pensé qu'on pourrait commencer avec un exercice énergisant appelé « Attrape mon doigt ». En gros, vous devez tendre la main sur le côté et…

— Hors de question, le coupe Annie en secouant la tête. Je n'attrape le doigt de personne.

— Dans ce cas pourquoi pas « Peurs dans le chapeau » ? propose M. Curtis. Vous notez une de vos peurs sur un morceau de papier et le déposez dans un chapeau. C'est un très bon moyen de créer de la cohésion de groupe.

— Ça a l'air sympa ! intervient Rose.

— Non, ça a l'air nul ! réplique Annie.

Je suis du côté d'Annie sur ce coup – je n'ai pas tellement envie d'exprimer mes peurs en public.

— On ne peut pas faire autre chose, monsieur ? demande-t-elle.

— Eh bien, vous pourriez vous mettre par deux et présenter votre camarade sous la forme d'une définition de dictionnaire. C'est un exercice qui a bien fonctionné dans les autres groupes. Par exemple, en ce qui me concerne, ça donnerait : Curtis, Tristram…

— Tristram ? s'écrie Jackson avant d'éclater de rire. Vous vous moquez de nous, monsieur ?

M. Curtis l'ignore et reprend :

— Curtis, Tristram. Nom propre. 1. Enfant unique, né à Norwich, Est-Anglie. 2. Passionné d'histoire, plus particulièrement de la Seconde Guerre mondiale. 3. Ornithologue.

— Ornitho-quoi ? s'exclame Jackson.

— Ornithologue.

— C'est quelqu'un qui étudie les oiseaux, je marmonne.

— Ça a l'air passionnant ! s'esclaffe Jackson.

Annie pousse un profond soupir.

— *Monsieur*, quand est-ce qu'on mange les biscuits ?

Notre principal adjoint pose une main protectrice sur la boîte.

— Quand vous aurez rédigé vos définitions.

— D'accord..., dit-elle. On va faire votre truc de dictionnaire. Je me mets avec Meg.

Elle se penche vers moi et me donne un petit coup sur l'épaule. Bizarrement, ça ne me gêne pas plus que ça de devoir travailler avec Annie. Certes, elle est encore plus exubérante que Bella, mais au moins elle dit ce qu'elle pense, et avec elle je sais à quoi m'en tenir. Bella est beaucoup plus difficile à cerner.

M. Curtis nous explique que nous devons d'abord interroger notre partenaire.

— Je suis impatiente de m'y mettre, déclare Annie avec un grand sourire.

Elle parle d'une voix que je n'ai jamais entendue avant : douce, gentille. C'est un peu flippant.

— Vous savez ce qui rendrait cet exercice encore plus intéressant, monsieur ?

— Quoi donc, Annie ?

— Une tasse de thé pour accompagner ces biscuits.

— Avec deux sucres pour moi, ajoute Jackson.

— Vous avez du lait de soja ? *J'adore* le lait de soja !

M. Curtis secoue la tête d'un air dépité.

— Je ne suis pas autorisé à vous servir des boissons.

— Mais si, voyons, riposte Annie. La principale m'en sert tout le temps quand je vais dans son bureau.

Puis elle lui adresse un regard qui signifie clairement que ce serait beaucoup plus facile pour lui s'il acceptait de nous préparer du thé.

Avec un soupir, il arrache une feuille de son calepin.

— Bien… Je ferais mieux de noter ce que vous voulez.

J'attends qu'il ait quitté la pièce pour demander :

— Tu crois qu'il va avoir des ennuis ?

— Mais non ! réplique Annie. Et ce n'est pas comme si tu avais essayé de l'en empêcher.

— J'imagine que j'ai vraiment envie d'une tasse de thé, dis-je en réprimant un bâillement.

J'ai un peu mieux dormi cette nuit, mais Elsa m'a encore réveillée horriblement tôt.

— Je commence ?

— Si tu veux, fait Annie en haussant les épaules.

Je passe en revue les questions habituelles dans ce genre de situation et Annie me répond le plus brièvement possible, lâchant un « Joker » lorsqu'une de mes questions lui déplaît.

Après m'avoir appris quelle est sa couleur préférée, elle lève les yeux au ciel et sort un stylo.

— À moi. Clark, Meg. Nom propre, déclare-t-elle en écrivant. Débarrassons-nous tout de suite des trucs chiants : Frères et sœurs ? Lieu de naissance ? Animaux de compagnie ? Bla bla bla.

— Une demi-sœur, Australie, un chien.

— Hmm, intéressant…, commente-t-elle en tapotant son stylo sur ses lèvres. Est-ce que tes parents sont australiens ?

— Non.

Annie m'observe, attendant visiblement un complément d'information.

— Ma mère était en Australie quand je suis née, dis-je finalement. Elle voyage beaucoup.

— Et ton père… ?

— Je ne l'ai jamais rencontré.

Après une seconde, elle poursuit :

— Ton objet préféré ?

Annie a cette façon de parler, comme si elle s'attendait à ce qu'on lui obéisse, c'est pourquoi au lieu de répondre « mon téléphone » ou « mon ordinateur », j'opte pour la vérité.

— Mes jumelles Orion.

— Toi aussi, tu es une ornithologue ?

— Non. J'observe la Lune et les étoiles.

— Avec des jumelles ? J'ignorais que c'était possible.

Elle se penche sur sa feuille pour prendre quelques notes.

— Où irais-tu si tu étais invisible ?

— Je ne peux pas être invisible.

— Contente-toi de répondre, Meg.

— Si j'étais invisible – ce qui n'arrivera jamais – j'embarquerais à bord d'une navette spatiale et m'envolerais pour la galaxie NGC 660, même si ça aussi c'est impossible vu qu'elle se trouve à quarante-cinq millions d'années-lumière et…

— Stop. Quelle est ta plus grande ambition ?

— Devenir astronaute.

Annie éclate de rire puis s'interrompt en voyant ma tête.

— Attends, tu es *sérieuse* ?

J'acquiesce et son regard s'agrandit.

— Mais… Tu ne peux pas vouloir devenir astronaute ! Je veux dire, pas à moins d'avoir cinq ans ! Tu n'y arriveras jamais, alors pourquoi perdre ton temps avec un projet voué à l'échec ? D'ailleurs, comment est-ce qu'on devient astronaute ?

— Il faut d'abord obtenir un diplôme dans une matière scientifique – ingénierie, mathématiques, physique – puis approfondir ses connaissances dans ce domaine. Ensuite, tu peux devenir soit ingénieur, soit pilote d'essai. Je vais me former pour devenir pilote d'essai, et après…

— *Toi*, pilote d'essai ?

Elle rejette la tête en arrière et se met à glousser.

— Ne le prends pas mal, Meg, mais tu n'as pas vraiment le profil du héros de la nation !

— Il faut être calme, méthodique et réfléchi. Je ne vois pas pourquoi je ne pourrais pas y arriver.

Quelque chose dans ma façon de répondre lui fait passer l'envie de rire.

— C'est vraiment ce que tu veux ?

— Depuis que je suis toute petite.

Mes paroles flottent entre nous pendant un moment, puis elle demande :

— Tu n'as pas peur de te sentir seule, là-haut ?

Je pense à toutes ces fois où je me retrouve seule à la récré ou à la pause déjeuner, et au temps que je passe enfermée dans ma chambre pendant le week-end.

— Je ne crains pas la solitude, dis-je en haussant les épaules.

Les yeux d'Annie se plissent.

— Qu'est-il arrivé à ton amie ? La rousse aux cheveux bouclés ?

— Harriet ? Elle est partie en Nouvelle-Zélande.

— Pas cool… Vous êtes restées en contact ?

Je ne suis pas sûre que ça fasse partie de l'exercice. Je repense aux mails que Harriet m'envoyait chaque jour et à nos discussions sur Skype en fin de soirée : moi sur mon lit, en pyjama, prête à aller me coucher, alors que Harriet se préparait pour sa journée. Mais ensuite, ses mails sont devenus plus courts et je devais en envoyer deux ou trois avant d'avoir une réponse. Et la dernière fois que nous avons discuté sur Skype, j'ai senti que c'était devenu une corvée, comme si elle devait parler à sa grand-mère ou à un parent éloigné.

Je lui ai envoyé un mail il y a un mois, mais je n'ai pas eu de nouvelles.

— Oui, on a gardé le contact, dis-je néanmoins. Elle se plaît beaucoup là-bas.

— Tant mieux, déclare Annie. Dernière question : confie-moi un secret.

— Ce n'est pas une question.

Elle pointe son stylo sur moi et murmure :

— Meg Clark, as-tu des choses à cacher… ?

Je sais que je pourrais lui dire n'importe quoi. Que j'ai volé un Twix, une fois, ou que j'ai peur du noir. Mais je décide de ne pas le faire, parce que j'ai l'impression qu'Annie s'intéresse vraiment à ma réponse. Qu'elle s'intéresse vraiment à moi.

Je jette un œil autour de nous et chuchote :

— Je suis en mission secrète.

— Quel genre de mission ?

— Si je te le disais, je devrais te tuer !

Annie sourit, puis M. Curtis réapparaît, un plateau entre les mains. Tandis qu'il fait passer nos tasses accompagnées de quelques biscuits émiettés, nous finissons de rédiger nos définitions. Alors que Jackson et Rose présentent les leurs, je remarque qu'Annie est toujours en train d'écrire la mienne, barrant des mots et fronçant les sourcils.

— Formidable ! s'exclame M. Curtis en réaction à la définition de Jackson faite par Rose. À présent, écoutons ce que Meg a à nous dire au sujet d'Annie.

— Demos, Annie, je commence d'une petite voix. Nom propre. 1. Née à Watford. 2. Fille unique. 3. Fan de lecture mais déteste les gens, le thon et l'école. 4. Possède deux rats, nommés Alice et Mabel.

— Ouais. C'est moi, confirme Annie.

M. Curtis se tourne vers elle.

— Et toi, Annie, comment définirais-tu Meg ?

Elle s'éclaircit la gorge et se redresse sur sa chaise.

— Clark, Meg. Nom propre. 1. Venue au monde lors d'un voyage et possède une demi-sœur. 2. Exploratrice de l'espace coincée sur Terre dans des chaussures élimées. (Elle marque une pause et ses yeux glissent de mes vieilles boots à mon blazer.) 3. Mi-être humain, mi-ordinateur dont la meilleure amie l'a laissée tomber. 4. Passionnée de faits en tout genre. 5. Geek qui a un secret.

Pendant un moment, personne ne parle. Les yeux de Rose oscillent entre Annie et moi.

— Voilà, conclut Annie, avant de chiffonner sa feuille comme elle l'a fait dans la salle de retenue.

Je la vois tomber sur le sol.

— Merci, Annie, déclare M. Curtis. C'était particulièrement intense ! Je crois que nous serons tous d'accord pour dire que la glace est à présent rompue.

— Plutôt brisée en mille morceaux ! s'exclame Jackson.

— J'ai bien aimé sa définition, dis-je rapidement.

— Sérieux ? reprend celui-ci. Ça ne te dérange pas qu'on te traite de geek ?

Je hausse les épaules. Je sais maintenant que dans la bouche d'Annie, il ne s'agit pas d'une insulte.

— J'ai l'habitude.

— Bien, intervient M. Curtis en frappant dans ses mains. Je crois que ce sera tout pour aujourd'hui. Nous poursuivrons sur cette voie vendredi…

Il s'interrompt. Annie est déjà en train de quitter la pièce.

— … Et peut-être que nous pourrons accomplir quelques exercices de confiance par la même occasion.

— Vous croyez que ce serait possible d'avoir des cookies ? demande Jackson en s'extirpant de son fauteuil-poire. J'adore les cookies.

Tandis que Rose remercie M. Curtis pour « la délicieuse tasse de thé », je ramasse la définition d'Annie et la glisse dans ma poche. Même si je suis un peu obsédée par mes chaussures depuis qu'elle en a parlé, tout ce qu'elle a dit sur moi était vrai et, comme elle l'a souligné, j'adore les faits.

Depuis que Harriet est partie, c'est la première fois que j'ai le sentiment que quelqu'un me comprend *vraiment*… Et ce qui est encore mieux, c'est que je commence à comprendre Annie, moi aussi.

Dix-neuf

Je parviens à éviter une nouvelle amende à la crèche en sortant la première du cours de français et en courant pendant tout le trajet. Grâce aux séances d'athlétisme – et à un raccourci que j'ai trouvé en coupant par le parking d'un magasin –, j'arrive même devant le bâtiment avec une minute d'avance.

Après avoir récupéré Elsa, je m'arrête au supermarché. Le paquet de couches et les quelques victuailles que j'achète font passer notre budget sous la barre des cent livres. Je suis tentée de m'offrir un Snickers, mais je décide de ne pas gaspiller notre argent en futilités.

Pendant le dîner, papi me félicite pour mon sens des responsabilités et me propose de rayer la date du jour sur notre planning. Je ne peux pas lui dire que le pire reste à venir – mettre Elsa au lit – au cas où il insisterait pour nous accompagner.

— Plus que quelques jours ! se réjouit-il.

— Douze, je précise.

Depuis que maman est partie, il se comporte comme si elle s'était absentée pour aller faire des courses.

— Papi, je reprends en mélangeant mes haricots et mes pommes de terre, est-ce qu'elle t'a envoyé un message aujourd'hui ?

Il secoue la tête.

— Pas d'e-mail ? Rien ?

— Non, répond-il, avant d'ajouter du ketchup dans son assiette. Mais je suis sûr qu'elle va bien.

— Je pensais qu'elle aurait au moins voulu savoir comment va Elsa.

Papi préfère peut-être agir comme si de rien n'était, mais je ne suis pas d'humeur à l'imiter. Il gratte ses cheveux ébouriffés, et sa collection de bracelets en cuir glisse sur son poignet.

— Elle sait que nous prenons soin d'Elsa. Elle a confiance en nous. Regarde, vous êtes toutes les deux en train de manger, vous êtes propres et personne n'est blessé !

Il rit mais je vois son front se plisser.

— Ne t'en fais pas, Meg. On est déjà passés par là, toi et moi !

— C'est vrai..., dis-je en repensant aux fois où maman est partie en voyage en me laissant ici.

C'était amusant, mais j'avais toujours hâte qu'elle revienne et me serre dans ses bras. Elle portait une odeur différente à chaque fois et avait toujours plein d'histoires extraordinaires à nous raconter. Je me blottissais contre elle tandis qu'elle parlait avec passion des gens ou des animaux qu'elle avait aidés. J'adorais entendre le son de sa voix, mais une partie de moi était jalouse de devoir la partager.

De l'autre côté de la table, Elsa laisse tomber sa cuillère et commence à faire des dessins dans sa sauce tomate. Papi désigne mon assiette à laquelle j'ai à peine touché.

— Tu as l'intention de manger ou il faut que je te nourrisse, toi aussi ?

Nous rentrons à la maison après le dîner, Elsa installée dans sa poussette et Pongo trottinant à côté. Quand nous arrivons devant la porte, Elsa penche la tête vers moi et demande :

— Mama… ma ?

— Elle n'est pas encore rentrée, je réponds.

Néanmoins, lorsque je glisse la clé dans la serrure, je ne peux pas m'empêcher d'imaginer – d'espérer – qu'elle nous attend à l'intérieur, assise en tailleur au milieu du salon illuminé de bougies et surchauffé. Mais comme hier, l'appartement est sombre, froid et désespérément vide.

Je sors Elsa de sa poussette et me fraye un chemin parmi les jouets et les emballages vides. Je n'ai jamais vu l'appartement dans un tel état ! Il a toujours été désordonné, mais les choses ont empiré avec l'arrivée d'Elsa. Ce qui explique pourquoi je passe autant de temps dans ma chambre… Il y a tellement de bazar sur le sol que Pongo n'arrive même pas à trouver un endroit où se coucher. Après avoir reniflé un bol à moitié vide, il part finalement se pelotonner devant la porte d'entrée.

Je dépose Elsa dans la piscine vide et prends une grande inspiration.

— Bon, je crois qu'il est temps de faire un peu de rangement !

Au début, je m'en sors plutôt bien. J'empile les tasses et les assiettes dans l'évier et commence à entrevoir des bouts de moquette. Mais ensuite, Elsa s'échappe de la piscine et tire un puzzle de l'étagère. Elle jette les pièces dans tous les sens, et, pendant que je m'escrime à les ramasser, elle en profite pour renverser une plante posée sur l'appui de fenêtre, répandant de la terre sur le sol et dans ses cheveux.

Je sens les muscles de mon corps se crisper.

— Elsa ! je crie avant de la rejoindre.

Elle lève sur moi de grands yeux innocents.

— Ça suffit maintenant ! J'essaye de ranger, au cas où tu ne l'aurais pas remarqué.

— Da ! fait-elle en me tendant une poignée de terre.

— Je ne veux pas de terre. Je veux que tu arrêtes de faire des bêtises.

Elle pousse un cri aigu puis file à toute vitesse, semant des traînées de terre sur son passage.

Tandis que je repose la plante, elle crapahute jusqu'à la bibliothèque.

— Da ! s'exclame-t-elle en attrapant un livre qu'elle jette par-dessus son épaule. Da, da !

Un à un, les livres atterrissent sur le sol.

— Arrête !

Mon ton sévère la fait sursauter mais ne l'inquiète pas pour autant. Elle me regarde, sourit, puis jette un nouveau livre.

Soudain, je me sens si fatiguée que j'ai envie de hurler. Je me rue sur la bibliothèque et empoigne une série de livres.

— Voilà ! je m'écrie en les laissant tomber. C'est mieux comme ça ? Après tout c'est vrai, pourquoi on ne balancerait pas *tout* par terre, hein, Elsa ?

J'attrape une pile d'ouvrages dédiés aux fées et les jette de toutes mes forces. Ils virevoltent dans les airs, leurs pages se déployant comme des ailes, avant d'aller s'écraser contre le mur à l'autre bout du salon. Maintenant que j'ai commencé, je n'arrive plus à m'arrêter. Elsa s'écarte alors que les livres continuent de voler à travers la pièce. Puis je me dirige vers la cheminée et balaye le rebord d'un geste rageur, envoyant valser les bougies, l'encens et les figurines Pop Disney de maman.

Lorsque j'arrache le carillon à vent du plafond, Elsa se met à pleurer et je reste plantée au milieu du salon à la regarder, mon cœur battant à tout rompre. Elle a l'air pathétique, recroquevillée ainsi sur la moquette, mais quelque chose en moi – un sentiment de rancœur – m'empêche d'aller la consoler.

D'une main tremblante, je ramasse les figurines et les replace sur la cheminée.

L'appartement est dans un piteux état… *Je* suis dans un piteux état.

Et j'en veux terriblement à maman.

Je fixe la tête dodelinante de Pan-Pan jusqu'à ce que mon rythme cardiaque ralentisse, puis je me force à inspirer profondément. En 1970, les astronautes d'Apollo 13 étaient en mission depuis deux jours quand une terrible explosion s'est produite et qu'ils ont commencé à manquer d'oxygène. Se sont-ils mis à crier et à balancer des objets ? Non. Ils ont utilisé du *Scotch* et une *chaussette* et ont construit une machine qui leur a sauvé la vie. Je suis sûre que leur pression artérielle n'a même pas augmenté ! Comment puis-je rêver de devenir astronaute si je ne suis pas capable de garder mon sang-froid face à un bébé ?

Lentement, ma colère retombe et je me sens un peu bête de m'être emportée de cette façon. Je contourne Elsa pour me rendre à la cuisine où je prends une galette de riz et un rouleau de sacs-poubelle.

— Tiens, dis-je en tendant la galette à ma petite sœur.

Elle lève son visage baigné de larmes sur moi, son pouce enfoncé dans sa bouche.

— Je suis désolée d'avoir crié.

Je la réconforte en lui frottant le dos et, d'un geste lent, elle tend la main pour attraper la galette.

— Je te donnerai un bain après, mais d'abord on va jouer à « Qui va dans le sac ? », d'accord ?

Elle suçote sa galette de riz.

— Fruits en plastique ? je commence en soulevant une fausse grappe de raisins. Dans le sac ! Peppa Pig ? Dans le sac !

Assise dans son coin, Elsa m'observe d'un air curieux. Après un moment, elle saisit une de mes chaussures, rampe jusqu'au sac et la laisse tomber dedans.

— C'est bien ! je la félicite, luttant contre l'envie de la retirer aussitôt.

Elle me sourit et agrippe la patte de Pongo.

— Non, non, pas Pongo. Il est trop gros. (Je lui passe un emballage en carton.) Jette ça, plutôt.

Tandis qu'elle s'occupe des cartons, je remets en place les livres disséminés dans le salon. Bientôt, nous avons rempli trois sacs-poubelle, réuni toute la vaisselle dans la cuisine et nous pouvons enfin apercevoir un peu de moquette !

— Débarrassons-nous de ce truc, je déclare en tirant sur l'embout en plastique de la piscine.

Elle se dégonfle et je la glisse derrière le canapé avec les sacs. À présent, nous avons un magnifique espace libre ! Je m'y allonge le temps de reprendre mon souffle. Heureux d'avoir un peu plus de place, Pongo et Elsa se mettent à déambuler dans la pièce. *C'est beaucoup mieux comme ça*, me dis-je en fermant les yeux.

Puis quelque chose de dur et gluant vient s'écraser sur mon front. Je l'ignore, mais Pongo gratte mon épaule et le machin gluant me heurte à nouveau. J'ouvre un œil et vois qu'il s'agit de la balle en caoutchouc avec laquelle on joue quand je le sors dans le parc. Je me redresse sur mes coudes et demande :

— Tu veux aller te promener ?

Vingt

La journée du jeudi se déroule dans la confusion, partagée entre l'envie quasi irrépressible de dormir et la tentation de plus en plus forte d'acheter un Snickers. Comme d'habitude, nous dînons chez papi, puis nous rentrons à la maison pour la traditionnelle crise du soir (ma sœur décide qu'elle déteste les bains), suivie de la promenade au parc. Je parle à Elsa des différentes sortes d'étoiles – naines rouges, naines blanches, hypergéantes – et bientôt sa tête bascule en arrière et elle s'endort dans sa poussette. Sur le chemin du retour, je m'arrête à l'épicerie ouverte vingt-quatre heures sur vingt-quatre. C'est un cas d'urgence. J'ai besoin d'un Snickers pour remonter les trois étages jusqu'à l'appartement. Une fois de plus, nous nous écroulons sur le lit de maman. *Je devrais vraiment la mettre dans son berceau*, me dis-je alors que mes paupières commencent à se fermer… *Demain, peut-être…*

La première chose que je vois en me réveillant le vendredi matin est mon téléphone portable. C'est difficile de le manquer étant donné qu'Elsa le presse sur mon œil et fait semblant d'avoir une conversation avec moi.

— Ah, uh, bababa ? demande-t-elle.

Je repousse le téléphone et constate que j'ai un nouveau message. Je me redresse aussitôt, arrachant le portable des mains d'Elsa. Elle tente de le récupérer mais je m'écarte et contemple l'écran. Il s'agit d'un numéro inconnu. J'ouvre le texto. *Je vais bien et vous me manquez. Namasté ! Maman*

Je suis tellement contente d'avoir enfin de ses nouvelles qu'un immense sourire se forme sur mon visage. Puis je relis le message, à la recherche d'éléments qui m'auraient échappé, d'indices qui me permettraient de savoir où elle se trouve et ce qu'elle fait. Pendant ce temps, Elsa martèle mon dos.

— Da ! s'exclame-t-elle d'un ton impatient, et mon sourire disparaît.

Comment maman peut-elle nous dire qu'elle va bien et ne pas poser la *moindre* question à notre sujet ? Et si on lui manque tellement, pourquoi ne rentre-t-elle pas à la maison ?

Debout sur le lit, Elsa se cramponne à moi, vacillant dans sa grenouillère Winnie l'Ourson.

— Maman va bien, j'annonce, parce qu'il faut que je le dise à quelqu'un.

Avec un soupir, je lui rends le téléphone et elle le colle à l'envers contre son oreille.

— Mamama, dit-elle, puis elle commence à parler dans un langage extraterrestre.

C'est alors que mon regard se pose sur le réveil de maman. Mon cœur rate un battement quand je découvre l'heure : nous avons dormi beaucoup trop longtemps ! Je passe rapidement en revue tout ce que je dois faire (changer Elsa, lui donner à manger, remplir la gamelle de Pongo), et ce dont je peux me passer (prendre mon petit-déjeuner, me brosser les dents). Je tente en même temps d'évaluer mes chances d'arriver à l'heure à l'école. Elles sont minces. Je vais devoir courir.

J'attrape une couche et des lingettes. Puis je me souviens que j'ai un cours de sport dans la journée et que mes affaires ne sont pas lavées. Je sors mon tee-shirt froissé du panier à linge. *« Je vais bien »*, je me répète. C'est super, maman... Je suis contente pour toi.

Vingt-et-un

— J'ai entendu dire, commence M. Badal, que lorsque je laisse les capitaines choisir leurs équipes, certains d'entre vous se sentent mis à l'écart. D'après la mère d'un de vos camarades – son regard se pose sur Richard Gardner – je devrais m'y prendre autrement.

Nous attendons au bord du terrain, le vent soufflant sur nos shorts, la bruine glacée fouettant nos visages. *Merci à la mère de Richard*, me dis-je. *Enfin !* M. Badal doit être le seul prof de sport du pays qui laisse encore les élèves populaires constituer leurs équipes. Les derniers à être choisis sont généralement moi, Richard et Nasma Khan (qui fait de l'asthme).

M. Badal plante sa crosse de hockey dans le gazon.

— Mais vous savez quoi ? Faites-vous une raison ! Bella, Jackson, vous êtes nos capitaines. Venez ici et formez vos équipes !

Mon cœur se serre. C'est parti…

— Woody ! lance Bella (évidemment).

— Je vais prendre le seul et unique André Jaquet, annonce Jackson en désignant son meilleur ami.

— Yes ! fait celui-ci en lui tapant dans la main.

Un à un, les élèves autour de moi sont appelés par Jackson et Bella.

— Excellent ! se réjouit M. Badal, avant de s'éloigner pour aller préparer le terrain.

Bientôt, nous ne sommes plus que sept laissés-pour-compte. Bella nous étudie comme si elle devait choisir parmi une sélection de sandwiches peu ragoûtants.

— Hmm... Ce n'est pas évident...

— Dépêche-toi, Bella, intervient Ed. On se les gèle.

— Heidi ! décide-t-elle.

Quoi, *sérieusement* ? Heidi crie dès que la balle l'approche à moins de deux mètres et porte des baskets compensées rose fluo ! Je fais du vélo de randonnée et marche au moins cinq kilomètres par jour mais, parce que je suis forte en maths, tout le monde pense que je suis forcément nulle en sport !

Heidi rejoint l'équipe de Bella.

— Merci, ma belle, dit-elle.

Une rafale de vent balaye le terrain. Je m'agrippe à ma crosse pour garder l'équilibre, et c'est là que j'entends mon prénom.

— Meg ! s'écrie Jackson. Réveille-toi et ramène ton cerveau d'intello ici.

— Moi ? je m'étonne en regardant par-dessus mon épaule.

— Oui, *toi*. Et vous trois, aussi.

Il désigne un groupe d'élèves à ma gauche.

— Hé, c'est mon tour ! proteste Bella.

— Pas trop tôt, soupire Ed. Allons-y.

— La mère de Richard a raison, réplique Jackson. C'est débile de faire les équipes de cette façon.

Il ramasse sa crosse de hockey et se dirige sur le terrain. Bella le dépasse en trottinant.

— Tu devrais prendre une cuillère, Bella ! lance Jackson dans son dos.

— Quoi ? dit-elle en se retournant.

— Parce que tu vas *déguster* !

— Pff, n'importe quoi, marmonne-t-elle avant de rejoindre Ed.

— Ouais, c'est ça, défile-toi !

Puis Jackson rugit, brandit sa crosse au-dessus de sa tête et court au milieu du terrain.

— Allez, les gars ! lance-t-il à notre attention. On va les *massacrer* !

Peut-être est-ce à cause du discours inspirant de Jackson, ou parce que je suis en colère contre maman, mais je me jette à corps perdu dans le match. À un moment, je cours tellement vite derrière la balle que je ne remarque même pas M. Badal. Je le percute de plein fouet et nous nous étalons tous les deux dans la boue.

Ed, qui s'était lancé à ma poursuite, nous évite de justesse en bondissant sur le côté. Le prof me fusille du regard et frotte son coude endolori.

— Rien de cassé ? s'enquiert Ed avant de récupérer la balle et de filer à toute vitesse.

Je suis peut-être à fond dans le match, mais ça ne me réussit pas pour autant : je marque un but contre mon camp, cède un penalty pour « utilisation dangereuse de ma crosse » (mes mains glissaient tellement qu'elle a malencontreusement frôlé le visage de Heidi) et j'arrive même à trébucher sur un paquet de chips. L'équipe de Bella nous bat sept à deux.

Tandis que nous rentrons aux vestiaires, Jackson me tapote l'épaule.

— Tu es ma joueuse du match, Clarky.

— Mais j'ai causé deux penalties et marqué un but contre mon camp !

— Désolé, j'aurais dû dire : « Tu es ma joueuse *la plus drôle* du match. »

— Oh... Merci.

— On se voit à l'atelier biscuits, conclut-il, puis il soulève sa crosse, se bat avec un ennemi invisible (un ninja, d'après les bruitages) et disparaît dans les vestiaires.

Je m'apprête à entrer dans celui des filles quand quelqu'un m'interpelle. Je me retourne pour voir Ed trottiner vers moi. Bien qu'il ait passé ces quarante dernières minutes à courir sur un terrain boueux, il a l'air aussi propre que s'il n'avait pas joué ; ses cheveux sont juste un peu moins bien coiffés que d'habitude.

Mal à l'aise, je croise les bras sur mon tee-shirt maculé de boue tandis qu'il s'arrête devant moi.

— Il faut qu'on travaille sur notre discours, annonce-t-il sans plus de préambule. Je n'ai pas tellement envie de faire ça ce midi. Tu peux rester après les cours ?

Je secoue la tête.

— Non, désolée, ça ne m'arrange pas.

— Tu veux dire aujourd'hui ou en général ?

— En général.

Il reste coi pendant une seconde.

— OK. Demain, alors ?

— On est samedi demain.

— C'est vrai. J'avais oublié.

Bella apparaît à ses côtés.

— Oublié quoi ? demande-t-elle.

— Rien. On parlait juste de notre devoir de sciences.

— Oh ! Raj et moi, on s'est vus hier soir. Il a écrit un rap sur les planètes du Système solaire. Ça s'appelle « L'Espace dans ta face ».

Elle se lance alors dans une démonstration :

— Uranus, Uranus, d'quelle couleur est *Uranus* ?

Puis elle s'interrompt et pointe un doigt sur moi.

— Alors, Meg ? De quelle couleur est Uranus ?

— Bleue, dis-je avec un soupir.

Elle rejette la tête en arrière et se met à rire tandis qu'Ed l'observe en haussant un sourcil.

— Quoi ? lâche-t-elle. C'est marrant !

— T'as fini ? s'enquiert-il.

Après un dernier gloussement, Bella acquiesce et le silence s'installe entre nous. Son regard glisse d'Ed à moi.

— OK, c'est bizarre.

— On pourrait peut-être s'envoyer notre discours par mail ? je suggère, ignorant la remarque de Bella. Lire ce que l'autre a écrit et proposer des améliorations ?

— Je crois que le but de l'exercice, c'est de le répéter *ensemble*, réplique-t-il. Mais si tu as plus important à faire, c'est toi qui vois. Je peux toujours demander à Mme Edgecombe de me mettre avec quelqu'un d'autre... Peut-être quelqu'un qui a *réellement* envie de gagner la compétition ?

Il dit ça avec le sourire, mais la pointe d'agacement que je perçois dans sa voix me fait monter une bouffée d'angoisse. L'école n'a pu inscrire que deux participants à la compétition et je sais que j'ai de la chance d'avoir été choisie.

— Oooh... Je crois qu'elle n'a pas apprécié ! commente Bella.

J'essaye de trouver un moment où je pourrais voir Ed, mais mon cerveau est aussi engourdi que mes doigts gelés et je suis tellement fatiguée que je n'arrive pas à réfléchir. C'est alors que je me souviens d'un créneau dans mon emploi du temps.

— La journée scientifique ! je m'exclame. On peut se voir à la pause déjeuner, on travaillera à ce moment-là.

— Ou dans le bus ? intervient Bella. Vous pourriez vous asseoir dans le fond et vous raconter des trucs de geek pendant le trajet.

— Comme tu veux, lâche Ed.

Il semble contrarié mais je ne sais pas si c'est à cause de moi ou de Bella.

— Allons-y, Woody, reprend celle-ci avant de s'éloigner. Il y a des pizzas ce midi, je ne veux pas les rater.

Ed commence à la suivre, mais fait demi-tour.

— Une dernière chose, dit-il. Tu as de la boue sur la joue, là.

Je frotte mon visage du revers de la main.

— C'est parti ?

Il secoue la tête.

— Je crois que tu devrais te regarder dans un miroir.

— T'en as partout ! s'écrie Bella. *Allez, viens*, Woody !

Vingt-deux

Quand j'arrive à l'atelier biscuits, nos tasses de thé sont déjà prêtes et Annie et Jackson se disputent un cookie.

— M. Curtis en a mis dans la boîte mais ils sont tous cassés, explique Annie. À part celui-là.

— C'est moi qui l'ai vu en premier ! riposte Jackson en essayant de le lui voler.

— Bon, ça suffit, intervient M. Curtis. Je propose qu'Annie garde le cookie et que Jackson prenne deux biscuits au gingembre pour compenser, ça vous va ?

— Yes ! se réjouit Annie, avant de dresser son majeur à l'attention de Jackson.

Rose prend un air horrifié et M. Curtis fait semblant de ne pas l'avoir remarqué.

Jackson s'en fiche. Il est déjà en train de tremper un biscuit dans son thé.

— C'est pas mauvais, déclare-t-il en haussant les épaules.

Aujourd'hui, allez savoir pourquoi, M. Curtis veut que nous fassions des animaux en origami. Jackson et Rose sont emballés par l'idée et bientôt des chats, des girafes et des grenouilles apparaissent sur le fauteuil-poire de Jackson.

— Sans moi, m'informe Annie. Ça n'a aucun intérêt… Et avant que tu t'apitoies sur mon sort, ça n'a rien à voir avec ma paralysie. (Elle agite ses doigts sous mon nez.) Tu vois ? Ces petites merveilles fonctionnent parfaitement bien.

Je hausse les épaules.

— C'est toujours mieux que l'assemblée générale.

Je prends une feuille de papier blanc et commence à réaliser une grue. Annie m'observe, incapable de résister à la tentation de critiquer ce que je fais.

— Plie vers *l'arrière*, pas vers *l'avant*… C'est censé être un *bec*, Meg, pas une *queue* !

Quand j'ai fini la grue, elle la saisit et l'examine de plus près.

— Pas mal. Si tu n'arrives pas à devenir astronaute tu pourras toujours gagner ta vie en faisant des animaux en papier. (Elle attrape une feuille marron.) Je crois que je vais faire un ours.

— Moi, un pingouin, dis-je.

Je plie un morceau de papier noir dans un sens, puis dans l'autre.

— Je ne me fais pas d'illusion, je reprends après un moment. Je sais qu'il est peu probable que je devienne astronaute – j'ai plus de chances de me faire frapper par la foudre ! – mais chaque jour, je m'efforce d'augmenter un peu plus ces probabilités.

Elle me glisse un regard et fronce les sourcils.

— Comment ça ?

— Par exemple : si aujourd'hui je rends un devoir qui me permet d'obtenir un A en maths, ça m'aidera à entrer dans une bonne université plus tard, et donc, potentiellement, à devenir astronaute.

— Et en quoi ça t'aide de faire un pingouin en origami ?

— Ça m'aide à améliorer ma précision, je réponds en appuyant sur une minuscule aile. Un jour, je serai attachée à un filin d'acier en train de resserrer un boulon à quatre cent cinquante kilomètres au-dessus de la Terre, et je repenserai à ce moment. Ce pingouin va définitivement m'aider à aller dans l'espace.

Elle étudie son ours en faisant la moue.

— Qu'est-ce qui t'a donné envie de devenir astronaute ?

— Ça t'est déjà arrivé d'aller dans un zoo et de te dire que les animaux avaient l'air tristes ?

— Peut-être... Une fois, je me suis arrêtée devant un gorille, on a échangé un regard, et j'ai eu l'impression qu'on avait partagé un moment.

— Moi, je sais exactement ce qu'ils ressentent. La Terre est trop petite pour nous. Je veux explorer l'Univers aussi loin que possible !

Elle reste silencieuse un instant, puis laisse échapper un rire.

— Et ça doit être génial de vivre en apesanteur, j'ajoute plus sérieusement. Tout le monde voudrait pouvoir voler, non ?

Annie me regarde droit dans les yeux.

— Je rêve souvent que je suis en train de voler.

— Moi aussi.

— Tiens, prends mon ours, déclare-t-elle en me tendant son papier tout froissé. Je sais qu'il ressemble davantage à une crotte, mais c'est le geste qui compte.

Nous fabriquons d'autres animaux, plus ou moins réussis, puis M. Curtis nous annonce qu'il est l'heure de partir.

— Merci pour cette magnifique perte de temps, monsieur, conclut Annie avant de se diriger vers la porte.

— Ce n'était pas une perte de temps, réplique-t-il. Vous avez appris à vous concentrer sur une tâche afin de l'accomplir avec minutie. Pas si vite, Annie…

Elle a déjà traversé la moitié de la pièce.

— Quoi ?

— Vous avez un devoir à faire.

— Vous plaisantez ?! s'écrie-t-elle en ouvrant de grands yeux.

— Pas du tout, rétorque M. Curtis sur le même ton, et ils se dévisagent un moment.

— Je vous écoute…

— Un des principaux objectifs d'« Élèves sous les projecteurs » est d'encourager les membres des différents groupes à tisser des liens, à échanger les uns avec les autres, pas seulement dans le cadre de cet atelier.

— Où est-ce que vous voulez en venir, monsieur ? demande Jackson.

— Il veut nous forcer à devenir amis, explique Annie en fronçant les sourcils.

— Non, je veux que ce merveilleux groupe qui est en train de se former sous mes yeux perdure. J'aimerais pour cela que vous vous retrouviez en dehors de l'école, pour discuter, ne serait-ce qu'une demi-heure. Je pense que ce serait une expérience extrêmement enrichissante pour vous de vous voir en tant qu'individus, tels que vous êtes réellement, sans les barrières de l'uniforme, du règlement ou des emplois du temps.

— Vous êtes *sérieux* ?

Annie cligne des yeux en regardant M. Curtis, et sur son fauteuil-poire Jackson se met à rire.

— Ce ne sera pas une « expérience extrêmement enrichissante », poursuit-elle. Ce sera une expérience extrêmement embarrassante !

— On pourrait aller au bowling, propose Jackson. Ou au laser game. Oh mon Dieu ! Annie dans un laser game ! On serait tous morts en deux minutes.

— Ça n'arrivera pas, rétorque Annie. Je veux traîner avec mes *vrais* amis en dehors de l'école.

— Je trouve que ça pourrait être sympa, intervient Rose. Pourquoi pas demain ?

— Bien sûr, je ne peux pas vous y contraindre, reprend le principal adjoint, mais je pense que vous devriez essayer, au moins une fois…

— Je suis prise demain, dis-je en me remémorant l'atelier sciences de papi.

— Dimanche ? suggère Rose.

Rose est petite, avec de grands yeux marron et des joues rebondies. Il y a quelque chose chez elle qui me fait penser à Elsa : ses émotions se lisent sur son visage, et en ce moment il reflète un mélange d'espoir et d'excitation. Visiblement, personne ne veut effacer cette lueur dans son regard parce que Jackson demande :

— Quinze heures ? Au McDo ?

Annie grimace, et je sais pourquoi. Le McDo se trouve dans une rue en pente du centre-ville. C'est probablement l'endroit le plus difficile d'accès quand on a des béquilles, ou un fauteuil roulant.

— Pourquoi pas le Fusciardi ? je propose en pensant au café situé sur la promenade. Il est face à la mer et fait les meilleures glaces de la ville. (De quoi je parle ? Je n'ai même pas l'intention d'y aller !) Et ils vous donnent un petit biscuit quand vous prenez un café ou un chocolat chaud.

— *J'adore* le Fusciardi, renchérit Rose. Il y a plein de miroirs à l'intérieur et on peut commander des minigaufres en forme d'ourson.

— Je vous y retrouverai, mesdemoiselles, déclare Jackson en bondissant sur ses pieds, avant de lancer un « peut-être » par-dessus son épaule et de quitter la pièce.

— Ouais, « peut-être » que je vous y retrouverai aussi, soupire Annie en sortant à sa suite.

— Merci d'avoir proposé le Fusciardi, me souffle Rose tandis que nous longeons le couloir. J'adore cet endroit mais je n'ose jamais y aller toute seule.

— Pas de souci.

Je commence à avoir un mauvais pressentiment à propos de cette sortie.

— J'arriverai en avance pour nous réserver une table face à la mer !

Elle m'adresse un immense sourire puis tourne dans un couloir adjacent.

Je la regarde s'éloigner, son sac rebondissant dans son dos, ses cheveux volant derrière elle. Je vais être occupée avec Elsa, ce week-end, Jackson a dit qu'il viendrait « peut-être » et, de toute évidence, Annie n'a pas l'intention de se joindre à nous. Rose va-t-elle se retrouver seule dans ce café à attendre désespérément notre venue en grignotant une minigaufre en forme d'ourson ? Je repousse cette pensée, mais je n'arrive pas à me débarrasser de l'image de ses grands yeux remplis d'espoir.

Je me dirige vers la bibliothèque. Voilà pourquoi je veux devenir astronaute : la vie sur Terre est bien trop compliquée.

Vingt-trois

Le samedi, Elsa me réveille à cinq heures, ce qui me laisse largement le temps de contempler le plafond et de penser à l'atelier « Cool Cosmos » que nous devons animer aujourd'hui avec papi.

Je suis partagée entre stress et excitation. Nous préparons ce projet depuis des mois et les expériences promettent d'être vraiment chouettes. Je suis sûre que les enfants vont adorer ! Et quand je me concentre là-dessus – sur leurs visages ébahis – j'ai hâte d'y être.

Mais ce sentiment d'excitation est rapidement remplacé par une envie de vomir. Mon cœur accélère et mon ventre se noue à l'idée de tous ces gens – d'accord, de ces *enfants* – en train de m'observer... Je tente de me raisonner en me disant que papi fera le plus gros du travail ; je n'aurai qu'à me tenir près de lui pour lui passer les fruits et les glaçons. Certes, des gens vont me regarder, mais je peux y arriver. Non, je *dois* y arriver, parce que cet atelier est l'occasion idéale de m'entraîner pour le discours que je vais devoir présenter lors la compétition organisée par la NASA.

Je prépare Elsa et lui donne son petit-déjeuner, puis je file prendre une douche et j'avale un bol de céréales avant de rejoindre papi pour l'aider à charger la voiture de Pete. (Papi n'a pas de voiture, alors il a convaincu Pete, un de ses amis du club des astronomes amateurs du Sussex, de nous servir de chauffeur.) Quand la voiture est prête et que nous prenons la route pour le Centre des sciences, l'envie de vomir resurgit. J'ouvre la fenêtre et prends de grandes inspirations. À côté de moi, Elsa crie à s'en décoller les poumons.

— Rappelle-moi pourquoi vous emmenez la petite ? s'enquiert Pete.

— Alice s'est absentée quelque temps, explique papi. Elsa ne posera pas de problème.

— Si tu le dis, répond Pete.

Elsa pleure depuis que nous avons quitté la ville. À présent, nous roulons sur une route de campagne. La voix de David Bowie s'échappe des haut-parleurs et Elsa sanglote en rythme.

— Tiens, Elsa, dis-je en lui tendant sa peluche carotte.

Elle l'enfonce dans sa bouche et les pleurs cessent enfin. Je regarde par la fenêtre, le cœur au bord des lèvres, tandis que le vent s'engouffre dans mes cheveux. Soudain, j'aperçois les dômes turquoise de l'observatoire se dresser entre les arbres.

— On y est ! je m'exclame.

— Ces bons vieux vaisseaux, commente papi en se tournant vers moi avec un grand sourire.

Quand j'étais petite, papi me racontait que les dômes de l'observatoire étaient en réalité des vaisseaux et que tous les gens qui travaillaient au Centre des sciences étaient des extraterrestres. Chaque fois qu'on s'y rendait, il me faisait croire qu'on allait peut-être se retrouver dans l'espace. Je me suis rendu compte il y a bien longtemps qu'il me racontait des histoires, mais un frisson d'excitation me parcourt toujours dès que je vois les dômes. J'adore cet endroit.

— Il paraît que Maggie a proposé de te donner du travail ? demande Pete en me regardant dans son rétroviseur.

— Oui..., dis-je en jetant un œil à Elsa. Il faut voir comment ça se passe aujourd'hui.

Maggie est la responsable du centre et elle sait combien j'aimerais y travailler, mais je suis encore trop jeune.

— Ça va bien se passer, me rassure papi. Il faut à tout prix que tu voies ça, Pete. Nous avons des œufs, des explosions, des déguisements... Meg a tout prévu.

— C'est toi qui as pensé aux déguisements, je corrige.

— Je te reconnais bien là ! s'exclame Pete à l'attention de papi. Tu te souviens quand tu t'es déguisé en comète de Halley ?

— Et que mon costume a pris feu ? se rappelle papi en riant. Je ne pourrais même plus allumer une cigarette devant ces enfants de nos jours...

Pete quitte la route pour rejoindre le parking.

— Nous y voilà, annonce-t-il en désignant le panneau d'affichage situé à l'entrée :

Cool Cosmos, 11 h 30. Découvrez les miracles de l'Univers grâce à un atelier ludique et familial. Explosions garanties !

Pete laisse échapper un rire et abat ses mains sur le volant.

— Seigneur…, je souffle avant de reprendre une bouffée d'air.

— Tu aimes la présentation ? demande papi. C'était mon idée !

Tous les ateliers sont installés sous des chapiteaux et pendant que papi et moi préparons le nôtre, Elsa joue dans une grande boîte en carton. Chaque fois que nous trouvons quelque chose qui pourrait lui plaire, nous le jetons dans la boîte ; un morceau de papier bulle l'occupe pendant des siècles et elle devient complètement folle quand papi lui donne un des ballons que nous avons gonflés.

Maggie apparaît au moment où nous peaufinons notre montagne de farine.

— Elle est gigantesque, commente-t-elle en étudiant l'immense tas de poudre blanche.

Papi ajoute une dernière cuillerée.

— Elle fait dix sacs de farine ! Nous allons lâcher une pastèque dessus. *Pouf !* (Ses mains miment une explosion.) Le but est de recréer l'impact d'une comète s'écrasant sur la Lune.

— Nous allons lâcher un petit pois, aussi, je précise – je ne veux pas que Maggie croie que nous allons saccager son chapiteau.

— Intéressant, dit-elle. Je viendrai voir ça.

C'est alors qu'Elsa sort la tête de son carton et crie « Da, da ! ».

Maggie fait un bond en arrière et la regarde d'un air horrifié.

— C'est un... bébé !

— Ma deuxième petite-fille, l'informe papi. Elle aussi, nous allons la lâcher dans la farine !

Maggie émet un faible rire et papi doit comprendre qu'elle a besoin d'être rassurée parce qu'il ajoute :

— Ne vous en faites pas pour Elsa. Pete va s'occuper d'elle pendant l'animation.

Je n'en suis pas si sûre... Dans la voiture, Pete a voulu lui donner son briquet Homer Simpson pour qu'elle joue avec et quand on est arrivés au centre il lui a acheté un Mars géant. Je doute qu'il ait beaucoup d'expérience avec les bébés.

Maggie étudie Elsa en fronçant les sourcils, puis son regard se pose sur moi.

— Bon, tant que vous gardez un œil sur vos *deux* petites-filles... Meg n'a pas encore l'âge d'animer l'atelier toute seule.

— Je ne les quitterai pas d'une semelle ! promet papi.

Le talkie-walkie de Maggie se met à grésiller et elle quitte le chapiteau.

— Je compte sur vous ! lance-t-elle par-dessus son épaule.

Dès l'instant où elle a disparu, papi se tourne vers moi.

— Surveille ta sœur. Je vais me chercher un roulé à la saucisse.

Vingt-quatre

— Tu es sûr que c'est nécessaire ?

Je porte une blouse de laboratoire, une perruque bouclée grise et des lunettes noires. Je suis un scientifique fou. Papi porte à peu près la même chose, sauf qu'il n'a pas besoin de perruque.

— Absolument, déclare-t-il. Les enfants adorent les déguisements. Maintenant, tiens-toi tranquille pendant que j'applique ton maquillage.

Il tamponne de la peinture noire sur mon visage, comme si quelque chose avait explosé. Papi a déjà noirci le sien et je dois admettre que c'est plutôt réussi, surtout avec ses cheveux coiffés en arrière.

— Tu es tellement pâle que ça rend encore mieux ! se réjouit-il en tapotant mon front.

Si je suis pâle, c'est parce que je suis morte de trouille ! Des voix ont commencé à s'élever de l'autre côté du chapiteau et, de temps à autre, un spectateur impatient glisse un regard curieux à l'intérieur.

Pete se dirige vers nous.

— C'est la folie dehors. Je vais devoir les faire entrer. Vous êtes prêts ?

— Plus que jamais ! s'exclame papi.

Pete écarte les pans de la tente et les enfants s'y engouffrent en criant et en se bousculant pour obtenir les meilleures places. Ils sont suivis de leurs parents – de vrais adultes, en chair et en os. Je n'avais pas vraiment pensé à eux jusqu'à maintenant. Ils sont tellement… *grands* !

— Regarde le clown, maman ! s'écrie un petit garçon en me pointant du doigt. Il fait peur !

— Ce n'est pas un clown, c'est un *scientifique*, explique sa mère en me souriant.

J'essaye de lui rendre son sourire mais mes lèvres sont figées. Je décide alors d'aller vérifier si Elsa va bien au lieu de rester plantée là à me faire dévisager.

Je prends une banane sur la table et soulève les rabats du carton. Il est étrangement silencieux…

— Tu te caches ? je demande en écartant les jouets et les ballons. Elsa ?

Mais le carton est vide !

Je remarque soudain que le Scotch sur le côté s'est décollé, laissant une ouverture de la taille d'un bébé.

— *Papi !* Elsa a disparu !

Il jette à son tour un œil dans le carton tandis que je vérifie sous la table.

— Oooups !

— *Oups ?* je répète. Papi, cet endroit n'est pas fait pour les bébés ! Il y a des bassins partout, des télescopes géants, des sols mobiles, des lasers…

— Sans oublier les marches en béton, ajoute-t-il. Ne t'inquiète pas, elle ne peut pas être bien loin. Je vais la chercher pendant que tu démarres l'atelier.

— Pendant que je *quoi* ?

— Démarre l'atelier ! braille-t-il avant de sortir du chapiteau.

Aussitôt, le public se tait et tous les regards se tournent vers moi.

— Ça y est, ça commence ! crie une petite fille en se trémoussant sur le sol.

Je la regarde, bouche bée. Papi avait-il tout planifié ? Il savait que la perspective d'animer cet atelier me rendait nerveuse… ; a-t-il volontairement laissé Elsa s'échapper afin d'avoir une excuse pour me planter à la dernière minute ? Ma théorie semble un peu folle mais… Papi est un peu fou !

Je lève les yeux et contemple le public. Ma bouche s'assèche et je commence à transpirer. Un spectateur tousse, d'autres réclament le silence et la petite fille reprend :

— T'es qui, toi ?

— Euuuh…

— T'as une tête marrante !

— Je… euuuh…

Je déglutis péniblement et attrape les notes de papi, à la recherche de l'introduction. Un nœud s'est formé dans ma gorge et je sais que je n'arriverai pas à parler. C'est au-dessus de mes forces.

Soudain, la fillette se met à crier :

— T'ES QUI, TOI ?

— Je suis la petite-fille de Copernicus, je parviens à articuler, le monsieur qui vient de sortir du chapiteau. C'est un homme vraiment incroyable et…

— Pourquoi il est si incroyable ?

Le garçon qui vient de m'interrompre est assis à mes pieds. Il doit avoir à peu près six ans et il a l'air de s'ennuyer ferme. Je sens une pointe d'agacement qui me fait momentanément oublier mon angoisse.

— Nicolas Copernic, également connu sous le nom latin de Nicolaus Copernicus, est un homme incroyable parce que c'est l'un des plus grands astronomes de tous les temps. Avant lui, tout le monde pensait que la Terre – notre minuscule planète – était le centre de l'Univers.

Le garçon ne semble pas très impressionné.

— Je m'appelle Isaac, reprend-il. Et toi, comment tu t'appelles ?

Je jette un œil aux notes de papi pour voir quel nom il m'a donné.

— Je m'appelle Megernicus, je réponds.

— On ne t'entend pas ! crie un adulte dans le fond.

— Je m'appelle Megernicus !

Cette fois, ma voix est bien trop forte et un bébé se met à pleurer. Comment en suis-je arrivée là ? Papi m'avait promis que je n'aurais pas à dire un mot et me voilà en train de crier sur les gens !

La petite fille assise devant moi ouvre de grands yeux.

— Tu t'appelles *Mega Snickers* ? Cool !

— Non, *Megernicus*, je corrige, mais je perds mon temps parce que tous les enfants m'ont déjà rebaptisée Mega Snickers.

Je jette un œil à l'entrée du chapiteau, mais ne vois aucune trace de papi. À présent, les enfants rient et chahutent et quelques-uns se sont même levés. Leurs parents me regardent avec un mélange de sympathie et de mécontentement.

C'est un désastre total. Il faut que je fasse quelque chose !

Je me force à penser à la personne la plus cool, la plus calme que je connaisse : Valentina Terechkova. Avant de devenir la première femme à avoir voyagé dans l'espace, elle était parachutiste. Elle a dû ressentir cette peur, quand on se tient au bord du vide, et qu'il faut se décider à sauter. J'imagine son regard confiant et déterminé. Si Valentina a pu se jeter d'un avion à maintes reprises puis tourner en orbite autour de la Terre, je devrais être capable d'ouvrir la bouche et de parler de l'espace à ces gamins.

Je prends donc une grande inspiration, regarde les enfants assis devant moi et me lance.

— D'accord, je commence, vous pouvez m'appeler Mega Snickers si vous voulez, ce n'est pas le plus important. Ce qui importe, c'est que mon grand-père pense que le Soleil est au centre de l'Univers, et que nous allons lui prouver qu'il se trompe.

— *Comment ça ?*

Papi fait irruption dans la tente, Elsa se trémoussant entre ses bras.

— Tu ne sais pas du tout de quoi tu parles ! Je te le répète pour la énième fois, le Soleil se trouve *pile* au centre de notre Univers !

— Faux, je rétorque avec un sourire de soulagement.

J'attends que papi me rejoigne, mais il n'en fait rien. Je réalise alors que je n'ai plus du tout envie qu'il me remplace. Je veux finir ce que j'ai commencé. Je jette un œil à ses notes, puis saisis un rouleau de papier toilette.

— Qui sait se servir de ça ?

Aussitôt, des dizaines de mains se lèvent et les enfants se mettent à glousser. Leurs rires m'insufflent la confiance dont j'ai besoin pour continuer.

— Bien, je reprends d'une voix plus sûre, parce que nous allons utiliser ce papier toilette pour découvrir à quel point notre Système solaire est vaste. Cela devrait nous permettre de mieux comprendre l'immensité de l'Univers.

Je me tourne vers papi.

— Notre Soleil est énorme, grand-père Copernicus, mais ce n'est qu'une étoile parmi les centaines de milliards d'astres que compte l'Univers. Et il n'est pas aussi spécial que tu le crois.

Bientôt, nous avons déroulé l'intégralité du papier toilette, qui s'étire hors du chapiteau, jusque dans la cour intérieure. Les enfants gambadent joyeusement avec des pommes, des raisins et des melons, tentant de placer les « planètes » au bon endroit. Je suis tellement occupée à répondre à leurs questions et à les empêcher de manger les fruits que je n'ai même pas le temps de réfléchir à ce que je fais.

— Tout le monde se regroupe autour de la Terre, s'il vous plaît. Faites attention à ne pas l'écraser !

Les enfants se précipitent vers la Terre, représentée par une tomate cerise.

— Jupiter est la plus grosse planète de notre Système solaire, j'explique, c'est pourquoi elle est représentée par une pastèque. Mais nous n'avons toujours pas notre Soleil... Si la Terre fait cette taille – je prends la tomate entre mes doigts –, quel fruit ou légume pourrions-nous utiliser en guise de Soleil ?

— Une citrouille ! s'écrie un papa d'un ton enthousiaste.

— Pas assez gros, je réponds.

Je n'arrive pas encore à m'adresser aux adultes de la même façon qu'aux enfants, mais au moins ils m'entendent, à présent.

— Un dinosaure ? suggère une petite fille.

— Bonne idée, mais ce n'est ni un fruit ni un légume... En fait, si on prenait tous les fruits du monde entier et qu'on les assemblait pour former un seul fruit géant, il ne serait pas encore aussi gros que notre Soleil !

Des hoquets d'exclamation s'élèvent autour de moi, et pas seulement de la part des enfants. J'échange un regard avec papi qui m'adresse un sourire ravi. C'est exactement la réaction que j'attendais. J'arrache une feuille de papier toilette.

— Est-ce que quelqu'un peut me dire combien de kilomètres cela représente ?

Des réponses fusent dans le public : « cent », « un million », « soixante-treize ! ».

— Une feuille de papier toilette représente *dix millions* de kilomètres à l'échelle de l'Univers, j'annonce fièrement. Maintenant, qui veut voir un œuf se faire aspirer dans une bouteille ?

Vingt-cinq

— Chaque objet présent dans l'Univers est constitué d'atomes, je déclare, vous et moi y compris.

J'en suis à la dernière expérience. À mes pieds, un enfant bâille et un autre commence à sucer son pouce.

— Pour vous montrer à quel point les atomes sont *vivants*, nous allons jouer avec des ballons.

Je ramasse le sac-poubelle rempli de ballons et les libère. Ils se mettent à flotter dans la tente et aussitôt les enfants bondissent sur leurs pieds pour les envoyer le plus haut possible.

— Nous allons voir combien de ballons nous pouvons coller sur la tête d'une personne en utilisant l'électricité statique. Il me faut un volontaire, mais je vous préviens, ça risque de causer quelques dégâts à ses cheveux !

— Mon frère ! lance une voix dans le fond. Prenez mon frère !

À travers les ballons et les enfants sautant dans tous les sens, j'aperçois un garçon aux cheveux blonds ébouriffés, la main tendue dans les airs.

— S'il vous plaît, prenez mon frère !

Assis à côté de lui se trouve un autre petit garçon vêtu d'un tee-shirt Minions. Près de l'entrée, Maggie tapote sa montre. Je dois me dépêcher.

— D'accord. Viens me rejoindre avec ton frère. Nous allons devoir frotter ces ballons très fort si nous voulons qu'ils se collent à lui.

Je demande aux autres enfants de se rasseoir, et, quand je relève les yeux, le garçon blond entraîne son frère vers moi… sauf qu'il ne porte pas un tee-shirt Minions. Son frère est grand et brun, et une montre dorée brille à son poignet. Je reconnaîtrais cette montre entre mille. Un nœud se forme dans mon estomac tandis que je dévisage Ed King.

Il s'arrête devant moi et croise les bras sur sa poitrine.

— Salut, Meg, lâche-t-il.

— Qu'est-ce que tu fais ici ?

Il hausse les épaules, l'air amusé.

— J'apprends des choses sur l'Univers.

— Et tu es là depuis… ?

— Depuis le début, déclare-t-il avec un sourire.

Il a vu ce garçon m'envoyer une tomate dans l'œil… Il m'a regardée faire rebondir un œuf… Il m'a entendue dire que l'Univers « m'époustoufle chaque jour » !

Puis je pense à ce que je m'apprête à faire à mon volontaire : frotter des ballons sur son corps et sur ses cheveux et voir si un choc électrique se produit entre nos doigts. Avec un enfant de sept ans, cela aurait été drôle. Mais avec Ed, ce serait… *vraiment bizarre* !

Assis devant moi, un garçon triture son ballon. Il a dû réussir à défaire le nœud parce qu'il se dégonfle d'un coup et lui glisse des mains pour venir s'écraser à mes pieds, flasque et ridicule.

Je compatis… Je sais exactement ce que ressent ce ballon.

— Désolée, dis-je à Ed, mais je ne peux pas te prendre comme volontaire.

— Pourquoi ? demande son frère.

J'ai soudain une idée pour me sortir de cette mauvaise posture.

— Parce que j'ai besoin de quelqu'un d'un peu plus petit. Quelqu'un comme toi !

— Non, rétorque-t-il en serrant les poings. Tu as dit que mon frère pouvait le faire. Tu as *promis* !

— Je n'ai jamais promis.

— Ça ne fait rien, George, déclare Ed en lui tapant sur l'épaule. Si Mega Snickers ne veut pas que je le fasse, tu peux prendre ma place.

— Pas question. Elle a dit que tu pouvais !

Comme au ralenti, je vois la lèvre inférieure de George se plisser et se mettre à trembler.

— Oh, le pauvre, intervient une mère au premier rang. Laisse son frère participer, trésor.

Est-ce que ses yeux sont en train de se remplir de larmes ? Je jette un regard à l'entrée du chapiteau, d'où Maggie m'observe avec attention. Je suis à peu près sûre qu'elle n'apprécierait pas que je fasse pleurer un enfant.

Je finis par céder.

— D'accord. Il peut le faire.

Un tonnerre d'applaudissements retentit et George s'écrie « Yes ! » en brandissant le poing.

Si je veux y arriver, je vais devoir m'en tenir au plan et tenter d'oublier qui est mon cobaye.

— Pour commencer, nous devons retirer les électrons négatifs afin qu'il ne reste plus que les électrons positifs, j'explique en frottant un ballon sur ma blouse de laboratoire. Ensuite, quand on approche le ballon près des cheveux du sujet – je me hisse sur la pointe des pieds pour atteindre les cheveux parfaitement coiffés de mon cobaye – le ballon s'accroche automatiquement aux électrons négatifs, prouvant ainsi que les opposés s'attirent !

— Comme c'est mignon ! s'exclame une femme au fond du chapiteau.

— Ignore-la, me chuchote Ed. C'est ma mère.

Prise de panique, je laisse échapper le ballon qui roule sur le sol. George tire sur ma blouse.

— Il faut que tu le frottes sur ses cheveux.

— Pourquoi tu n'essayes pas ? je propose en lui tendant un nouveau ballon.

— Je suis trop petit, répond-il avec un sourire innocent.

Où est passée sa lèvre tremblante ?

— D'accord, dis-je. Je vais le faire.

Je me redresse et commence à frotter le ballon sur la tête d'Ed, aplatissant ses cheveux sur son front.

Pour masquer la gêne occasionnée par cette inhabituelle proximité, je frotte de toutes mes forces. En quatre années passées assis côte à côte, Ed et moi ne nous sommes jamais touchés, pas même accidentellement, et voilà que je me retrouve plaquée contre son torse à lui faire un massage du crâne... avec un ballon.

Je ne devrais pas penser aux massages.

Je devrais rester concentrée sur la science, l'électricité statique et les atomes.

— Il faut *bien* agiter ces électrons ! dis-je d'un ton un peu vif en frictionnant le ballon d'avant en arrière puis en rond.

Quand ses cheveux sont complètement décoiffés, je lâche le ballon, et cette fois il tient. Je souris aux enfants qui se sont approchés.

— À vous de jouer ! je lance. Allez-y chacun votre tour.

Pendant les minutes qui suivent, Ed est attaqué par une horde d'enfants armés de ballons. Quelques parents participent à l'expérience, et même Maggie se laisse prendre au jeu.

Après un moment, je demande à tout le monde de retourner s'asseoir. Seuls Ed et George restent à mes côtés. Ed a l'air un peu hébété, un ballon jaune toujours accroché à ses cheveux.

— C'est ainsi que s'achève notre atelier, j'annonce alors.

Et je ne peux pas m'empêcher de sourire, parce que je l'ai *fait* – j'ai pris mon courage à deux mains et j'ai parlé à ces gens. Dans ma tête, Valentina m'adresse un clin d'œil complice.

— Mais il y a encore plein de choses à voir et le « télescope tour » va bientôt commencer dans le dôme B !

— Pas si vite ! s'écrie papi. Tu ne leur as pas montré le choc électrique !

— Nous n'avons plus le temps malheureusement.

— Le « télescope tour » peut attendre un peu, intervient Maggie.

Ed se tourne vers moi et chuchote :

— Qu'est-ce qu'on doit faire ?

Tous les regards sont braqués sur nous.

— Rien, je réponds. Je devais toucher le doigt du volontaire pour voir si un choc électrique se produisait. Mais on n'est pas obligés de le faire.

Notre conversation à voix basse dure trop longtemps, mais Ed n'y prête pas attention.

— Pourquoi ?

J'essaye de trouver une raison valable. Le choc électrostatique était censé impressionner les enfants, leur faire aimer ce que j'aime, pas offrir une occasion à Bella de se moquer de moi quand Ed lui racontera ce qui s'est passé aujourd'hui. Je l'entends déjà d'ici : « Oh mon Dieu ! elle t'a forcé *à la toucher* ?! »

— Allez, m'encourage Ed en me tendant son doigt, ça ne va pas te tuer.

— D'accord, je soupire en approchant mon index du sien.

À nos pieds, les enfants se penchent pour voir de plus près. Ed sourit puis hausse un sourcil, et la situation est tellement comique que je ne peux pas m'empêcher de sourire aussi tandis que nos doigts se rapprochent lentement. Au moment où ils se rencontrent enfin, un minuscule éclair de lumière blanche jaillit.

— Woh ! fait-il en secouant sa main.

Je fixe le bout de mon doigt engourdi.

— Je ne pensais pas que ça marcherait, je murmure.

— À moi ! s'exclame George en sautillant sur place. Je veux le faire aussi !

Vingt-six

Après une salve d'applaudissements, Maggie vient me remercier pour mon « animation hautement originale et mouvementée », puis le public quitte la tente.

Je les regarde sortir en file indienne, encore un peu étourdie mais parfaitement heureuse. Je me baisse pour ramasser une myrtille ayant roulé à mes pieds. Quand nous placions les fruits dans le Système solaire, elle représentait la Lune.

Si j'ai réussi à animer cet atelier devant des enfants, leurs parents, et même Ed King, alors je devrais être capable de prononcer mon discours pour la compétition organisée par la NASA. Et si j'arrive à présenter mon discours, Houston n'est peut-être pas totalement hors de ma portée.

— Alors…, commence Ed en se tournant vers moi.

— *Viens !* s'impatiente George en tirant sur son bras. Ne lui parle pas. Je veux voir les télescopes.

— Vas-y avec maman, rétorque Ed avant de se libérer. Je vous rejoins.

Je rassemble les fruits dans un sac tandis que papi s'occupe du papier toilette.

— Vous le récupérez ? demande Ed en attrapant un pamplemousse.

— S'il n'est pas abîmé, je réponds, incapable de croiser son regard.

Nous passons les minutes qui suivent à ranger en silence. Je ne sais plus quoi dire à présent que nous sommes seuls. J'ai soudain l'impression de me retrouver en cours.

— Désolé d'être apparu comme ça, déclare finalement Ed. George voulait que je me porte volontaire et c'est toujours plus simple de faire ce qu'il souhaite. Tu n'avais pas l'air très contente de me voir.

— J'étais surprise, c'est tout.

Il m'aide à intercaler le pamplemousse entre les autres fruits sans les écraser.

— Au début, je ne t'avais pas reconnue, confie-t-il. Tu es tellement sérieuse et réservée en cours... Et tu ne portes pas de perruque.

Je l'arrache aussitôt de ma tête – j'avais oublié que je la portais. Pendant un instant, j'essaye de m'imaginer agissant de la même façon à l'école, arrivant le lundi matin et racontant à tout le monde ce que j'ai fait de mon week-end... Mais cela me paraît impossible.

Harriet était tellement douée pour échanger avec les autres que je la laissais faire pour nous deux. C'était une fan de sciences, elle aussi, mais ses connaissances ne se limitaient pas à cela : elle s'intéressait à la musique, aux séries, à la mode. On pouvait discuter des phases de la Lune, et d'un coup elle se tournait vers quelqu'un d'autre pour lui parler d'Ed Sheeran. Mais ce n'est pas seulement parce que je manque d'entraînement que je ne parle pas. En toute franchise, je doute que les gens aient envie d'entendre ce que j'ai à dire... C'est pour cette raison que ce que je viens de faire me paraît si incroyable. Et je ne veux pas que ce sentiment d'euphorie disparaisse.

Je me force à lever les yeux sur Ed.

— Peut-être que je devrais essayer d'être un peu moins sérieuse en classe, je déclare. Tu crois que je devrais dérouler du papier toilette dans les couloirs et placer des fruits dessus ?

Il rit.

— Pourquoi pas.

— Tu veux du raisin ?

— Oui, merci.

Nous restons là à manger le raisin quand je réalise que c'est à mon tour de parler.

— Alors... Qu'est-ce que tu fais ici ?

Il hausse les épaules.

— C'est l'anniversaire de mon frère. Ma mère voulait que je vienne pour lui faire plaisir...

Il s'interrompt et fixe un coin de la tente en fronçant les sourcils.

— Je suis désolé, reprend-il, mais je crois que quelqu'un a oublié son bébé. Il est en train de jouer avec des prunes.

Je suis son regard et découvre Elsa, occupée à écraser deux prunes l'une contre l'autre.

— Ne t'inquiète pas. Je les ai lavées.

— D'accord, mais…

— Et c'est mon bébé.

Ses yeux s'ouvrent comme des soucoupes.

— *Ton* bébé ?

Mes joues s'enflamment.

— Enfin, je veux dire, elle n'est pas à moi, mais on est liées. On partage le même ADN. Du côté de la mère, *notre* mère. On a des pères différents.

Ed me regarde d'un drôle d'air.

— Tu veux dire que c'est ta sœur ?

— C'est ça.

Nous observons Elsa, qui abandonne les prunes pour s'agripper au rebord de la table. Celle-ci se met à vaciller et un sac de farine se renverse sur le sol. Elsa pousse un petit cri et plonge les mains dedans.

— Oh-oh !

Je me précipite vers elle et commence à remettre la farine dans le sac.

— Elle a le droit de jouer avec ça ? demande Ed, venu me prêter main-forte.

Je tourne la tête et vois Elsa en train de sucer un des œufs que nous avons utilisés tout à l'heure.

— Euh… oui. Pourquoi, tu penses qu'elle pourrait s'étouffer ?

Il secoue la tête.

— Trop gros.

— Je crois que c'est un de ceux qu'on a fait cuire.

Je repose le sac sur la table et me débarrasse des traces de farine.

— Alors, qu'est-ce qu'il y a de bien à voir ici ? s'enquiert Ed.

— Tout, je réponds. Ils ont l'un des plus grands télescopes au monde et le sol s'élève quand on appuie sur un bouton. Oh, et j'adore leur simulateur d'éclairs, on peut créer des miniéclairs avec ses doigts.

J'agite mes doigts pour illustrer mon propos, puis croise les bras sur ma poitrine. Je me suis laissée emporter. Il ne faut pas que j'oublie à qui je m'adresse.

— Tu me montres ? demande-t-il.

Je le dévisage, tâchant de savoir s'il plaisante, mais il se contente de me regarder et d'attendre ma réponse.

— D'accord, je lâche. Je finirai de ranger plus tard.

Je me dirige vers la sortie et lui fais signe de me suivre.

— On va commencer par la salle des lumières.

— Tu n'oublies pas quelque chose ? m'interpelle Ed.

— Oh, oups !

Je retourne chercher Elsa et elle commence à frapper l'œuf sur ma tête.

— Tu vois ? On l'a fait cuire.

Ce soir-là, une chose incroyable se produit : je dépose Elsa dans son berceau et elle s'endort. Pas de pleurs, pas de promenade dans le parc, pas de leçon d'astronomie. Elle ferme simplement les yeux et dort.

Elle doit être épuisée par sa journée au Centre des sciences. J'ai quasiment tout fait visiter à Ed. Je pensais qu'il allait juste regarder, mais il a voulu tester chacune des expériences. Il a dit que j'étais différente de celle qu'il voyait à l'école, mais lui aussi était différent… Je l'ai noté dans de petits détails, comme son sourire. En cours, il ne sourit qu'à moitié, avec le sourcil levé, mais aujourd'hui son sourire était entier, et il illuminait son visage. J'ai vu aussi qu'il se rongeait les ongles… Je suis assise à côté de lui depuis des années, et je ne l'avais jamais remarqué.

Je reste un instant devant la porte de maman pour m'assurer qu'Elsa est endormie, puis je retourne dans le séjour et m'attaque aux corvées que je n'ai pas eu le temps de faire dans la semaine. Je programme une lessive, fais la vaisselle et range la piscine enfouie derrière le canapé. Tandis que je m'efforce de la faire rentrer dans sa boîte, je repense à ce qu'Ed m'a dit quand il s'est rendu compte qu'il devait rejoindre sa mère : « Merci pour la leçon de sciences, Meg. C'était électrisant. »

Je pousse le carton dans le placard. *Électrisant ?* Ça veut dire quoi, ça, au juste ?

Je regagne ma chambre, ouvre la fenêtre, et m'affale sur mon lit. Je n'allume pas la lumière. Je reste allongée dans le noir et contemple le croissant de lune brillant dans le ciel. Ed voulait-il dire qu'il avait passé un bon moment avec moi ? Ou faisait-il allusion à la décharge électrique ? Peut-être qu'il était juste sarcastique… Qui sait ?

Un courant d'air agite les planètes de mon mobile. Je lève le doigt – celui qu'Ed a touché – et trace les contours de la Lune. Ce que je sais, c'est que j'entends encore les rires des enfants quand la pastèque s'est écrasée sur notre montagne de farine et que je sens toujours le fourmillement quand nos doigts se sont rencontrés.

Ce que je sais, c'est que ce soir je me sens *vivante.*

Vingt-sept

Papi décide de nous faire à manger le dimanche midi, ou plutôt il fait réchauffer un plat de lasagnes surgelées au micro-ondes. Ça me convient parfaitement. Je préfère manger des plats préparés quand je suis chez lui. Il y a trop de trucs à plumes qui traînent dans son frigo.

Après le repas, Elsa joue avec un vieux journal tandis que je teste mon discours sur papi. Le sentiment de confiance laissé par l'atelier de la veille est toujours présent et je veux en profiter avant qu'il ne s'évapore.

Papi s'installe sur le canapé, bras croisés, et je me place devant lui, munie de mes précieuses fiches. Je les lis l'une après l'autre et papi m'écoute attentivement tandis que je décris les étapes de l'apparition de la vie, que j'énumère les avantages et les inconvénients des étoiles de type G et K, et que j'explique comment prendre en photo les exoplanètes. De temps à autre, il intervient pour me lancer un : « Dans les yeux,

Meg, dans les yeux ! », et je me force à croiser son regard avant de reporter mon attention sur mes fiches.

À la fin de ma présentation, je suis en nage et à bout de souffle, mais surtout fière de l'avoir faite. Je prends une grande inspiration et regarde papi d'un air triomphant.

— Alors, qu'est-ce que tu en penses ?

— Hmmm, fait-il en se tapotant le menton.

— *Hmmm ?* je répète.

Il m'a fallu *des semaines* pour écrire ce discours ! Il est complexe et détaillé, et honnêtement je ne vois pas comment je pourrais l'améliorer. Je sais que ma présentation n'était pas parfaite, mais je pensais que papi l'aurait appréciée.

— Qu'est-ce qui ne va pas selon toi ?

— Eh bien, tu te précipites. Ton discours est censé durer cinq minutes mais tu l'as expédié en moins de deux.

— Donc il faut juste que j'aille moins vite ?

— Et que tu parles plus fort ; mets un peu plus d'émotion dans ta voix. Vas-y, recommence.

Je reviens à ma première fiche. Cette fois, je m'efforce à lire plus lentement, marquant des pauses entre chaque phrase. J'essaye de mettre plus d'intensité dans ma voix et j'arrive même à regarder papi dans les yeux pendant quelques secondes.

— C'est mieux ? je demande après avoir lu la dernière fiche.

— Définitivement. Mais il manque encore quelque chose… Un peu de passion et de dynamisme !

Je laisse échapper un grognement et m'affale à côté de lui sur le canapé.

— De *passion* et de *dynamisme* ? Papi, je ne saurai jamais faire ça !

— Tu y es bien arrivée, hier, quand tu étais Mega Snickers. Rien ne pouvait t'arrêter !

— Ce n'était pas pareil.

— Pourquoi ?

— Je ne sais pas. J'avais un costume... Je parlais à des enfants.

— J'ai toujours le costume, tu sais ?

Je ris.

— Il n'est pas question que je remette cette perruque !

Papi réfléchit un instant.

— En quoi était-ce plus facile de parler à ces enfants ?

— Je n'en sais rien. J'imagine que je ne me sentais pas jugée, et même s'ils m'ont trouvée bizarre, ça ne m'a pas dérangée, parce que les enfants aiment bien ce qui est bizarre.

— Meg, tu n'es *pas* bizarre.

Je me tourne vers lui.

— Papi, à l'école, les gens me trouvent bizarre quand je parle.

— Et c'est *exactement* le problème de ton discours ! s'exclame-t-il en abattant ses mains sur le canapé. Ce que tu perçois comme « bizarre » – ta passion, ta curiosité – moi, je le vois comme merveilleux. N'importe quel élève un peu futé souhaitant remporter un voyage aurait pu dire ce que tu viens de dire… Quand tu avais cinq ans, tu as renversé de l'eau sur un dessin que tu étais en train de colorier. Tu as remarqué que les couleurs se séparaient, alors tu as abandonné ton dessin et passé l'heure suivante à répandre de l'eau sur toutes tes couleurs pour voir comment elles étaient composées.

— Tu vois ? Je suis bizarre.

Il secoue la tête.

— Non, tu es *curieuse*. Tu venais de découvrir la chromatographie. C'était un grand moment pour toi.

Je ne dois pas avoir l'air convaincue car il poursuit :

— Pour ton dixième anniversaire, tu m'as demandé un abonnement au magazine « Les Nouveaux Scientifiques ». Et tu as baptisé ton premier hamster Heisenberg… Tu peux me dire pourquoi tu l'as appelé ainsi ?

— Je n'arrivais pas à me décider, et Heisenberg a développé le principe d'incertitude de la mécanique quantique.

Il lève les mains au ciel.

— Exactement !

— Sauf que tu as laissé Heisenberg s'échapper et qu'il s'est électrocuté en grignotant les fils de la télé.

— Je sais, et je suis vraiment désolé, mais ce que je veux dire, Meg, c'est que ton discours est censé parler de ce que l'espace représente pour *toi* – il marque une pause pour enfoncer son index dans mon bras – et c'est précisément ce qui lui manque. Il n'y a pas assez de *toi* dans ce discours.

Je sens un nœud se former dans ma gorge. Je pensais simplement manquer d'entraînement, mais *a priori* il n'y a pas que la présentation qui laisse à désirer...

Elsa rampe jusqu'à mes pieds et s'agrippe à ma jambe. Je l'aide doucement à se relever.

— Dis que mon discours est nul, tant que tu y es, je marmonne avec un rire forcé.

— Il n'est pas nul, rétorque papi. Il est... sans surprise.

— Ce n'est pas tellement mieux.

— Tu as encore le temps de le retravailler.

Pendant un moment, j'envisage de jeter mes fiches par terre (papi n'a pas de poubelle ; c'est le sol qui lui sert de poubelle) et de tirer un trait sur la compétition. Mais je sais que je ne peux pas faire ça. Certes, j'ai envie d'aller à Houston, mais je ne participe pas seulement à cette compétition pour remporter un voyage. J'ai lu assez d'autobiographies pour savoir que les gens qui sont devenus astronautes ont repoussé leurs limites au-delà de ce qu'ils pensaient être capables d'accomplir, et qu'ils n'ont *jamais* abandonné. Si je renonce à présenter mon discours, cela équivaudra à renoncer à mon rêve.

— Je pourrais peut-être le modifier un peu, je déclare en hissant Elsa sur mes genoux. Expliquer pourquoi Alpha Centauri B me fascine autant.

— C'est une excellente idée ! Bon, je vais allumer le Jacuzzi.

Le « Jacuzzi » de papi est une vieille baignoire toute rouillée qu'il garde dans son jardin et chauffe en faisant brûler du bois. Je ne veux pas qu'Elsa s'en approche.

À vrai dire, si ça ne tenait qu'à moi, papi ne s'en approcherait pas non plus.

— On va rentrer, j'annonce. Si j'arrive à endormir Elsa, je retravaillerai mon discours.

Papi nous fait signe depuis la porte, une boîte d'allumettes et un bidon d'essence sous le bras.

— Meg ! m'interpelle-t-il tandis que nous nous éloignons. Et si tu incluais une montagne de farine à ta présentation ?

— Je doute que ça m'aide beaucoup, papi.

Il a l'air déçu.

— Une décharge électrique, alors ?

De retour à l'appartement, je jette un œil au plan que nous avons élaboré.

— Dans un peu plus d'une semaine, maman sera rentrée, dis-je à Elsa tandis que je barre la case correspondant à ce matin.

— Mamama, répond-elle en tapotant le ventre de Pongo comme s'il s'agissait d'un tam-tam.

Je regarde la date du jour : dimanche 15 mars. J'ai la désagréable impression d'avoir oublié quelque chose… Quelque chose d'important… C'est alors que je me souviens : je suis censée aller au Fusciardi !

Il est bientôt quinze heures. Est-ce que Rose nous y attend déjà, scrutant fébrilement les alentours dans l'espoir de nous voir apparaître ?

J'agite une boîte de Lego sous le nez d'Elsa et commence à lui construire une tour. Rose n'est pas mon problème. Je dois m'occuper d'Elsa. Je dois retravailler mon discours. Je dois rester disponible au cas où papi prendrait feu dans son Jacuzzi !

Elsa est tellement en extase devant le cochon que j'ai placé au sommet de la tour que ses yeux s'agrandissent et que sa bouche s'ouvre d'émerveillement.

Oh mon Dieu… Rose doit être exactement dans le même état en ce moment ! Je l'ai déjà vue faire cette tête la première fois que M. Curtis a sorti ses biscuits. L'idée qu'elle se retrouve seule au Fusciardi m'est insupportable. Avec un soupir, je me lève et attrape ma sœur.

— Allez, viens. On va faire une balade.

Vingt-huit

— Meg, m'interpelle Rose, par ici !

Elle nous a réservé une table dehors et a disposé quatre chaises en demi-cercle face à la mer.

— Oh, tu as amené un bébé !

— C'est ma sœur, Elsa.

Je reste plantée sur la terrasse, un peu gênée, pendant que Pongo tire sur sa laisse pour essayer d'attraper une mouette. Maintenant que je suis là, je ne sais pas trop quoi faire. Traîner avec des amis dans un café n'est pas une chose qui m'arrive fréquemment.

— Assieds-toi, propose Rose en désignant une chaise à côté d'elle. Tu peux mettre la poussette entre nous, si tu veux.

Tandis que j'attache la laisse de Pongo au pied de la chaise voisine, Elsa et Rose s'étudient avec de grands yeux, aussi fascinées l'une que l'autre. Puis Rose pousse un profond soupir.

— J'ai *tellement* hâte d'avoir un bébé.

— C'est vrai ?

— Et un chien. J'adorerais avoir un bébé et un chien.

Je suis tentée de m'enfuir en courant et de réaliser son rêve, ne serait-ce que pour quelques heures, mais ce serait trop cruel.

— Pourtant, ils sont assez pénibles, je déclare. Surtout celle-là. En plus, elle mord.

— Je la trouve absolument magnifique.

— Rose, elle a des *croûtes* dans les cheveux !

Je me penche sur la poussette et écarte les mèches soyeuses d'Elsa pour lui montrer son cuir chevelu.

— Et tu as remarqué la morve séchée autour de son nez ? Je ne sais même pas comment elle a fait pour se retrouver avec toutes ces paillettes sur le visage.

— On dirait une petite fée ! s'exclame Rose en agitant ses doigts en direction d'Elsa. Une jolie petite fée pailletée !

Je comprends alors qu'elle n'attend qu'une chose.

— Tu peux la prendre, si tu veux.

Aussitôt, Rose arrache Elsa de sa poussette et la pose sur ses genoux. Elle enfouit son nez dans ses cheveux – visiblement les croûtes ne la dérangent pas.

— Elle sent le bébé, soupire-t-elle. C'est la meilleure odeur au monde.

— Si tu le dis, je rétorque en jetant un œil aux environs. Alors, il n'y a que nous ?

Une partie de moi l'espère profondément. Je me suis habituée à nos réunions de l'atelier biscuits, mais se rencontrer en dehors de l'école est beaucoup plus intimidant ; je ne suis pas sûre d'être prête à franchir cette nouvelle étape dans mon processus de socialisation.

— Non. Annie est là-bas, près du banc.

Je suis son regard et repère Annie avec un groupe d'ados. Ils ont tous l'air plus vieux qu'elle et s'amusent à jeter des cailloux sur une canette.

— J'imagine que ce sont ses vrais amis, je commente.

Rose acquiesce.

— Je ne sais pas où est Jackson, en revanche.

Annie m'aperçoit et me fait signe.

— *Tu veux une glace ?* dit Rose d'une petite voix. *Hein oui ?*

Je me tourne et réalise qu'elle s'adresse à Elsa.

— Elle a le droit de manger une glace ? me demande-t-elle.

— Je n'en sais rien… J'imagine.

— Je vais aller en chercher, annonce-t-elle en me confiant Elsa. Qu'est-ce que tu veux ?

Je parcours les prix affichés sur la carte.

— Je vais prendre un verre de lait, je déclare, ignorant le chocolat chaud au caramel qui me fait de l'œil.

— C'est tout ?

— Oui, merci, dis-je en lui tendant la monnaie.

Tandis que Rose passe nos commandes, Elsa et moi contemplons la vue. La mer est calme, il n'y a presque pas de vagues, et le ciel bleu pâle est strié d'un léger voile nuageux. Il fait bon pour la saison et le soleil réchauffe agréablement ma peau. Quelques enfants jouent même au bord de l'eau. Soudain, je me dis : *crème solaire*, et je sors le tube que j'ai glissé dans mon sac avant de partir. Je presse une noisette dans le creux de ma main et commence à l'appliquer sur le visage d'Elsa. Elle se tortille en poussant des petits cris et je dois la coincer entre mes jambes pour l'empêcher de gesticuler.

— Tu lui mets quoi, de l'acide ?

Je lève les yeux et découvre Annie approchant dans son fauteuil roulant.

— Indice cinquante, je réponds en agitant le tube. Je crois qu'elle n'aime pas beaucoup.

— Sans blague ?

Elle se place devant la table, pose son menton entre ses mains et m'étudie tandis que j'étale la crème sur les joues d'Elsa.

— Je ne pensais pas que tu viendrais, reprend-elle après un moment.

Je lui glisse un regard.

— Je ne pensais pas non plus que tu viendrais.

Je remets le tube dans mon sac et essuie mes mains toutes collantes sur les bras potelés d'Elsa.

— J'étais dans le coin, lâche-t-elle en haussant les épaules. C'est la fameuse demi-sœur ?

— Elle s'appelle Elsa.

— Et ce truc dégoûtant, c'est ?

— Pongo, mon chien.

— Il a l'air méchant, commente-t-elle en caressant son cou. Je l'aime bien.

Au même moment, Rose revient avec un plateau.

— Je vous ai pris des glaces aussi, annonce-t-elle timidement. Et des milkshakes.

Annie et moi la dévisageons tandis qu'elle dépose des coupes élaborées devant nous. Annie retire l'ombrelle à cocktail qui orne sa glace et lèche le chocolat chaud.

— La vache, Rose, ça a dû te coûter une fortune !

Je suis en train de me demander si j'ai les moyens de la rembourser quand elle répond :

— Ce n'est pas grave. J'ai utilisé l'argent de mon anniversaire.

— C'était quand, ton anniversaire ?

— Euh, aujourd'hui, dit-elle en haussant les épaules.

Annie et moi échangeons un regard. Je suis contente d'avoir décidé de venir…

— Merci, Rose, déclare Annie. C'est vraiment gentil de ta part.

Elle lui adresse un sourire. C'est un sourire discret, mais avec les rayons du soleil qui se reflètent dans ses cheveux noirs et ses grands yeux brillants, elle ressemble soudain à une jolie extraterrestre.

Elsa décide de ne pas s'embarrasser de la cuillère, ni même de ses doigts. Elle enfouit directement sa tête dans la coupe. Quand elle se redresse pour reprendre son souffle, elle a de la glace jusque dans les cils.

— Elsa ! je m'écrie avant de sortir une lingette.

— Laisse, intervient Annie en attrapant mon bras. Elle est géniale comme ça !

Puis elle plonge son doigt dans la glace fondue d'Elsa et s'en tartine les sourcils, faisant rire ma sœur aux éclats.

Un grondement sourd attire notre attention. Un groupe de skaters déboule sur la promenade, mené par Jackson. Jackson se trouve à sa tête. Quand ils arrivent à notre table, il saute de sa planche, la soulève avec son pied et la saisit d'une main.

— Mesdemoiselles, me voilà !

— Je t'ai pris une glace ! lâche aussitôt Rose.

— Cool, dit-il, puis il se tourne vers ses amis : Je vous retrouve tout à l'heure sur la jetée.

Leurs skates retombent sur le sol et ils s'éloignent tel un banc de poissons. Jackson s'installe et commence à avaler d'énormes bouchées de sa glace aux brownies. Il semble totalement indifférent au fait que j'aie ramené un chien et un bébé, ou alors il est trop absorbé par la nourriture gratuite qui se trouve sous son nez. Il prend une nouvelle cuillère de glace, s'essuie la bouche du revers de la main et reporte son attention sur nous.

— Je viens de faire un truc incroyable, annonce-t-il.

Il s'avère que le truc incroyable de Jackson est d'avoir réussi à faire ricocher un caillou six fois, mais la passion qu'il met dans son récit aide à briser la glace. Après ça, Rose nous montre le pendentif en opale qu'elle a eu pour son anniversaire et Annie nous raconte le film de vampires qu'elle a vu hier soir.

— Et toi, qu'est-ce que tu as fait ? demande-t-elle en se tournant vers moi. À part t'occuper de machin-chose là.

J'ignore si elle parle de Pongo ou d'Elsa.

Je me surprends à leur raconter ma journée au Centre des sciences, l'abandon de papi à la dernière minute, et même l'apparition surprise d'Ed King en tant que volontaire.

— Ed King était à un atelier pour enfants ? s'exclame Jackson en riant. Je viens de le croiser en ville. Il ne m'en a pas parlé.

— Et le roi des troisièmes a-t-il daigné t'adresser la parole ? s'enquiert Annie. Est-ce qu'il a fait ça ?

Elle hausse un sourcil et livre une imitation assez troublante du sourire en coin d'Ed.

Je secoue la tête.

— Non. Il a été… gentil. Je crois qu'il s'est bien amusé.

Annie me dévisage.

— Quoi ? je demande.

— On est un peu sur la défensive, on dirait, me dit-elle avec un sourire, pour me taquiner.

Rose se penche vers nous et se met à chuchoter :

— OK, ne vous retournez pas, mais Ed et Bella sont sur la promenade, et ils *viennent par ici* !

Vingt-neuf

— Quoi ?

Je repose brusquement mon milkshake et, bien sûr, tout le monde se retourne pour voir Bella et Ed se diriger vers le café. Bella a passé son bras sous celui d'Ed et lui murmure quelque chose à l'oreille. Je sens mes joues s'empourprer. Je ne peux pas retrouver Ed ici, pas devant tout le monde ! Après l'épisode des ballons et du choc électrique, je savais que ça allait être un peu bizarre la prochaine fois qu'on se verrait, mais je pensais que ça aurait lieu en cours, pas dans un café face à un public !

— Ah oui, intervient Jackson. Quand je leur ai annoncé que je devais vous rejoindre au Fusciardi, Bella a dit qu'elle voulait venir boire un café glacé.

— Pourquoi tu ne nous as rien dit ? je demande.

Jackson hausse les épaules.

— Je ne pensais pas que c'était important.

Évidemment… Jackson est ami avec tout le monde au collège. Même les profs lui tapent dans la main quand ils le croisent dans les couloirs. Pour lui, les situations embarrassantes n'existent pas !

Pendant un moment, j'envisage de coller Elsa dans sa poussette et de m'enfuir à toutes jambes, mais Bella et Ed seront là d'une seconde à l'autre. Alors je fixe ma glace jusqu'à ce qu'ils s'arrêtent devant nous et que je n'aie plus d'autre choix que de relever la tête. Ed porte un tas de paquets qui, d'après leurs noms, appartiennent tous à Bella.

— Salut ! lance cette dernière. Qu'est-ce que vous faites de beau ?

— On mange une glace, répond Rose.

— Je vois ça.

Le regard de Bella glisse des coupes posées sur la table aux sourcils barbouillés d'Annie.

Personne n'ose dire un mot. Elsa se trémousse sur mes genoux pour essayer d'attraper le sucrier. Annie esquisse un sourire et secoue la tête. C'est tellement gênant... Qu'est-ce qui m'a pris de leur parler de l'atelier ?! Il y a une minute, je me vantais d'avoir passé un bon moment avec Ed, et maintenant on est là, muets comme des carpes, à faire semblant de s'ignorer !

— Qui c'est ? demande Bella en désignant Elsa.

— Ma sœur.

— Sérieux ? Vous ne vous ressemblez pas du tout.

Elle hausse les épaules et se tourne vers le café.

— Je vais me chercher un truc à boire. Je te retrouve ici, Woody ?

— Non, je t'accompagne, répond-il avant de m'adresser un petit signe et un « À plus ! ».

— Eh bien… C'était *bizarre*, commente Annie.

Jackson me regarde et se met à rire.

— Je crois qu'il te traque, ma vieille. À ta place, je demanderais une ordonnance de protection.

— Sérieusement, il se prend pour le majordome de Bella ou quoi ? s'offusque Annie. Il lui porte ses paquets !

— C'est parce qu'il est bien élevé, proteste Rose.

Mais ils n'ont pas l'occasion de poursuivre ce débat parce que, au même moment, Pongo repère un cycliste et devient fou. S'il y a bien une chose que Pongo déteste, ce sont les vélos.

— Tais-toi, Pongo !

Il aboie tellement fort que tout le monde nous regarde, même les clients à l'intérieur du café… même, j'imagine, Ed et Bella.

— Il est complètement *dingue*, s'exclame Jackson.

J'essaye de retenir mon chien, mais il est plus fort que moi, et la seconde suivante un fracas assourdissant retentit tandis que la chaise à laquelle il est attaché se renverse sur le bitume.

— Pongo ! je m'écrie.

Mais il s'est déjà lancé à la poursuite du cycliste, traînant sa chaise derrière lui.

Une serveuse sort en trombe du café.

— C'est notre chaise !

Jackson attrape son skateboard.

— Je m'en charge ! lance-t-il, avant de s'éloigner sur sa planche.

— Je suis vraiment désolée ! dis-je à la serveuse.

Je dépose Elsa sur les genoux de Rose et file à mon tour. Pongo sème le chaos sur son passage. La promenade est remplie de badauds venus profiter du beau temps. Avec la mer en toile de fond et les mouettes parcourant le ciel bleu, on dirait presque une scène de carte postale – sauf qu'il y a un chien fou au milieu qui fait fuir les passants.

— Pongo ! je gronde, alors qu'une vieille dame s'écarte en criant et que son mari tente d'attraper la chaise. Pongo, *arrête* !

Mais il m'ignore et je le regarde gambader joyeusement, la truffe au vent, visiblement ravi par sa balade au grand air… même s'il est quelque peu ralenti par la chaise attachée à son cou.

— Arrêtez ce chien ! hurle Jackson en fonçant dans son sillage. C'est un voleur !

Soudain, Pongo abandonne le cycliste pour gravir un escalier et la chaise se retrouve coincée entre le mur et une poubelle. J'entends un jappement et lorsque Jackson et moi arrivons sur place, Pongo est couché au soleil, la langue pendante.

Jackson rit et s'appuie sur son skate, lui aussi à bout de souffle.

— Tu es un vilain chien ! je m'exclame en détachant sa laisse de la chaise. Un *très* vilain chien !

Rose apparaît à nos côtés.

— Mais non, dit-elle en se jetant au cou de Pongo comme si c'était un héros. Tu es trop gentil !

— Il n'est pas gentil, Rose, il est *vilain*… Et qu'est-ce que tu as fait d'Elsa ?

— Je l'ai confiée à Annie, répond-elle en grattouillant les oreilles du fugitif.

Tandis que nous retournons au Fusciardi, Jackson porte la chaise et Rose, son skateboard.

— Désolée, je marmonne à chaque fois qu'un promeneur nous adresse un regard noir.

Quand nous approchons du café, Rose me donne un petit coup de coude et murmure : « Regarde. » Assis sur un banc, leur boisson à la main, se trouvent Ed et Bella. On dirait presque qu'ils nous attendent.

— On l'a eu ! s'exclame Jackson en brandissant la chaise tel un trophée.

— Félicitations, réplique Bella.

Elle se tourne vers Ed et lui chuchote quelques mots à l'oreille. Il fronce les sourcils et secoue la tête ; après avoir échangé un regard avec elle, il déclare :

— Content que tu aies récupéré ton chien.

Pour une raison qui m'échappe, Bella éclate de rire. Il y a quelque chose dans son expression, dans sa façon de me regarder, et je me demande si Ed lui a parlé d'hier.

Mes joues s'enflamment et j'accélère le pas, agrippée à la laisse de Pongo. C'est alors que j'entends la voix de Bella s'élever par-dessus le bruit des vagues et des mouettes pour s'exclamer : « *Super gênant !* »

J'ignore si elle parle de moi ou de Pongo, et je n'ai pas l'intention de rester pour le savoir. Elle a raison. C'était *super gênant* et la seule chose qui peut me consoler, là maintenant, c'est une énorme coupe de crème glacée.

Nous retrouvons Elsa affalée sur Annie, en train de grignoter une minigaufre en regardant la mer. Les bras d'Annie sont enveloppés autour de sa taille dodue.

— Je l'aime bien, lâche-t-elle. Elle ne parle pas et elle sent le lait pour bébé.

Elsa semble à son aise alors je la laisse sur Annie et m'assieds sur la chaise d'à côté, en prenant soin cette fois d'enrouler la laisse de Pongo plusieurs fois autour de mon poignet. Nous retournons tous à nos glaces à moitié fondues.

Après un moment, Rose rompt le silence :

— Vous avez vu la tête de cette femme ? Elle est devenue violette !

— Pongo lui a fait renverser ses frites ! je renchéris.

— Elle a crié « Malotrue ! » quand tu l'as dépassée, se rappelle Rose.

— On ne m'avait jamais traitée de malotrue.

— Moi si, intervient Jackson, plein de fois.

Pour une raison inexplicable, nous éclatons tous de rire et Elsa se met à rebondir sur les genoux d'Annie, riant elle aussi.

— Oh non, fait soudain Annie. Je viens de réaliser un truc.

— Quoi ? demande Jackson.

— On est en train de *tisser des liens*, dit-elle en ouvrant de grands yeux. M. Curtis ne va plus nous lâcher.

— À l'atelier biscuits ! lance Jackson en levant son milkshake.

Rose et moi l'imitons et nous entrechoquons nos verres au milieu de la table.

— Hors de question, proteste Annie en secouant la tête. *Absolument* hors de question.

De retour à la maison, je vérifie mes messages, mes e-mails et mon compte Facebook. Il n'y a rien venant de maman, mais j'ai reçu une demande d'ami de la part d'Annie.

Je ne suis l'amie d'aucun de mes camarades de classe. Si j'accepte son invitation, Annie verra que la plupart de mes « amis » sont des télescopes ou des agences spatiales, et elle verra les centaines de photos de la Lune que j'ai partagées. Mais je découvrirai moi aussi ce qu'elle aime et cette idée me réjouit. Avant de changer d'avis, je clique sur « accepter ».

À présent, Annie et moi sommes donc *amies*. C'est officiel.

Je suis en train de donner à manger à Elsa quand elle m'envoie un message. Il s'agit d'une photo en gros plan d'un postérieur poilu. En dessous, elle a écrit : *J'ai pensé que tu aimerais l'ajouter à ta collection. C'est ce qui s'appelle « voir la Lune en plein jour » !* Je fixe l'image en me demandant ce que les astronomes amateurs du Sussex en penseraient. Soudain, je reçois un autre message : *Dis-moi si tu veux voir un trou noir, geek de l'espace. Annie.*

Un sourire étire mes lèvres lorsque je relève la tête pour voir Elsa renverser négligemment son bol de pâtes sur le carrelage. Elle se penche par-dessus sa chaise haute et regarde Pongo gober le tout en deux coups de langue.

— C'est malin..., dis-je.

— Da ? fait Elsa en me tendant une pâte restée sur son plateau.

J'avance la main, mais, avant que je puisse la prendre, elle la laisse tomber sur le sol et se met à rire comme une démente. Je ressens l'habituelle pointe d'agacement, mais ensuite quelque chose de nouveau se produit. Je ramasse la pâte et la lui tends à mon tour. Alors qu'elle s'apprête à l'attraper, je la laisse glisser entre mes doigts.

— Oooups ! je m'exclame.

Elsa rejette la tête en arrière et rit tellement fort qu'il m'est impossible de ne pas l'imiter. Mon agacement a disparu.

C'est dingue l'effet que peut avoir un postérieur poilu.

Trente

De retour à l'école, Ed et moi ne parlons pas de ce qui s'est passé samedi, et nous n'échangeons aucun signe de la main. Je le vois pour la première fois en maths et il arrive après le début du cours. Mon côté paranoïaque se demande si c'était voulu, mais il ne fait rien d'autre suggérant qu'il cherche à m'éviter. En fait, c'est comme si l'épisode des ballons et du choc électrique n'avait jamais eu lieu. Au bout de deux minutes, il se penche vers moi et chuchote : « Tu as un stylo ? », et c'est tout. Les choses redeviennent normales : Ed compare les résultats de son test aux miens et, lorsque nous quittons la salle, il me demande d'un air détaché si je suis prête « à me faire démolir » lors de la compétition organisée par la NASA.

À vrai dire, je suis plus nerveuse à l'idée d'aller en chimie et de retrouver Bella. Je ne sais toujours pas si Ed lui a parlé de l'atelier et je ne suis pas certaine d'avoir envie de le découvrir. Mais tout se passe comme d'habitude, et tandis que Mme Edgecombe déroule son cours et que Bella me traite de « geekosaurus » parce que je possède un stylo avec un niveau à bulle, je me rends compte qu'il est *impossible* qu'Ed lui ait parlé de samedi.

Et j'en suis soulagée, bien sûr, car si Ed lui avait tout raconté, Bella m'aurait fait vivre un enfer. Cependant, je suis aussi un peu déçue. Je pensais que quelque chose avait changé lors de cette journée, et que la façon dont Ed et moi avons ri et parlé en visitant le centre se serait en quelque sorte transférée à l'école. Mais on dirait que je me suis trompée : Bella et Raj se disputent, Ed lève les yeux au ciel et tente de les calmer, et moi je suis assise là, en silence, comme si j'étais invisible.

Absolument rien n'a changé.

Trente-et-un

— Ne me parle pas, Meg, lâche Mme Edgecombe. J'essaye de me concentrer pour ne tuer personne.

Nous sommes le lendemain et je suis assise à l'avant du minibus que notre prof conduit pour nous emmener à l'université du Sussex. Garder le silence me convient très bien, j'en profite pour envoyer un message à papi pour lui rappeler d'aller chercher Elsa. J'en profite aussi pour contempler le paysage et pour penser à la crèche, ou plus précisément, à Dawn.

Ce matin, elle a commencé à me poser des questions sur maman. Je suis peut-être parano, mais j'ai eu l'impression qu'elle essayait de me piéger.

— C'est toi qui as préparé les affaires d'Elsa ? m'a-t-elle demandé avant que je ne parte.

Quand je lui ai répondu que oui et que maman avait tout vérifié, elle a plissé les yeux et dit : « *D'accooord* », d'un air peu convaincu. Puis elle m'a demandé pourquoi ma mère avait arrêté de lui mettre des lingettes bio.

— Trop cher, ai-je expliqué, décidant de m'en tenir aux faits.

Je suis contente que papi aille récupérer Elsa, ce soir. Il ment beaucoup mieux que moi.

Bientôt, nous quittons la voie rapide et un ensemble de bâtiments disparates apparaît entre les collines.

— Nous y voilà, annonce Mme Edgecombe.

Le campus universitaire ressemble à une petite ville. Il est même doté de panneaux de signalisation indiquant les différents départements.

— C'est la première fois que tu viens ici ? me demande la prof. Je crois que ça va te plaire, Meg.

Après avoir garé le minibus, Mme Edgecombe nous guide à travers le campus et j'essaye d'enregistrer tout dans les moindres détails : les pelouses parfaitement tondues, les groupes d'étudiants, l'église semblable à un chapiteau de cirque. Nous croisons une fille assise sur un mur, totalement absorbée par son bouquin. Elle est seule, mais ça ne semble pas la déranger. En fait, en regardant autour de moi, je constate qu'il y a plein d'étudiants isolés, sans que cela paraisse anormal pour autant.

Je me sens plus à ma place ici que je ne l'ai jamais été au collège.

Une étudiante en doctorat nommée Jolina nous retrouve à l'accueil. Elle nous emmène vers une porte sécurisée s'ouvrant à l'aide d'une carte magnétique et sur laquelle sont placardés les avertissements *ATTEN-*

TION et *DANGER*. Elle nous explique qu'elle va nous faire visiter le laboratoire de recherches.

— Quelqu'un s'intéresse-t-il à la mécanique quantique ? s'enquiert-elle. Parce que c'est ma passion.

Jolina est jeune, elle porte un jean skinny, elle a un cygne tatoué à l'intérieur du poignet… et elle se passionne pour la mécanique quantique ! Je lève la main, indifférente aux regards qui se tournent vers moi, et déclare :

— Moi, j'adore la mécanique quantique.

Jolina sourit.

— Parfait, répond-elle. Dans ce cas je pense que tu vas aimer ce labo, parce que nous essayons d'y concevoir *le tout premier* ordinateur quantique.

C'est l'endroit le plus incroyable que j'aie jamais vu. Il est sombre et rempli de lasers, d'ordinateurs et de fils grimpant sur les murs. D'épais rideaux en plastique séparent la salle en différentes sections tandis qu'un vrombissement constant s'échappe des équipements.

— Cette machine refroidit les ions à une température de moins deux cent soixante-trois degrés, explique Jolina d'une voix forte pour se faire entendre. On ne fait plus attention au bruit à force.

Elle s'arrête devant un ordinateur et désigne l'écran.

— Voici un atome que j'ai isolé ce matin.

Elle dit ça d'un air détaché, comme si elle nous parlait de son petit-déjeuner. Nous approchons pour contempler un point légèrement flou. Mme Edgecombe laisse échapper un rire incrédule.

— Je ne pensais jamais *voir* un atome !

— L'un de vous sait-il à quel point il est petit, en réalité ? demande Jolina.

Comme personne ne répond, son regard se pose sur moi, la fille qui « adore » la mécanique quantique.

— Une idée ?

À vrai dire, oui. Et parce que j'ai l'impression que nous sommes dans mon monde, à présent, un monde dans lequel il est normal d'être fasciné par la mécanique quantique, je m'éclaircis la gorge et déclare :

— Il y a environ un trilliard de molécules dans une goutte d'eau, et chacune de ces molécules contient trois atomes. Quand on sait qu'il y a à peu près cinq sextillions d'atomes dans une goutte d'eau, on peut facilement imaginer à quel point cet atome est minuscule.

— Joliment présenté, approuve l'étudiante.

Son sourire me donne le courage de continuer :

— C'est absolument incroyable en fait… Parce que, quand on y pense, c'est de *ça* qu'est constitué *tout* ce qui se trouve dans l'Univers.

Quelqu'un se penche sur moi. Je perçois une légère odeur de vanille et de citron.

— Calme-toi, *Mega Snickers*, chuchote Bella à mon oreille.

Un frisson glacé me parcourt et mon excitation s'évapore. Ed secoue la tête, provoquant le rire de Bella qui s'exclame :

— *Quoi ?*

Jolina nous parle ensuite des lasers, mais je n'arrive pas à me concentrer sur ce qu'elle dit, et ce n'est pas seulement parce que Bella m'a ridiculisée. Je sais maintenant qu'Ed a parlé à Bella de l'atelier et qu'ils ont dû se moquer de moi dans mon dos. Soudain, je me sens aussi esseulée que ce microscopique atome...

Je reste en retrait du groupe et assiste en silence à la suite de la visite. À la fin, quand Jolina demande : « Quelqu'un peut-il me dire combien de nombres quantiques caractérisent le comportement d'un électron dans un atome ? », je détourne les yeux.

— Deux ? suggère Ed.

Quatre, me dis-je. *C'est quatre.*

— Non, répond Jolina. Il y en a quatre.

Trente-deux

Après la visite, nous nous rendons dans un autre laboratoire où nous désamorçons de fausses bombes et testons les effets de la lumière stroboscopique sur l'eau. La chercheuse qui nous supervise me félicite pour mes connaissances et me tend même une brochure de l'université. Je pose le dépliant sur mes genoux, puis Mme Edgecombe nous annonce que le moment est venu d'aller déjeuner.

— On se retrouve ici dans une heure, lance-t-elle tandis que nous rassemblons nos affaires.

Lorsque tout le monde a quitté la salle, je sors dans le couloir et découvre Ed appuyé contre le mur d'en face, les bras croisés sur la poitrine. Il se redresse quand il m'aperçoit.

— Prête à travailler sur nos présentations ? s'enquiert-il.

Mince, j'avais complètement oublié. En cet instant, Ed n'a plus du tout l'air de quelqu'un qui se laisse masser le crâne avec un ballon. Il est redevenu le garçon élancé et séduisant qui a passé ces dernières années soit à m'ignorer, soit à essayer d'être meilleur que moi, selon ce qui l'arrangeait le mieux.

Je hausse les épaules.

— OK.

— Où veux-tu qu'on aille ?

— Peu importe…

J'ai conscience d'être un peu brusque, mais ça m'est égal.

— Ici ? je propose.

— Dans le couloir ? (Il rit.) Et si on allait dans ce café qu'on a vu tout à l'heure ?

— D'accord.

Je le suis dehors et nous traversons un jardin avant de grimper une volée de marches. Nous nous arrêtons devant le café bondé tandis que les étudiants observent nos uniformes d'un air curieux.

— Ça te convient ? demande Ed.

Je jette un œil aux prix affichés sur le menu.

— Je ferai avec, dis-je en ouvrant la porte. Viens.

Ed achète un sandwich et un paquet de chips et je commande un chocolat chaud. Puis nous allons nous installer à une table. Malgré la foule présente dans le café, l'ambiance est étrangement studieuse. Je sors mon sandwich, mon téléphone et un bloc-notes de mon sac.

— Alors, je lâche, tu veux commencer ? Tu me lis ce que tu as écrit ?

Je note « Présentation d'Ed » en haut de ma feuille mais il me demande :

— Comment va ton chien ?

Je relève les yeux et pendant un moment je ne comprends pas de quoi il veut parler. Puis je réalise qu'il fait référence à la course folle de Pongo sur la promenade.

— Oh, il va bien. Tu as apporté ton discours ?

— Tu as encore dû garder ta petite sœur, c'est ça ?

Je hoche la tête.

— Je ne savais pas que tu étais amie avec Jackson et Annie, reprend-il.

Je l'étudie un instant.

— C'est tout récent. On devrait s'y mettre.

Il commence à déballer son sandwich, puis le repose sur la table.

— Est-ce que j'ai fait quelque chose de mal ? Tu as l'air fâchée contre moi.

Je sens le rouge me monter aux joues, alors je regarde par la fenêtre. Le campus tout entier s'étire devant moi. De l'autre côté de la route, un garçon et une fille se font des passes avec un ballon. Quand je suis sûre de pouvoir parler normalement, je déclare :

— J'imagine que je n'ai pas trop apprécié ce que Bella a dit.

— Oh, fait-il. Quand elle t'a appelée Mega Snickers ?

— C'est ça. (Je le regarde droit dans les yeux.) Tu lui as tout raconté ?

— Au sujet de samedi ? Euh… (À présent, c'est lui qui a l'air gêné.) Plus ou moins, mais je ne pensais pas que c'était un secret.

— Il ne t'est pas venu à l'esprit qu'elle allait en profiter pour *m'humilier* ?

Il ouvre son paquet de chips.

— Eh bien, je sais qu'elle a une grande bouche et qu'elle aime bien faire rire les gens, mais… généralement, elle sait quand s'arrêter.

— Elle ne s'arrête *jamais*. Elle se moque de moi depuis des années et toi, ça te fait rire.

— Si ça t'ennuie tellement, pourquoi tu ne m'en as pas parlé avant ? demande-t-il en s'appuyant sur son dossier.

— Attends, tu te fiches de moi ?!

Il repose ses chips et plonge son regard dans le mien.

— Pourquoi tu dis ça ?

— Je ne sais pas si tu t'en rends compte, mais vous passez votre temps à vous moquer des autres, tes amis et toi !

— N'importe quoi !

Il est énervé, mais il n'est pas le seul. Il ne m'a peut-être pas appelée Mega Snickers, tout à l'heure, dans le laboratoire, mais c'est tout comme.

— Vous vous moquez sans arrêt de moi en cours !

— Ça s'appelle *plaisanter*, Meg. Tu ne nous parles jamais, qu'est-ce qu'on est censés faire ? Ignorer ta présence sinistre ?

— Ma *quoi* ?

Un homme assis à une table proche se tourne pour me dévisager ; Ed se penche vers moi avec un sourire en coin.

— Bella a raison à ton sujet.

— Pourquoi ? Qu'est-ce qu'elle dit ?

— Que tu es *coincée*. Je lui ai répondu que c'était faux, que j'avais découvert une autre Meg, ce week-end, quand tu parlais à ces gamins et que tu jetais des trucs dans la farine – mais à l'école, tu n'esquisses jamais le moindre sourire. Il faut te détendre, Meg, et…

— Et *quoi* ? je m'écrie.

— Te lâcher un peu !

Une bouffée de colère m'envahit.

— Ah oui ? Eh bien tu sais quoi ? Annie, elle, a raison à *ton* sujet !

— Je t'écoute…

— Elle dit que tu es hautain et que tu fais tout le temps cette tête…

Je lève un sourcil et tente d'imiter son demi-sourire. Ed éclate de rire.

— Eh bien, j'ai l'impression qu'on a tous les deux une amie qui ferait mieux de se taire !

Nous nous défions du regard pendant un moment. Son menton légèrement relevé lui donne l'air encore plus arrogant que d'habitude. Je suis tellement en colère que ça m'a coupé l'appétit.

Je me détourne et sirote mon chocolat chaud encore brûlant. Ed plonge la main dans son paquet de chips.

C'est alors que mon téléphone se met à vibrer sur la table. Je l'attrape d'un geste vif ; il s'agit d'un numéro inconnu… Je pense aussitôt à la crèche.

— Il faut que je réponde, je marmonne avant de me lever et de sortir du café. Allô ?

— Meg ? fait la voix familière de maman. C'est toi, ma puce ?

Trente-trois

Pendant que maman me décrit le village dans lequel elle séjourne, je traîne dans le campus à la recherche d'un endroit où me poser. Après avoir marché durant plusieurs minutes, je repère un carré de pelouse à l'abri d'un grand arbre.

— Le centre médical est plutôt basique, mais les gens sont formidables, Meg. Et il n'y a pas de lumières dans les rues, ce qui fait qu'on peut voir des milliers d'étoiles à la nuit tombée, tu adorerais !

Je m'assieds contre le tronc et écoute la suite de son monologue.

— Ils ont tant besoin d'aide, ma puce, tu n'imagines même pas à quel point. Je sais que je leur suis utile ici…

Elle marque une pause avant d'ajouter :

— Comment va Elsa ?

— Elle va bien.

— Qu'est-ce qu'elle a mangé ce matin ? Est-ce que papi lui met sa crème contre l'eczéma ?

Je réfléchis à ce que je lui ai donné au petit-déjeuner.

— Elle a mangé des Weetabix et une banane. Attends une minute… Elsa fait de *l'eczéma* ?

La ligne commence à grésiller.

— Des Weetabix et quoi ? Je ne t'entends pas, Meg.

— Une banane ! je crie dans le téléphone.

— Est-ce que papi a fait réchauffer son lait ?

Je fixe les collines à l'horizon.

— Maman, nous ne sommes pas chez papi. J'ai décidé de rester à l'appartement et de m'occuper moi-même d'Elsa. La maison de papi est un vrai capharnaüm et je savais que si on restait chez lui, je finirais par devoir m'occuper de lui aussi.

— Tu veux dire que vous passez vos nuits toutes seules ?

Pour la première fois, je perçois une note d'inquiétude dans sa voix.

— Oui, et on s'en sort très bien.

Je m'interromps. Ma gorge se serre et je ne suis pas sûre de pouvoir poursuivre sans me mettre à pleurer.

— Je me suis dit que ce serait plus simple comme ça.

— Vous deviez rester chez papi ! lâche-t-elle, comme si j'avais fait une bêtise.

— Non, je réplique. Il s'endort en fumant, maman. La dernière fois, j'ai retrouvé ses poules dans la rue. Il était parti en vélo et il avait tout laissé ouvert. Tu aurais dû savoir qu'on ne pourrait pas rester chez lui.

Après un long silence, maman reprend :

— D'accord. Je te fais confiance, Meg. Je suis sûre qu'Elsa ne s'est même pas rendu compte que j'étais partie.

— Oh si, crois-moi ! dis-je d'une voix forte pour être sûre qu'elle entende. Tu lui manques.

— Je serai de retour dans une semaine, Meg. Si tu voyais le travail que nous accomplissons ici, tu comprendrais pourquoi je devais partir. Ils ont besoin de moi.

Nous aussi, on a besoin de toi, me dis-je, mais les mots restent coincés dans ma gorge et, de toute façon, je ne suis pas sûre qu'elle mérite de les entendre. Je déclare alors :

— Tu sais que ma compétition pour la NASA a lieu dans un peu plus de dix jours ?

— Je t'ai dit que je serai rentrée dans une semaine. Écoute, je vais devoir te laisser. J'ai emprunté un téléphone.

À nouveau, elle s'éloigne de moi, comme si la distance qui nous sépare déjà ne suffisait pas. J'imagine le soleil brillant sur sa peau, se reflétant sur ses bracelets multicolores, et je suis tellement en colère que je n'ose même pas ouvrir la bouche.

— Merci de veiller sur Elsa, reprend-elle, mais n'oublie pas que ton grand-père est là. Tu peux l'emmener chez lui si ça devient trop compliqué à gérer pour toi. Je t'envoie plein de bisous, ma puce !

La ligne grésille, puis ça coupe.

Je pensais que parler à maman me réconforterait et m'aiderait à comprendre pourquoi elle nous a laissées comme elle l'a fait, mais je me sens encore plus perdue qu'avant. Je ferme les yeux et prends une grande inspiration. Quelque part, dans un arbre, un oiseau pépie gaiement. L'endroit est si paisible alors que les pensées se bousculent dans ma tête. Je comprends que maman veuille aider ces gens – elle est douée pour ce genre de choses – et je devrais être fière qu'elle ait volé à leur secours. Mais je ne me sens pas fière. Je me sens jalouse. Jalouse qu'elle soit avec eux et pas avec moi. Et furieuse qu'elle nous ait abandonnées si facilement.

J'ai si souvent rêvé de me libérer de ma mère et du chaos qu'elle semait dans ma vie… Et maintenant que c'est fait, je me sens plus que jamais liée à elle.

Trente-quatre

— Meg ?

J'ouvre les yeux. Ed se tient à quelques mètres devant moi.

— Je t'ai cherchée partout.

Je me relève et débarrasse les brins d'herbe de mon pantalon. Je suis restée assise si longtemps que j'ai des fourmis dans les jambes.

— Il ne fallait pas.

Un vague sourire étire ses lèvres.

— Tout va bien ?

— Oui, dis-je en le rejoignant. Je réfléchissais.

— À la mécanique quantique ?

— En quelque sorte.

— J'ai pris ton sac, déclare-t-il en me le tendant. Et je me suis perdu. Tu veux bien utiliser tes dons incroyables pour nous ramener à la salle de physique ?

— OK.

Nous remontons le sentier en direction du bâtiment des sciences.

— Alors, qui c'était ? s'enquiert-il après un moment.

— Ma mère.

Il me regarde d'un air curieux.

— Tu es partie à toute vitesse…

— La réception était mauvaise.

— Ma mère m'appelle tout le temps, mais je la laisse tomber sur la messagerie.

Il me raconte que sa mère l'appelle dès qu'il a une minute de retard, et qu'un jour elle l'a même interrompu en plein entraînement de foot pour s'assurer qu'il allait bien. Je le laisse parler, lâchant occasionnellement un « mmm » tandis que nous nous rapprochons de la salle.

— Attends une minute, dit-il soudain. Tu es toujours fâchée contre moi ? Tu ne me parles même pas.

— Je te parle, là.

— À peine. Tu réalises qu'on n'a toujours pas travaillé sur nos présentations et que la compétition a lieu dans moins de deux semaines ?

Je m'arrête devant la porte et hausse les épaules. Je ne saurais même pas lui expliquer à quel point je me fiche de cette compétition en cet instant.

— Ne sois pas si coincé, Ed, je finis par répondre. Il faut te lâcher un peu.

— D'accord…, soupire-t-il. Je crois que je préférais quand tu étais muette et sinistre, finalement.

Il se détourne et entre dans la salle. Mme Edgecombe lève les yeux de son ordinateur.

— Vous êtes en retard, tous les deux.

— Il ne faut pas leur en vouloir, madame, intervient Bella. Ed était en train d'inviter Meg pour le bal !

Je me fige sur le seuil et les conversations cessent d'un coup. Bella plaque une main sur sa bouche.

— Oups ! Désolée !

Mes joues s'enflamment et Ed secoue la tête avec un léger sourire.

— Sérieusement, Bella, tais-toi.

— Qu'est-ce qui s'est passé ? reprend-elle en riant. Elle a refusé ?

— Très drôle, maugrée-t-il avant de gagner sa place et de jeter son sac sur la paillasse. Tu as fini ?

Je vais m'asseoir à mon tour. Une fois de plus, je me retrouve au cœur de leurs railleries : c'est vrai, ce serait tellement hilarant que Meg Clark se rende au bal avec Ed King ! Dès que j'ai vu Bella apparaître en cours de sciences avec son carton d'invitation, j'ai su que j'allais avoir droit à ce genre de réflexion. On dirait que notre déjeuner en tête à tête l'a inspirée.

— Meg, poursuit-elle, pourquoi tu ne veux pas sortir avec Ed ? Tu le trouves moins intéressant que ce point dans le ciel ?

J'ouvre ma trousse et sors un stylo tandis que Mme Edgecombe déclare :

— Remettons-nous au travail, s'il vous plaît.

— Mais Ed est adorable, madame !

Des rires se répandent dans la salle et je sens les regards se poser sur moi. Soudain, la colère que j'éprouve à l'égard de maman, de Bella et d'Ed se met à bouillonner dans mes veines.

J'abats mon stylo sur la paillasse et me tourne vers Bella.

— Je ne sortirai *jamais* avec Ed ! Et même si ce « point » – autrement connu sous le nom d'astéroïde TR7768 – s'écrasait sur la Terre et qu'on était les deux seuls survivants, je refuserais *toujours* de sortir avec lui !

Bella affiche un immense sourire.

— Et si la survie de la race humaine en dépendait ?

Derrière elle, Ed soupire et lève les yeux au ciel.

— Eh bien, adieu race humaine ! je réplique avant de pivoter sur mon tabouret.

Un bref silence règne sur la salle, puis tout le monde éclate de rire. Je fixe ma trousse et me concentre sur le tableau périodique des éléments chimiques imprimé dessus : *Co : cobalt, Ni : nickel, Cu : cuivre*... mais j'entends encore mes paroles stupides résonner dans ma tête. *Autrement connu sous le nom d'astéroïde TR7768... Adieu race humaine*... Qu'est-ce qui m'a pris ? Pourquoi ne me suis-je pas contentée de l'ignorer ? Voilà ce qui se passe quand j'ouvre la bouche : je ne fais qu'empirer les choses !

Mme Edgecombe dépose une feuille devant moi et me tapote l'épaule.

— Ed vaut mieux que l'extinction de notre espèce, Meg, dit-elle à voix basse.

Lorsque nous arrivons à l'école, je suis la première à descendre du minibus. Le dernier atelier était un enfer. Les élèves assis à côté de moi n'ont pas arrêté de me demander si je sortirais avec eux en cas de catastrophe, puis ils m'ont proposé des noms de stars et même d'animaux – *Et qu'est-ce que tu dirais d'un cloporte particulièrement sexy ?* Le fait que je les ignore ne les a même pas calmés. Bella et Ed, eux, sont restés étrangement silencieux, et, à présent, j'ai peur qu'ils ne se soient rendu compte que la plaisanterie était allée trop loin et que l'un d'eux tente de s'excuser. Je baisse la tête et traverse la cour à grandes enjambées. Je veux juste oublier cette journée.

De retour à l'appartement, je trouve papi en train de donner à Elsa le bain le plus moussant que j'aie jamais vu.

— Je mène une petite expérience, m'informe-t-il en versant un liquide rose dans l'eau. Tu serais surprise, et probablement horrifiée, d'apprendre ce qui fait les meilleures bulles.

Elsa me sourit à travers une barbe de mousse.

— Beb… Beb ! s'exclame-t-elle.

— Cool, dis-je en m'affalant sur la cuvette des toilettes.

J'imagine que papi, lui aussi, ignore tout de l'eczéma d'Elsa. Il lève les yeux sur moi.

— Ça va ? Votre visite s'est bien passée ?

— Maman a appelé.

Le visage de papi s'illumine.

— Comment va-t-elle ?

— Bien. Elle est contente d'être là-bas.

— Beb ! s'écrie Elsa. Beb !

Elle se redresse dans la baignoire et me tend les bras.

— Je crois que c'est toi qu'elle veut, observe papi.

— Beb, répète Elsa.

Je me lève pour la sortir de l'eau et elle s'agrippe aussitôt à mon cou, trempant mon uniforme. J'ignore ce que papi a mis dans son bain, mais ça l'a rendue toute glissante.

— Je suis là, je murmure en pressant ma joue contre ses cheveux pleins de savon.

Puis je la serre dans mes bras et elle se trémousse pour se libérer.

Trente-cinq

Le lendemain, je me force à aller en cours. Je n'ai pas manqué une seule journée depuis la cinquième et je n'ai pas l'intention de commencer à cause d'une blague stupide. Certains élèves présents la veille me regardent traverser la cour d'un air amusé, mais je les ignore et me dirige d'un pas résolu vers mon premier cours de la matinée – mathématiques. Aussitôt installée, je me mets au travail afin d'être totalement concentrée quand Ed arrivera.

Quelques minutes plus tard, je l'entends s'asseoir à mes côtés et continue de griffonner des chiffres comme si ma vie en dépendait. Par chance, le prof nous donne un exercice noté et nous avons interdiction de parler. À la fin du cours, Ed sort de la salle avant même que j'aie fini de ranger mes affaires.

J'imagine qu'il préfère qu'on s'évite, lui aussi.

C'est avec soulagement que je me rends à l'atelier biscuits – je suis sûre de n'y croiser ni Ed ni Bella.

Tandis que M. Curtis prépare nos tasses de thé, Jackson nous décrit l'accident horrible dont il a été témoin au skate parc. Soudain, Annie l'interrompt :

— J'aimerais que Meg nous raconte sa journée à l'université.

Quelque chose dans sa façon de me sourire suggère qu'elle en a déjà entendu parler. Néanmoins, je leur décris le laboratoire de recherches et toutes les choses incroyables que j'y ai vues. Ensuite, parce qu'ils sont tous en train de me regarder, l'air suspendu à mes lèvres, je me surprends à leur confier que Bella m'a appelée Mega Snickers et à leur raconter l'épisode du café avec Ed.

— C'est là qu'il m'a dit que je devais me lâcher un peu, je conclus.

Annie est scandalisée.

— Il est tellement prétentieux ! s'exclame-t-elle. Je déteste la façon dont ses potes et lui *se promènent* dans les couloirs, mains dans les poches, en se moquant des gens qu'ils croisent.

— Incroyable ! s'offusque Jackson depuis son fauteuil-poire. Ils mettent leurs mains dans leurs poches ? Quelle bande de racailles ! Ces gens-là ne méritent pas de vivre.

— La ferme, rétorque Annie. Tu ne peux pas comprendre, toi aussi tu mets tes mains dans tes poches. D'ailleurs, qu'est-ce que tu fais ici ? Tu devrais être avec eux en train de te *moquer* !

Jackson rit.

— Comme si ça ne t'arrivait jamais !

Elle lui adresse un doigt d'honneur.

— Ed ne s'est pas moqué de moi, intervient Rose.

Elle est tellement discrète qu'on a parfois tendance à l'oublier.

— Explique, déclare Annie.

— Eh bien, un jour j'étais en train de prendre en photo une flaque d'huile parce qu'il y avait un arc-en-ciel dedans et Raj m'a dit : « Tu penses que c'est du pipi de licorne ? » Il se moquait de moi parce que…

— Tu crois aux licornes ? la coupe Annie.

— Exactement. Et Ed a dit : « Moi, je trouve que c'est une jolie flaque » !

Elle nous sourit d'une oreille à l'autre, comme si elle venait de prouver qu'Ed était une sorte de saint.

— Je peux voir la photo ? demande Jackson, complètement à côté de la plaque.

Rose sort son portable et Annie se tourne vers moi.

— Alors c'est tout ? Il ne s'est rien passé d'autre ?

— Après ça, on a fait des ateliers de physique.

— D'accord…, dit-elle en plissant les yeux. Tu es sûre que c'est tout ?

Je reste silencieuse pendant un moment. Je n'ai pas mentionné le fait qu'Ed voulait soi-disant m'inviter au bal. C'est trop embarrassant. Surtout quand on sait que l'info vient de Bella. Mais je n'arrête pas d'y penser, et je meurs d'envie de me confier à quelqu'un. En plus, Annie continue de me regarder de ce drôle d'air. Quel est l'intérêt de me taire si elle est déjà au courant ?

Je jette un œil à Jackson et à Rose pour m'assurer qu'ils sont toujours absorbés par le pipi de licorne.

— Il s'est passé autre chose.

— Je le savais ! s'écrie Annie avec un grand sourire. Tu as l'air contrariée aujourd'hui. Enfin, je veux dire, plus contrariée que d'habitude.

Je lui raconte tout, y compris le passage sur l'extinction de la race humaine, et Annie fronce les sourcils.

— Meg, il faut *sérieusement* travailler ta repartie.

— J'étais gênée. J'ai dit le premier truc qui m'est passé par la tête !

— Tu m'étonnes.

— Et aujourd'hui, c'est l'horreur : Ed n'ose même pas me regarder, les élèves qui étaient là, eux, me regardent sans arrêt, et Bella sourit à chaque fois que…

Annie me fixe avec de gros yeux.

— Et si Bella était sérieuse ? Si Ed avait *vraiment* l'intention de t'inviter au bal ? Peut-être que ton côté geek-intello lui fait de l'effet !

Je secoue la tête.

— Quoi ? Non !

— Tu devrais aller au bal avec lui ! J'y vais, moi ; on pourra traîner ensemble et coller la honte aux garçons en les invitant à danser !

— Arrête, Annie, Ed ne m'a pas invitée : c'était juste une blague de Bella ! Ça fait quatre ans que je suis assise à côté de lui et il ne m'adresse la parole que pour se moquer de moi ou me prouver qu'il est le meilleur.

— Les garçons sont bizarres, Meg. La preuve : quand ils aiment bien une fille, ils lui jettent des objets. Est-ce qu'Ed a déjà fait ça ?

— Non. Jamais.

— Bon, et est-ce qu'il lui arrive de te regarder ? Genre, de cette façon…

Annie ouvre de grands yeux, penche la tête sur le côté et me regarde fixement. Je ne peux pas m'empêcher de rire.

— Ed ne me regarde que s'il y est obligé. La plupart du temps, c'est pour me demander un stylo.

Elle plisse les yeux.

— Ça lui arrive souvent ?

— Je ne sais pas, plusieurs fois par semaine ?

Elle agrippe mon bras et plante ses ongles dans ma chair.

— Oh mon Dieu ! Ed n'a pas *besoin* de stylos. Il en a presque autant que toi. C'est un obsédé des fournitures, lui aussi !

— Quoi ? Comment tu sais ça ?

— Parce que j'observe les gens, Meg, et que je vois *tout*.

Elle baisse la voix.

— Rose, par exemple, ne se maquille que les jours où on a atelier biscuits. Déduis-en ce que tu veux… Et Ed King possède deux trousses : une toute pourrie qu'il sort en cours, contenant une règle et un vieux stylo, et une qu'il garde dans son sac et qui *déborde* littéralement de matériel !

— Tu es en train de me dire que chaque fois qu'Ed me demande un stylo…

— C'est une excuse pour plonger dans ton regard et mater tes nénés d'intello !

Je croise les bras sur ma poitrine.

— Non. Je n'y crois pas. Et laisse mes nénés tranquilles !

— Ça va, ne fais pas cette tête !

Je m'apprête à répliquer quand mon téléphone se met à vibrer. M. Curtis est toujours dans la salle des profs, alors je le sors de ma poche. C'est un message de Dawn : *Elsa a de la fièvre et n'arrête pas de pleurer. J'ai essayé d'appeler chez toi, mais ta mère ne répond pas et son portable est éteint. Peux-tu venir la chercher dès que possible ? Merci !*

— Qu'est-ce qu'il y a ? s'enquiert Annie.

— C'est ma sœur. Elle est malade et la crèche me demande de venir la rechercher.

— Ta mère ne peut pas y aller ?

— Non. Elle est occupée. Je vais voir avec mon grand-père.

J'appelle chez lui mais il ne décroche pas et lorsque j'essaye son portable, je tombe directement sur la messagerie.

— Il ne répond pas.

— Parles-en à M. Curtis quand il reviendra. Si c'est une urgence, il te laissera partir.

Sauf qu'il va me poser des questions ; il voudra parler à ma mère pour s'assurer que j'ai le droit de quitter l'école. Je sens la panique commencer à monter.

— Non. Je ne peux pas faire ça.

Annie m'observe d'un air soucieux.

— Tu es sûre que ça va ?

— Il faut à tout prix que j'aille récupérer Elsa.

Pendant un moment, j'envisage de tout dire à Annie. Peut-être qu'elle pourra m'aider, comme elle vient de le faire avec Ed et Bella… Mais je ne la connais pas assez, et si je lui en parle, ça ne fera que compliquer davantage la situation.

Sa main se pose à nouveau sur mon bras, mais cette fois ses ongles ne s'enfoncent pas dans ma peau.

— Détends-toi, Meg. Je peux te faire sortir de l'école. Il n'y a rien de plus facile.

Cinq minutes plus tard, le faux mot d'excuse rédigé par Annie au sujet d'un rendez-vous chez le dentiste (*extraction des dents de sagesse*) a été signé par la secrétaire.

— Dents de sagesse ? déclare celle-ci. Aïe aïe aïe. J'imagine qu'on ne te verra pas demain non plus ?

— Possible…

— Allez, file !

Et voilà. Je sors de l'école, libre comme l'air. Enfin, aussi libre que peut l'être une adolescente qui doit aller chercher sa petite sœur malade à la crèche. Je remonte la rue principale au pas de course, en m'efforçant de ne pas penser aux cours que je vais manquer et en me rappelant que maman sera de retour dans cinq jours.

Et même si ces cinq jours vont être les plus longs de ma vie, je ne peux pas m'empêcher de sourire.

Nénés d'intello. Annie raconte vraiment n'importe quoi, parfois…

Trente-six

— La voilà, soupire Dawn avant de me passer Elsa.

D'habitude, quand je la récupère, elle déborde d'énergie, mais aujourd'hui elle s'affale dans mes bras en suçant son pouce. Je pose ma main sur sa joue brûlante.

— Qu'est-ce qui lui arrive ?

— Elle a de la fièvre. Ta mère saura quoi faire. Je suis surprise qu'elle nous l'ait envoyée parce qu'elle en avait déjà ce matin.

— Pourtant, elle a mangé tout son petit-déjeuner.

— Il n'empêche qu'elle avait de la température, réplique Dawn en croisant les bras sur sa poitrine.

— Désolée, dis-je, parce que j'ai l'impression que c'est ce qu'elle attend.

Puis je fais demi-tour et commence à m'éloigner.

— Dis à ta mère de la garder chez vous jusqu'à ce qu'elle aille mieux.

— D'accord ! je lance par-dessus mon épaule.

J'emmène Elsa directement à la maison puis rappelle papi. Cette fois, il décroche.

— Elle est brûlante, je déclare, le téléphone coincé contre l'oreille, tandis que je déboutonne le gilet d'Elsa. Qu'est-ce que je dois faire ?

— Quand j'ai de la fièvre, je bois un verre de whisky et vais piquer une tête dans la mer, répond-il. Ça marche à tous les coups.

Comme je lui fais remarquer à quel point ce conseil est inutile, il me suggère de lui donner du paracétamol en sirop.

— Oui, on en a, dis-je en fouillant l'armoire à pharmacie.

— Donne-lui-en une cuillerée. Ça devrait aller mieux d'ici une heure. Je passerai voir comment elle va.

Elsa avale son sirop sans broncher, puis je la dépose dans son berceau.

— Je vais m'asseoir sur le lit et travailler, d'accord ?

Elle frotte son visage contre sa manche et m'observe à travers les barreaux tandis que je sors mes fiches et commence à chercher où je pourrais ajouter « un peu plus de Meg et de passion »... De temps à autre, je jette un œil à Elsa, inquiète de la voir aussi calme.

Une heure plus tard, j'entends la porte d'entrée s'ouvrir et papi apparaît dans la chambre, vêtu de son anorak et d'un short en Lycra – ce qui signifie qu'il est venu en vélo.

— Où est la patiente ? s'enquiert-il en approchant du berceau. Bonjour, toi !

Elsa lui adresse un faible sourire. Papi s'assied au bout du lit et passe sa main à travers les barreaux pour lui caresser le front.

— Tu veux une tasse de thé ? je propose.

— Avec plaisir ! J'ai justement apporté des gâteaux. Ils sont meilleurs qu'ils en ont l'air.

J'ouvre la boîte et contemple les pavés verdâtres à l'aspect gluant.

— Je l'espère.

— Ils sont faits à base d'algues. C'est bourré de vitamine C.

Papi a raison : ils sont meilleurs qu'ils en ont l'air. Et tandis que nous buvons notre thé, il me suggère différents moyens d'égayer mon discours, comme l'utilisation de déguisements. Je lui réponds qu'il est hors de question que je me déguise en étoile, en planète ou en extraterrestre, mais que je porterai le collier que maman m'a offert avec la lettre « M » écrite en langage binaire.

— C'est de circonstance et, au moins, je n'aurai pas l'air stupide.

— Tu n'auras l'air de rien du tout, réplique-t-il en secouant la tête. Personne ne le verra !

Nous continuons à parler du concours et, quelques minutes plus tard, Elsa finit par s'endormir. C'est étrange de se retrouver tous les trois dans la chambre de maman. Malgré les milliers de kilomètres qui nous séparent, j'ai l'impression qu'elle est avec nous. Son chandail gris repose toujours sur un coin du berceau et son pyjama Fée Clochette dépasse de sous son oreiller. Parfois, je perçois même son odeur familière – un mélange de thé à la menthe et d'encens.

Nous sommes en train de discuter des anecdotes incroyables que je pourrais ajouter à mon discours quand papi sort une carte postale de sa poche.

— J'ai reçu ça aujourd'hui, dit-il en me la tendant. Ça vient d'Alice. On dirait qu'elle s'amuse bien.

La photo représente des temples majestueux se dressant dans le brouillard. Je la retourne pour lire une unique phrase : *J'ignore où ça va me mener, mais ce qui est sûr, c'est que j'y vais ! X Alice.*

— Elle savait très bien où ça allait la mener, je marmonne. Elle a acheté un billet d'avion pour le Myanmar.

Papi laisse échapper un petit rire.

— Je pense qu'elle fait allusion à son voyage intérieur. Ta mère a toujours voulu devenir infirmière et aider les gens.

Je jette la carte sur sa table de chevet.

— Qu'y a-t-il ? demande papi en voyant mon air contrarié.

Je rassemble mes fiches et les remets dans l'ordre.

— Maman savait à quel point je voulais aller à Houston, mais elle m'a dit qu'on n'avait pas les moyens. Comment elle a fait pour payer son billet pour le Myanmar ?

— À mon avis, elle n'en avait pas les moyens non plus. Mais Alice ne réfléchit pas toujours avant d'agir.

— Eh bien, peut-être qu'elle devrait.

Papi fronce les sourcils.

— Ne sois pas comme ça, ma puce. Elle fait de son mieux.

— Si c'était le cas, elle serait ici à s'occuper d'Elsa, et moi je serais à l'école !

— Meg... Quand la mère d'Alice est morte, j'habitais...

— Dans un arbre. Je sais, papi, tu me l'as déjà dit un million de fois.

— Ta mère est venue vivre avec moi alors que nous nous connaissions à peine. Je passais la plupart de mon temps à l'étranger et je n'avais effectué que de brèves apparitions dans sa vie depuis sa naissance. J'ai fait de mon *mieux*, mais c'était *loin* d'être suffisant.

Je secoue la tête.

— Tu lui trouves toujours des excuses.

— Pas du tout, rétorque papi. Je te raconte simplement ce qui s'est passé. Je serais le plus grand hypocrite que la Terre ait jamais porté si je la critiquais pour avoir pris la décision de s'absenter pendant deux semaines – moi, je partais pendant des mois... Des années !

— Peut-être... mais tu es ici, maintenant. Et ce n'est pas parce que tu n'étais pas là pour elle qu'elle doit en faire autant avec nous. Elle pourrait au moins essayer.

— Je crois que c'est ce qu'elle fait.

— Eh bien elle devrait essayer davantage !

Ma voix est tellement forte que nous nous tournons vers Elsa pour vérifier que je ne l'ai pas réveillée. Papi se rapproche et me tapote le pied.

— Tu as raison, admet-il. Et aujourd'hui, tu dois manquer l'école alors que tu as horreur de ça. Pourquoi n'y retournes-tu pas, maintenant que je suis là ?

— Je ne peux pas. Je leur ai dit que je me faisais opérer des dents de sagesse.

— Et si j'allais promener Pongo ? Tu pourrais en profiter pour faire tes devoirs tranquillement ?

Et toi, échapper à une conversation embarrassante, me dis-je. Pourtant, je réponds :

— D'accord. Merci, papi.

Avant de quitter la pièce, il s'arrête à la porte et s'appuie contre l'encadrement.

— Je sais qu'Alice te rend furieuse, parfois, mais t'es-tu déjà demandé à quoi ressemblerait ta vie si ta mère était différente ?

Il lève un doigt et ajoute d'un ton dramatique :

— « Il faut encore porter en soi un chaos, pour pouvoir mettre au monde une étoile dansante » !

Quand il parle de cette façon, je sais qu'il cite quelqu'un et qu'il attend de moi que je trouve de qui il s'agit. Comme je n'ai jamais entendu cette phrase, je tente au hasard :

— Nietzsche ?

Dans le doute, j'opte toujours pour Nietzsche ou Galilée.

— Bien joué !

— Et ce que tu essayes de me dire c'est… ?

— Que les plus grandes idées et inventions résultent souvent du chaos.

— Ouais… Et elles résultent aussi du fait d'aller à l'école et d'avoir de bonnes notes au lieu de rester enfermée dans la chambre de sa mère à s'occuper de sa petite sœur !

Il rit.

— Peut-être, concède-t-il avant d'appeler Pongo. J'espère qu'il est d'humeur à chasser. Je mangerais bien une tourte au lapin, ce soir.

— Il attrape plus d'écureuils que de lapins.

— Ça fera l'affaire, répond-il. On sera de retour dans une heure.

Avant de partir, il se retourne et brandit son poing dans les airs.

— *Poyekhali*, Meg !

Poyekhali signifie « C'est parti » en russe et c'est ce que Youri Gagarine a dit avant de devenir le premier homme à voyager dans l'espace. C'est devenu la devise de papi ; il se l'est même fait tatouer sur le bras. Maman l'a imité et je parie qu'elle y a pensé en montant dans l'avion qui l'a emmenée au Myanmar.

D'habitude, je réponds à papi *Poyekhali !*, mais aujourd'hui je préférerais que ma famille ait un peu moins l'esprit d'aventure. Alors je lance : « Fais attention aux trous de taupes », et le poing levé de papi se transforme en salut.

Trente-sept

Elsa endormie et Pongo sorti, l'appartement se retrouve étrangement silencieux.

J'en profite pour prendre un bain, puis je m'installe à côté du berceau d'Elsa et commence à rédiger ma dissertation d'histoire. De temps à autre, je glisse ma main entre les barreaux pour la poser sur son front. Après un moment, je décide d'aller faire un tour sur Facebook. Annie m'a envoyé la photo d'un astéroïde en forme de crâne avec un message disant : *J'ai trouvé quelque chose que nous pouvons apprécier toutes les deux.*

Je clique sur son profil, curieuse d'en apprendre un peu plus sur sa vie. Elle a beaucoup d'amis, dont je reconnais certains, et elle semble aimer les animaux. Elle a partagé une vidéo d'ânes se mordillant la queue et de chiots portant des vêtements. Et elle a presque autant de photos de ses rats que j'en ai de la Lune. Je lui envoie une image de Cléopâtre, un astéroïde en forme d'os pour chien. Quelques minutes plus tard, elle me répond : *Oh mon Dieu ! On a tellement de choses en commun !!!*

Lorsque je pose à nouveau la main sur le front d'Elsa, celui-ci est beaucoup plus chaud que tout à l'heure, et les joues de ma petite sœur sont devenues écarlates. Je prends sa température. Trente-neuf.

Ce n'est pas bon signe. Je parcours quelques sites Internet et tous ont l'air d'accord pour dire que je devrais appeler un médecin. Sauf que je ne peux pas faire ça. Qu'est-ce qu'un docteur dirait s'il nous trouvait toutes seules à la maison ? Je sais que maman a déjà emmené Elsa aux urgences quand elle était malade, mais une adolescente de quinze ans ne peut pas débarquer à l'hôpital avec sa sœur et prétexter que sa mère souffre d'une hernie discale.

J'essaye d'appeler papi sur son portable mais je tombe directement sur sa boîte vocale. Ça fait plus de deux heures qu'il est parti… Je contemple Elsa tout en réfléchissant à ce que je dois faire. Elle commence à émettre des petits bruits, comme si elle était sur le point de se réveiller. Je repose le thermomètre sur son front et, cette fois, il indique quarante. Je ne peux pas attendre le retour de papi, il faut que je me débrouille pour faire baisser la température d'Elsa.

Je la sors de son berceau et la dépose sur le lit de maman. Sa tête roule sur le côté, mais elle reste endormie. J'ôte les boutons de sa grenouillère et sens la chaleur irradier de sa poitrine. Je la secoue doucement.

— Elsa ? Réveille-toi. Il faut reprendre une cuillerée de sirop.

Son visage se tord lorsqu'elle m'aperçoit et elle se met à pleurer. Je verse le sirop dans sa bouche, mais elle secoue la tête et en met partout.

— Super. Maintenant, tu vas être toute collante, je soupire, tentant de masquer la panique qui commence à monter.

J'essaye de lui faire boire un peu d'eau, mais elle repousse sa tasse et continue de pleurer.

Je m'allonge à côté d'elle.

— Elsa… Je sais que tu te sens mal, mais c'est une bonne chose, je t'assure ! Ça veut dire que ton système immunitaire est en train de se défendre contre une maladie. En ce moment même, ton noyau interne – je trace un cercle sur sa poitrine – se réchauffe pour éliminer les virus et les bactéries qui se trouvent dans ton corps.

Elle agrippe mon doigt.

— Tu vois, tu reprends déjà des forces !

Je passe l'heure qui suit allongée près d'elle, touchant son front de manière obsessive et vérifiant toutes les deux minutes qu'aucune rougeur n'est apparue sur sa peau. Lentement, sa température commence à baisser, et elle finit par se rendormir. Tandis que j'écoute son souffle rapide, je me surprends à repenser à ce que papi a dit. Et s'il avait raison ? Et si maman ne pouvait pas s'empêcher de penser à elle en premier et de nous laisser parce que c'est ce qu'elle a vécu quand elle était petite ? Si c'est le cas, cela veut-il dire que je serai comme elle en grandissant ? *Non*, me dis-je, *parce que je n'aurai pas d'enfants. De cette façon, je ne leur infligerai jamais la peur que je ressens en ce moment.*

Je contemple ma petite sœur ; sa respiration semble s'être apaisée. Une pensée horrible me traverse alors l'esprit : et s'il était trop tard ? Et si j'étais déjà devenue cette personne qui abandonne les gens ? Je me rappelle ce qu'Ed a dit – sur le fait que je « n'esquissais jamais le moindre sourire » – et la façon dont j'ai écarté papi depuis que maman est partie. Mon cœur se serre dans ma poitrine. Je pensais que ma solitude était temporaire, mais si j'étais destinée à la subir toute ma vie ?

Je glisse mon index dans la paume tiède d'Elsa. Même si elle dort profondément, ses doigts se referment autour et elle le serre dans son sommeil. J'ai l'impression qu'elle ne va plus jamais le lâcher.

Je dois m'assoupir dans cette position car lorsque je me réveille, un peu plus tard, nous nous tenons toujours la main. Je libère mon doigt de son étreinte et la remets dans son berceau. Le thermomètre indique à présent trente-huit.

Soudain, un claquement retentit, signalant le retour de Pongo et papi.

— Désolé, ma puce, je suis en retard, lance celui-ci en faisant irruption dans la chambre. J'ai perdu la notion du temps, et en passant à la maison j'ai découvert qu'une poule s'était échappée…

— *Chut*, je fais en désignant Elsa.

— Oh. Elle a dormi pendant tout ce temps ?

Je repense à l'angoisse que j'ai vécue ces dernières heures.

— Plus ou moins.

— Je vais nous préparer à manger et rester dormir ici. Comme ça je pourrai t'aider à garder un œil sur Elsa, qu'en dis-tu ?

— C'est une très bonne idée.

Trente-huit

Je me réveille le jour suivant pour découvrir qu'il n'y a plus d'électricité dans l'appartement et que papi est en train d'essayer de réparer une ampoule dans le salon. Après l'y avoir aidé, je vais chercher Elsa et lui donne son petit-déjeuner, puis papi retourne chez lui, laissant dans son sillage une véritable pagaille – des journaux éparpillés dans la cuisine (il a fouillé dans la poubelle de recyclage pour trouver des mots croisés), ma boîte à outils renversée sur le canapé et la moquette couverte de terre et de feuilles, conséquence de sa promenade avec Pongo.

Ce n'est pas grave. J'ai décidé de prendre ma journée pour veiller sur Elsa et j'aurai vite fait de tout nettoyer. C'était agréable de l'avoir à la maison. Salissant, mais agréable.

— Tu es sûre que tu ne veux pas que je la prenne avec moi ? demande papi avant de partir.

Les bras d'Elsa se resserrent autour de mon cou.

— Manquer un jour d'école ne me tuera pas, dis-je en haussant les épaules.

Elsa a besoin d'une journée au calme pour récupérer, et papi est incapable de rester tranquille aussi longtemps.

Même si sa fièvre a disparu, elle est plus fatiguée que d'habitude, alors entre les jeux et les dessins animés j'ai beaucoup de temps pour réfléchir. Je pense à maman, obligée d'aller vivre avec un père qu'elle connaissait à peine, et je pense à Elsa. Quand elle aura quinze ans, je serai déjà vieille...

Je me rends compte que je n'ai jamais inclus ma sœur dans mes projets d'avenir. J'essaye de l'imaginer plus grande, mais c'est difficile parce que j'ignore comment elle sera. Au fil de la journée, néanmoins, je parviens à me faire une idée de ce qu'elle deviendra. *Obstinée*, me dis-je, tandis qu'elle refuse de mettre les chaussettes rouges que je lui ai choisies. Quand je la vois étudier une pièce de son puzzle, puis la retourner et la placer au bon endroit, je constate qu'elle est déjà intelligente. Et lorsque je m'installe sur le canapé et qu'elle tente de me donner à manger des objets de plus en plus bizarres – mon téléphone, une fée, sa chaussure – elle rit devant mon air surpris.

Obstinée, *intelligente* et *drôle*.

Je décide que j'ai hâte de rencontrer la future Elsa. Et aussi simplement que ça, je réalise que je nous imagine *parfaitement* toutes les deux. Maman pourra l'amener à l'université et je lui montrerai les expériences incroyables sur lesquelles je travaille... Ou alors on ira au Chili pour découvrir le télescope géant Magellan. Il devrait être prêt en 2025 et sera dix fois plus puissant que le télescope Hubble. Elsa aura onze ans et moi vingt-cinq. Je sais que maman me laissera l'emmener.

Soudain, je déborde d'idées sur ce que nous pourrions faire ensemble, et je m'aperçois que je n'ai même pas besoin d'attendre qu'elle soit plus âgée. Je sais déjà qu'elle aime le Centre des sciences – nous pourrons y retourner quand elle se sentira mieux. Et dans quelques années, lorsqu'elle aura appris à faire du vélo, nous irons en balade toutes les deux.

— Elsa, dis-je, et elle lève les yeux de son puzzle. Tu veux aller au Chili avec moi pour observer l'espace ?

Elle m'adresse un immense sourire et répond : « Da ! » Puis, comme pour me prouver qu'elle est vraiment partante, elle me jette une pièce de puzzle à la figure.

Trente-neuf

De retour à l'école, le lendemain, je trouve Ed déjà installé à notre table. Et aucun signe de Raj ou de Bella. Quand nos regards se croisent, j'ai envie de faire demi-tour et de quitter la salle, mais au lieu de ça je vérifie que les boutons de mon blazer sont bien fermés sur ma poitrine de geek et prends une grande inspiration. Mieux vaut en finir au plus vite.

Je me dirige vers la paillasse, m'assieds et sors ma trousse de mon sac. Je la pose devant moi, à côté de sa trousse prétendument vide. Puis je fixe le tableau blanc et fais semblant d'être fascinée par le fond d'écran $E = MC^2$ de Mme Edgecombe. Ed en fait autant. Quelques secondes s'écoulent… Je remue sur mon tabouret et Ed s'éclaircit la gorge.

C'est alors que, du coin de l'œil, je le vois se tourner vers moi, et le rouge qui m'est monté aux joues lorsque je suis entrée dans la classe atteint des proportions épiques.

— Meg, commence-t-il.

J'avale ma salive et acquiesce, mais je suis incapable de le regarder, alors je me mets à fouiller dans ma trousse.

— J'ai réfléchi à ce que tu m'avais dit l'autre jour… Sur le fait que je me moquais de toi.

OK, ce n'est pas ce à quoi je m'attendais. Voyant que je ne réagis pas, il poursuit :

— Je pensais que c'était drôle, qu'on plaisantait tous ensemble, mais visiblement je me trompais… Enfin, ce que j'essaye de te dire, c'est… que je suis *désolé*. Ma mère dit qu'il m'arrive de me comporter comme un petit crétin arrogant. Je crois qu'elle a raison.

Ça me fait sourire et je lève les yeux sur lui.

— Ma mère à moi me reproche d'être froide, parfois.

Il secoue la tête.

— Si elle t'avait vue avec ces enfants, quand tu étais Mega Snickers, elle n'aurait jamais dit ça… Meg, il y a autre chose.

Il jette un coup d'œil à la porte.

— Tu te rappelles ce que Bella a dit, au sujet de mon invitation pour le bal ?

Une bouffée de chaleur m'envahit et je replonge aussitôt les yeux dans ma trousse. Je hausse les épaules, comme si ça m'était déjà sorti de la tête.

— Oh, ça… Laisse tomber. Ce n'est pas important.

— Si, ça l'est, parce qu'on partage plusieurs cours ensemble et que ça va être bizarre si je ne…

Je le coupe.

— Franchement, Ed, ça va. Je préfère ne pas en parler. S'il te plaît.

— Ne pas parler de quoi ?

— Du bal.

Je sors deux stylos et un crayon.

— Quoi ? Jamais ?

— Oui, jamais.

Je ne supporterais pas de l'entendre s'excuser à ce sujet. Ce serait trop humiliant.

La porte de la classe s'ouvre sur Bella et Chiara.

— Juste pour être sûr, reprend Ed, si je ne mentionne plus jamais le bal en ta présence, alors on est OK ?

— C'est ça, je murmure.

Il faut vraiment qu'on arrête d'en parler. Bella se rapproche dangereusement…

— Super, lâche-t-il. Dans ce cas quand est-ce qu'on peut travailler sur nos présentations ? Parce qu'il faut vraiment qu'on s'y mette… Demain, samedi ?

Je secoue la tête.

— Impossible. Je dois garder ma sœur toute la journée.

— Ce n'est pas grave, je peux venir chez toi. Quatorze heures, ça te va ?

De l'autre côté de la paillasse, Bella laisse tomber son sac à ses pieds. Elle a l'air absorbée par son téléphone.

— Ou alors je pourrais parler d'un certain B-A-L…

— D'accord ! On se retrouve chez moi.

— Quoi de neuf, les nuls ? lance Bella en s'asseyant sur son tabouret. De quoi vous parlez ?

— Des lois de Kepler sur le mouvement des planètes, répond Ed sans la moindre hésitation.

Bella grimace et commence à s'attacher les cheveux tandis que je taille mon crayon comme si ma vie en dépendait. Que s'est-il passé ? Ed vient-il de me faire du chantage pour que je l'invite à la maison ? Et pourquoi ai-je accepté ?

— Ça va, Meg ? s'enquiert Bella, s'interrompant au milieu de sa queue-de-cheval pour me regarder. Tu es toute rouge. On dirait une tomate.

Je suis trop perturbée pour répondre, mais je vois Ed lui adresser un regard appuyé.

— OK, OK, dit-elle en riant. Désolée, Meg, je retire ce que j'ai dit. Tu ne ressembles *pas du tout* à une tomate. Tu as l'air parfaitement normale.

Mme Edgecombe me sauve de cette situation embarrassante en éteignant la lumière et en lançant un film sur les bulles. Je reste assise dans la pénombre et tente de mémoriser le plus d'informations possible concernant les molécules d'eau. Tandis qu'une bulle animée flotte à travers l'écran, je sens une tape sur mon bras. Ed me tend son agenda. Un seul mot est écrit à la page du samedi : *Adresse ?*

Comment cela est-il arrivé ? je me demande en fixant résolument l'écran.

En vérité, je sais très bien comment c'est arrivé.

J'ai accepté qu'Ed vienne parce que j'en avais envie. Je pourrais essayer de me convaincre que c'est parce que nous devons travailler, ou parce qu'il allait parler du bal devant Bella, mais je me mentirais.

Quand nos doigts se sont touchés au Centre des sciences, quelque chose nous a connectés. J'ignore ce dont il s'agit, mais ça s'intensifie chaque fois que je le vois ou que je parle avec lui. Je le sens, en ce moment ; c'est un lien invisible qui nous unit. J'ignore si Ed le ressent aussi, et, pour être honnête, c'est un peu effrayant.

Mon stylo plane au-dessus de son agenda. Avant le départ de maman, j'étais un satellite en orbite entre l'école et la maison, observant de loin l'agitation qui m'entourait sans jamais y prendre part. Ma vie était sûre et tranquille… Mais j'étais seule.

Sur l'écran, des dizaines de bulles de toutes les couleurs se mettent à éclater et je prends une grande inspiration. Peu importe à quel point c'est effrayant, je refuse de continuer à n'être qu'une simple spectatrice. *Poyekhali !* me dis-je tout en notant mon adresse sur l'agenda.

Quarante

J'attends devant les vestiaires quand Annie apparaît au bout du couloir. Elle fonce droit sur M. Badal et lui tend un mot. Il le lit et claque des doigts dans ma direction.

— Clark, on te demande en aide à l'apprentissage. Vas-y.

— Que se passe-t-il ? je demande en suivant Annie.

— Je m'ennuyais, répond-elle en haussant les épaules. Je voulais parler à quelqu'un. Le mot dit que tu dois passer des tests. Le prof n'a même pas tiqué, t'as vu ?

Elle avance tellement vite que je dois trottiner pour ne pas être distancée.

— Où va-t-on ?

Elle pousse une porte sur laquelle est écrit *Aide à l'apprentissage.*

— Dans le meilleur endroit de l'école. Sois discrète. Tu n'es pas censée être là.

— Mais je ne veux pas être là !

Elle disparaît à une intersection et je la retrouve devant une nouvelle porte indiquant *L'Oasis*.

— Tu es déjà venue ici ? me demande-t-elle.

— Non, mais j'en ai toujours eu envie.

L'Oasis est une pièce multisensorielle que le collège a aménagée l'année dernière. Elle est destinée à aider les élèves atteints d'autisme ou d'autres formes de handicap.

— Après toi, déclare Annie en ouvrant la porte. J'ai dit à Jan que je me sentais en colère et il me l'a réservée pour une heure.

La pièce est entièrement bleue. Trois tubes de bulles roses bouillonnent dans un coin et le sol est recouvert d'énormes coussins et de fauteuils-poires. Je retire mes chaussures tandis qu'Annie sort de son fauteuil et traverse la pièce, vacillant d'une jambe sur l'autre.

— Tu peux regarder, lance-t-elle par-dessus son épaule. C'est ce qu'il y a de mieux à faire si tu veux t'habituer à moi. Tu finiras par ne plus y prêter attention.

— Désolée, je déclare.

— J'ai dit que tu pouvais regarder, non ?

— Tu es vraiment en colère ? je demande avant de la rejoindre.

— Ouais… un peu.

— Pourquoi ?

— Oh, les trucs habituels d'ados : l'école, les parents, les disputes entre amis… Et tu peux ajouter à ça le fait que j'ai super mal aux fesses en ce moment. Mais ne t'avise surtout pas de m'en parler.

Elle saisit une télécommande en forme de boomerang, appuie sur un bouton et la pièce se retrouve baignée de lumière rouge.

— Il y a une piscine à balles, dis-je pour changer de sujet.

Elle sourit.

— Tu peux y aller si tu veux.

Incapable de résister à la tentation, je vais m'asseoir au milieu des balles blanches. Annie presse un autre bouton et elles deviennent roses.

— Incroyable ! je m'exclame en plongeant mes mains dans les balles. J'ai l'impression de flotter !

Annie se hisse sur le rebord de la piscine et se laisse glisser à mes côtés. Elle me jette une balle qui rebondit sur ma tête.

— Tiens, essaye, propose-t-elle en me tendant la télécommande.

J'appuie sur les boutons au hasard. Je change la couleur des tubes de bulles, puis je fais apparaître des images de la mer sur un mur. Tandis que j'essaye différentes musiques, nous parlons de l'atelier biscuits et Annie m'expose une théorie fascinante selon laquelle M. Curtis serait en réalité un agent du gouvernement venu nous recruter pour former un groupe de super-héros.

— Je serais le leader hyper badass qui met une raclée aux méchants avec ses bras bioniques surpuissants.

— Et moi, je serais qui ?

— La fille qui reste derrière son ordinateur pour pirater les fichiers top secret de la CIA. Passe-moi la télécommande. Il y en a un qui va te plaire.

Elle plonge la pièce dans le noir. Des étoiles illuminent peu à peu le plafond et les balles brillent comme autant de lunes miniatures.

— Quelle musique tu veux ? *Royaume des cieux* ou *Monde des océans* ?

— *Royaume des cieux*, évidemment.

La mélodie emplit la pièce et je m'allonge dans la piscine pour contempler les étoiles. Mon corps tout entier se détend. C'est tellement mieux que le hockey. Soudain, je réalise que l'audace dont j'ai fait preuve tout à l'heure en donnant mon adresse à Ed n'a pas totalement disparu. Je me tourne vers Annie.

— Il s'est passé un truc marrant en sciences, ce matin.

— Raconte, lâche-t-elle en me jetant une autre balle sur la tête.

— Je ne sais pas vraiment *comment* c'est arrivé, mais Ed King doit venir chez moi demain.

Annie se redresse d'un coup.

— Oh mon Dieu ! Tu as un rencard avec Ed ?!

— Je savais que tu dirais ça. Mais on se voit juste pour travailler.

— Ouais, c'est ce qu'on dit…

— Quoi ? C'est vrai !

Cette fois, c'est moi qui lui jette une balle.

— Tu vis dans un appartement, c'est ça ? Pas d'ascenseur ?

— Non, juste trois étages de marches qui sentent le pipi… et qu'Ed King va devoir grimper.

Je me mets à rougir en pensant au Range Rover noir dans lequel je l'ai vu monter.

— Dommage. J'aurais bien aimé voir ça, mais trois étages, ça fait beaucoup pour moi. Qu'est-ce que tu vas porter ?

— Annie, ce n'est pas un rencard !

Puis après un moment, j'ajoute :

— Mon tee-shirt de la NASA.

Annie s'enfonce dans la piscine, son sourire à moitié masqué par les balles.

— Tu sais qu'il existe un mot pour les gens comme Ed ? *Sapiosexuel.* C'est quand quelqu'un est attiré par l'intelligence.

— On va travailler sur nos présentations pour la compétition organisée par la NASA. Il n'y a rien de *sexuel* là-dedans.

Soudain, une lumière rose éclaire la pièce et des pétales de fleurs se mettent à glisser sur les murs.

— Si tu le dis, répond-elle. Mais tu peux faire le test. Quand il sera chez toi, regarde-le dans les yeux et sors quelque chose d'intelligent, du style : « La racine carrée de mille est vingt-cinq ». Si ses pupilles s'agrandissent, il est définitivement sapiosexuel. Fais-le pour moi, s'il te plaît !

— D'accord… Mais la racine carrée de mille est plus proche de trente-et-un virgule six en fait.

— Parfait. Dis exactement ça !

Je lui jette une poignée de balles et elle me traite de sapiosexuelle avant de m'envoyer des balles à son tour. Et bientôt, nous nous lançons dans une gigantesque bataille de balles sensorielles.

Quarante-et-un

— Elsa, ce n'est pas pour toi.

Je soulève le bol de chips hors de sa portée et le dépose sur la table. Ed doit arriver d'une minute à l'autre et j'ai passé la matinée à faire du ménage. Quand Elsa s'est réveillée, à l'aube, j'ai soudain vu l'appartement à travers les yeux d'Ed et j'ai réalisé qu'il risquait de lui sembler un peu… euh, flippant.

Je ne pouvais rien faire pour les saris et les écharpes accrochés au plafond, ni pour la fresque murale représentant des fées que maman a peinte dans le salon, mais j'ai désencombré autant que possible. Je me suis dit qu'Ed n'irait pas dans ma chambre, alors j'y ai entassé les peluches Disney de ma mère, ainsi que sa figurine en carton grandeur nature de Kristoff. Ensuite, j'ai passé l'aspirateur, fait la vaisselle et nettoyé la salle de bains.

Comme il fallait s'y attendre, Pongo et Elsa ne m'ont été d'aucune aide, mais de la nourriture et un dessin animé les ont occupés.

J'étudie le bol de chips. Est-ce que ça fait rencard ? Je sais bien que les chips ne sont pas ce qu'il y a de plus romantique, mais le bol leur donne quand même un petit côté festif et ce rendez-vous n'a rien d'une fête. Il faut que ça ait l'air sérieux, que l'ambiance donne l'impression que nous allons travailler, pas nous amuser. Je m'apprête à rapporter le bol dans la cuisine quand la sonnette retentit. Prise de panique, je repose le bol sur la table et rejoins Elsa, qui est déjà en train de crapahuter dans le couloir.

À travers la vitre de la porte, j'aperçois la silhouette sombre d'un homme. La simple vue de cette forme aux contours indistincts suffit à me couper le souffle… Oh mon Dieu ! Pourquoi ai-je accepté ? Puis je me souviens qu'Ed n'est pas un homme. C'est un adolescent, comme moi. Nous sommes deux adolescents qui allons simplement discuter de l'espace pendant quelques heures. Il n'y a pas de quoi en faire tout un plat.

Je jette un œil au miroir pour m'assurer que j'ai l'air à peu près normale dans mon jean et mon tee-shirt gris. Papi m'a offert ce tee-shirt pour mon anniversaire, en me racontant qu'il avait voyagé dans l'espace avec Karen Nyberg, alors que pas du tout – l'étiquette indique qu'il vient de Topshop – mais je l'adore et je le porte si souvent que le logo de la NASA commence à s'effacer. La sonnette retentit à nouveau. Je respire un grand coup et passe une mèche derrière mon oreille. Puis j'agrippe le collier de Pongo en me répétant : *Il n'y a définitivement pas de quoi paniquer.*

J'ouvre la porte et il est là, plus grand et séduisant que jamais. Il me sourit – du moins, je crois – mais ensuite, Pongo essaye de lui sauter dessus et nous nous retrouvons agglutinés dans le couloir parce qu'Elsa est assise sur mes pieds et que je ne peux pas bouger.

— C'est par ici, dis-je en entraînant ma petite sœur dans le salon.

Ed m'emboîte le pas et s'arrête au milieu de la pièce pour contempler le mur.

— Waouh !

— Je sais. Ma mère est fan des fées. C'est un peu bizarre.

— C'est beau. C'est elle qui l'a fait ?

— Oui. Elle adore peindre et dessiner.

Je détaille la fresque. J'imagine qu'elle est plutôt réussie, mais je vis parmi ces elfes et ces fées depuis si longtemps que j'ai fini par oublier qu'ils étaient l'œuvre de maman.

Ed s'assied sur le canapé et sort des livres et des cahiers de son sac à dos. La vue de son manuel de physique posé sur la table basse est à la fois étrange et rassurante.

— Où est-elle ? s'enquiert-il.

— Qui ça ?

J'abandonne Elsa et m'installe à ses côtés.

— Ta mère ?

— Oh… Elle est au travail.

— Tu as tout préparé, constate-t-il en désignant les Post-it, les surligneurs et mon ordinateur.

— On a beaucoup à faire… Enfin moi, en tout cas, je déclare avant de parcourir mes fiches. Je pensais que mon discours était bien, mais dernièrement j'ai commencé à avoir quelques doutes… Tu veux quelque chose à boire ?

— Euh…

Je secoue la tête.

— Non, on verra ça plus tard. On devrait d'abord travailler. Tu veux que je te dise de quoi parle mon discours ? (*Woh… Pourquoi je parle si vite ?*) Mon grand-père trouve qu'il manque de passion.

Ed cligne des yeux et je regrette aussitôt mon choix de mots.

— D'accord, lâche-t-il.

Je me redresse dans le canapé, un peu étourdie par mon propre débit de parole. Tandis que je lui parle du centre de recherches de la NASA, de la gravité et de la radiation, je sens que je me détends peu à peu, et quand nous nous disputons au sujet des planètes migrantes, j'ai presque l'impression d'être en cours de sciences… Je dois juste ignorer le fait que Pongo est en train de baver sur ses genoux et qu'Elsa s'acharne à pousser son trotteur dans ses tibias.

— Pourquoi il meugle ? demande Ed tandis qu'Elsa tabasse le bouton en forme de mouton.

— Parce que les bébés adorent les bruits d'animaux.

— Mais c'est le bouton mouton…

— Il était cassé quand on l'a eu.

Je ne me donne pas la peine de préciser que, comme tout ce qui se trouve dans notre appartement, ce trotteur vient du centre de bienfaisance dont s'occupe maman.

— Pourquoi ne l'as-tu pas réparé ?

Je perçois une note de défi dans sa voix. S'il y a bien un domaine dans lequel Ed et moi rivalisons, c'est l'électronique. Un jour, Mme Edgecombe nous a demandé de réaliser le même circuit et j'ai fini juste avant lui. Ça s'est joué à une seconde. Je crois qu'il ne s'en est jamais remis.

Je hausse les épaules.

— Parce qu'elle s'en fiche.

— Meg, ta sœur va grandir en pensant qu'un mouton fait *meuh*. Tu encourages volontairement son ignorance. Vous avez un tournevis ?

— Bien sûr qu'on a un tournevis. Je vais chercher ma boîte à outils.

Je bondis sur mes pieds et, cinq minutes plus tard, le dessus du trotteur est démonté et nous sommes assis sur la moquette, entourés de fils, de vis et de boulons. Nous réalisons qu'il nous manque des pièces, alors je vais chercher la locomotive et le marteau lumineux d'Elsa et nous les démontons également. Au début, nous bricolons en silence, concentrés sur nos tâches respectives, puis je remarque qu'Ed m'observe alors que je travaille avec le fer à souder.

— Tu aimes vraiment ça, n'est-ce pas ? commente-t-il.

Son regard scrutateur m'oblige à baisser les yeux sur mes fils.

— Oui, je réponds. J'adore découvrir comment les choses fonctionnent.

— Moi aussi. C'est pour ça que j'aime les sciences.

Il se rapproche pour maintenir un fil pendant que je le soude.

— Tu démontais déjà des objets quand tu étais petit ?

— Tout le temps ! Mes jouets, mon vélo... la cafetière de ma mère.

— Un jour, j'ai remarqué que le lecteur DVD déconnait alors je l'ai ouvert pour voir ce qui se passait à l'intérieur. J'avais cinq ans.

— Peut-être que tu seras ingénieure, plus tard.

Il me passe un tournevis et je lève les yeux sur lui.

— Je ne sais pas..., dis-je en haussant les épaules. Et toi, qu'est-ce que tu veux faire ?

— Je n'y ai pas vraiment réfléchi... Peut-être que je réparerai des jouets.

J'appuie sur la vache et elle fait « coin-coin ».

— Il va falloir t'améliorer.

Il fronce les sourcils et étudie le circuit de plus près.

— Je crois que c'est toi qui travailles sur la vache.

Quand tous les animaux poussent les bons cris, nous remontons le trotteur. Ed me raconte qu'une fois, il s'est collé un jouet de bain sur le front pour faire rire son petit frère et s'est retrouvé avec une grosse marque de succion quand il l'a retiré.

— J'étais en cinquième, se rappelle-t-il. J'ai dû aller en cours avec cette énorme trace rouge sur le front ! Tu te souviens ?

Je secoue la tête. Inutile de lui préciser qu'à cette époque j'étais probablement trop intimidée par lui pour oser le regarder.

— Eh bien moi, je me souviens d'un truc qui t'est arrivé en sixième, reprend-il.

— Qu'est-ce que c'était ?

Une vague de panique m'envahit à l'idée de ce que j'ai pu faire pour me ridiculiser. Il faut dire que j'étais particulièrement à côté de la plaque, quand je suis entrée au collège, à tel point que j'ai porté un tee-shirt « Cette fille adore les sciences » pour la première journée sans uniforme et lu un poème intitulé « Un jour dans la vie d'un atome » en assemblée. C'est à ce moment que les moqueries ont commencé… Et peu de temps après, M. Harper a dit « photosynthèse » de cette voix aiguë censée m'imiter…

— Ton amie et toi aviez remporté le prix du plus beau kart, déclare Ed.

— Oh, *ça*.

Ma panique disparaît. Ce kart était génial. Nous étions les deux seules filles dans le club de Formule Un et notre kart était tellement rapide que nous avons été sélectionnées pour la finale régionale.

— C'est vrai, on a gagné un trophée. Mais ensuite, on s'est fait battre en finale par un élève d'une autre école.

— Je mourais d'envie d'essayer ce kart, confie Ed.

Il teste le marteau lumineux en le frappant sur le sol, puis désigne un coin du salon.

— Ta sœur dort souvent dans le panier du chien ?

Je suis son regard et découvre Elsa recroquevillée dans la corbeille de Pongo.

— Ça lui arrive.

Heureusement pour elle, il ne s'en sert pas beaucoup. Je me lève pour la couvrir d'un plaid tandis qu'Ed farfouille dans ma boîte à outils.

— Il nous faut du Scotch.

— Il y en a dans ma chambre.

Maintenant que son panier est occupé, Pongo semble décidé à y faire sa sieste.

— Non, Pongo, dis-je en l'obligeant à s'allonger à côté.

Je suis en train de lui grattouiller le ventre quand j'entends une porte s'ouvrir…

La porte de ma chambre !

Quarante-deux

Ed se tient sur le seuil, les yeux rivés sur la montagne de peluches Disney entassées sur mon lit.

— Je ne te pensais pas du genre à aimer les peluches, Meg.

— Elles appartiennent à ma mère. À part ces deux-là, j'explique en sortant deux peluches microbes de la pile. Je te présente E. coli et Botulisme. C'est maman qui me les a offertes.

Ed continue à détailler les Tigrou et les Olaf d'un air dubitatif. Soudain, son regard se pose sur le Kristoff en carton.

— Lui aussi, il est à ma mère.

— J'ai l'impression qu'elle aime Disney autant que les fées…

— Tu ne t'es jamais demandé pourquoi je m'appelais Megara ?

Comme il me dévisage en clignant des yeux, j'extirpe une poupée faite au crochet de l'amoncellement de peluches.

— Tadam ! C'est un personnage d'*Hercule.*

— Jamais vu.

— Comme beaucoup de gens. En revanche, tout le monde sait de qui Elsa tient son prénom.

— Exact ! dit-il en brandissant la poupée Reine des Neiges de maman. Alors, à quoi ressemble la Megara du dessin animé ? Pourquoi ta mère t'a appelée comme elle ?

J'étudie la poupée que maman a fait faire peu après ma naissance.

— Je ne me souviens pas vraiment du personnage, mais maman prétend qu'elle a un tempérament fougueux.

Ed examine le reste de la pièce.

— Qui est-ce ? demande-t-il en désignant les photos accrochées sur le mur.

— Toutes les femmes qui ont voyagé dans l'espace. Il y en a cinquante-neuf à ce jour.

J'essaye de déchiffrer son expression tandis qu'il passe en revue leurs portraits. Puis il se dirige vers mon bureau et saisit mon manuel de russe.

— Tu apprends le russe ?

— Da.

— Parce que… ?

Je range le livre qu'il vient de reposer. À part Harriet, personne de l'école n'est jamais entré dans ma chambre. Une partie de moi voudrait qu'Ed retourne dans le salon, mais il a l'air vraiment intrigué et je réalise que j'ai envie de lui dire la vérité. Je jette un œil à Valentina Terechkova qui m'adresse un regard rassurant. *Lance-toi,* semble-t-elle dire.

— J'apprends le russe parce que les vaisseaux Soyouz qui emmènent les astronautes sur la Station spatiale internationale ont un tableau de bord et des manuels d'instructions écrits en russe.

Il me dévisage un instant.

— Tu veux devenir…

— … Astronaute.

Et j'ai aussitôt l'impression de lui avoir confié que je voulais devenir actrice ou top model.

— Je sais qu'il y a peu de chances que ça arrive, je précise avec un rire gêné.

— Pourquoi ?

— Parce que c'est extrêmement difficile. Mais j'ai un plan B – devenir pilote d'essai.

— Tiens-t'en au plan A, déclare-t-il. Je suis sûr que tu y arriveras.

Ses paroles me donnent des papillons dans le ventre.

— Tiens, regarde, dis-je en montrant le plafond.

Il lève les yeux et découvre la Voie lactée peinte par maman.

— Allonge-toi, tu verras mieux.

Je débarrasse le lit du tas de peluches. Ed hésite et je réalise que ma proposition prête à confusion.

— La poussière interstellaire et le bras de Persée sont vraiment réussis, j'ajoute pour le mettre à l'aise.

Il s'installe sur le lit, croise les jambes et fixe le plafond.

— C'est lequel, le bras de Persée ?

Je me joins à lui en m'assurant de laisser suffisamment d'espace entre nous.

— Celui-là, dis-je en pointant la partie de la spirale tachetée de rose, de turquoise et de blanc.

— Et celui qui part du centre, c'est quoi ?

— Le bras du Centaure.

Il se tourne vers moi et je ne peux pas m'empêcher de repenser à ce qu'Annie m'a dit au sujet des sapiosexuels.

— Ed, je poursuis en tentant discrètement d'étudier ses pupilles.

— Oui ?

Mais je m'aperçois qu'on ne peut pas étudier les pupilles de quelqu'un sans le regarder dans les yeux.

— Tu savais que la Voie lactée se déplace à environ six cents kilomètres par seconde ?

Après un moment, il répond :

— Non, je l'ignorais… En revanche je sais que son diamètre est estimé à plus de cent mille années-lumière.

Je ne sais pas si ses pupilles se sont agrandies mais j'ai l'impression que les miennes ont atteint la taille de la Galaxie.

— C'est immense…

Il hoche la tête et je réalise que nos bras ne sont plus qu'à quelques centimètres l'un de l'autre.

— Meg, reprend-il.

Son petit doigt s'enroule autour du mien. Je suis incapable de prononcer la moindre parole de peur qu'il ne retire sa main. Comment un contact si léger peut-il provoquer une réaction si puissante ?

— Je pense…

Mais je n'ai pas le temps de découvrir ce qu'il pense, parce que Pongo saute sur le lit et se met à nous lécher le visage. Son interruption m'oblige à reprendre mes esprits.

— J'ai entendu Elsa, dis-je en me redressant brusquement.

Je sors en trombe de la chambre, envoyant valser les peluches sur mon passage.

Quarante-trois

— Réveille-toi, je murmure en secouant l'épaule d'Elsa.

Je la prends dans mes bras et la berce jusqu'à ce que ses yeux s'ouvrent enfin. Au même moment, Ed apparaît dans le salon. Il recoiffe ses cheveux et lisse sa chemise à carreaux. J'attrape un livre posé sur la table basse.

— Je compte m'en servir pour améliorer mon discours.

— *La Chenille qui fait des trous* ?

Je regarde la couverture.

— Mauvais livre, dis-je avant de le reposer.

— OK, reprend-il en évitant mon regard. Si tu me lisais ta présentation ?

— D'accord.

Je m'assieds sur le canapé et installe Elsa entre nous pour éviter tout contact accidentel.

— Je vais te lire ce que j'ai écrit.

Ed acquiesce et prend un stylo. Je fixe ma première fiche… mais les mots n'ont aucun sens. Ce qui vient de se passer semble m'avoir grillé le cerveau. *Système solaire…* Est-ce qu'Ed m'aime bien ? *Étoiles de type G… radiation…* Je veux dire, je sais qu'il m'aime bien – il ne se serait pas donné autant de mal pour venir sinon – mais est-ce qu'il *m'aime* bien ? *La matière commence à se réchauffer…* Comme mes joues ! Qu'est-ce qui ne va pas chez moi ? Il faut que je le regarde, que j'agisse normalement. Je me force à lever les yeux sur lui, mais dès que je vois ses longs cils sombres, son air concentré, je *sais*.

Je *sais* que *j'aime* bien Ed.

— Quoi ? demande-t-il en me rendant mon regard.

Un astronaute doit rester concentré quand un événement potentiellement catastrophique est sur le point de se produire.

— Je viens juste de me souvenir d'une vidéo YouTube que je pourrais utiliser, je balbutie. C'est sur Alpha Centauri B, l'étoile qui est cachée derrière Alpha Centauri. C'est là que pourrait se trouver la nouvelle Terre.

— Ça a l'air cool, dit-il en hochant la tête. On devrait la regarder.

Et c'est comme ça que nous nous retrouvons à regarder des vidéos sur l'espace. Dehors, les nuages assombrissent le ciel et la pluie commence à tomber, mais il y a quelque chose de réconfortant à être assise sur le canapé avec Ed, à manger des chips et visionner des images enregistrées par le télescope Hubble. D'habitude, je les regarde seule, mais c'est tellement mieux de les découvrir avec quelqu'un. Et j'imagine que ça pourrait avoir l'air d'un rencard..., si Elsa n'essayait pas constamment de nous donner des fruits en plastique à manger.

Il fait presque nuit quand Ed vérifie son téléphone et déclare :

— Je ferais mieux d'y aller. Ma mère veut que je sois rentré pour le dîner, elle nous prépare un gratin de saucisses.

J'enregistre cette précieuse information. J'ai toujours cru qu'Ed mangeait des olives ou des fettuccine pour le dîner... Je ne sais pas vraiment à quoi ressemblent les fettuccine, mais ça s'accorde davantage avec ses chemises impeccablement repassées que le gratin de saucisses.

— D'accord, dis-je en fermant l'ordinateur. Il faut que je donne à manger à Elsa de toute façon.

Elle est debout sur mes genoux et essaye de croquer mon nez. Elle fait toujours ça quand elle a faim. Je tiens ses mains et la fais rebondir tandis qu'Ed rassemble ses livres.

— Ce ne serait pas plutôt à ta mère de le faire ?

— Elle est à un festival, je réponds en continuant de jouer avec Elsa.

— Beb... Beb ! répète-t-elle sans arrêt.

— Comme le week-end dernier ?

Il hausse un sourcil perplexe et j'essaye de me rappeler ce que je lui ai dit au sujet de maman quand on était au Centre des sciences.

— C'est ça.

Il acquiesce et enfile son manteau. Puis il se rassied sur le canapé.

— Je croyais que tu avais dit qu'elle travaillait ?

Mon rythme cardiaque s'accélère.

— Ah oui ?

Pendant un moment, j'envisage d'inventer une activité que maman pourrait pratiquer dans le cadre d'un festival – masseuse ou cartomancienne – mais quelque chose me dit qu'Ed n'y croira pas. J'arrête de faire rebondir Elsa et me tourne vers lui.

— Tu vas être en retard pour ton gratin de saucisses.

Il me fixe droit dans les yeux.

— Meg, où est ta mère ?

— Quelque part au Myanmar...

Je ris en voyant sa tête, et aussi parce que je suis soulagée de pouvoir enfin en parler à quelqu'un.

— Du moins, je pense qu'elle est au Myanmar. Honnêtement, elle pourrait être n'importe où ailleurs. Elle ne nous donne pas beaucoup de nouvelles.

Après un moment, il demande :

— Depuis combien de temps est-elle partie ?

— Presque deux semaines. J'ai l'impression que ça fait des mois.

— Et elle vous a laissées toutes seules pour pouvoir partir en vacances ?

Ça a l'air terrible, dit comme ça.

— Ce ne sont pas des vacances. Elle travaille dans une clinique qui s'occupe des enfants malades. Ça s'est fait à la dernière minute. Elle pensait qu'on irait chez mon grand-père, mais il a plein d'animaux et sa maison est un vrai capharnaüm, alors j'ai décidé de rester ici. Je contrôle la situation.

Il laisse échapper un rire incrédule.

— Je comprends mieux pourquoi tu étais si bizarre ces derniers temps.

Il tient son téléphone entre ses mains et je me demande soudain si j'ai eu raison de lui faire confiance. Et s'il s'empressait d'appeler Bella pour tout lui raconter ? S'il en parlait à ses parents ?

— Il faut que ça reste entre nous, Ed. Si les gens apprennent qu'on est livrées à nous-mêmes, ma mère pourrait avoir de gros ennuis. Elle pourrait perdre la garde d'Elsa, et je ne reverrais plus ma petite sœur... On s'en sort très bien, je t'assure.

Mes doigts se resserrent autour d'elle et je sens les larmes me monter aux yeux.

— Ne t'en fais pas, je ne dirai rien.

— Ma mère revient lundi – ce sera bientôt fini.

— C'était dur ? demande-t-il.

— Tu n'imagines même pas ! dis-je en riant. Honnêtement, je ne sais pas si je serai prête pour la compétition.

— Je peux t'aider. C'est pour ça que je suis là.

— Oh. Et qu'est-il advenu de ton intention de me « démolir » ?

Il hausse les épaules et sourit.

— Ma victoire sera plus gratifiante si j'ai un adversaire à ma taille.

Je m'apprête à refuser, mais je réponds :

— Je voudrais ajouter une partie sur l'absorption atomique – tu sais, selon la loi de Beer-Lambert – mais j'ai un souci avec une équation.

— Ça tombe bien, je connais la loi de Beer-Lambert *par cœur* ! s'exclame-t-il.

— Tu n'en as jamais entendu parler, c'est ça ?

— J'avoue, dit-il en riant. Mais d'ici à demain, je serai capable d'écrire une thèse à ce sujet.

Elsa clôt la conversation en attrapant son nez et en le serrant de toutes ses forces.

Quarante-quatre

Ed met un certain temps à partir. Tandis qu'Elsa joue dans le couloir avec Pongo, nous nous attardons dehors. Il m'interroge sur les étoiles que j'observe quand je vais dans le parc, et je finis par aller chercher mes jumelles pour lui montrer Jupiter, que l'on aperçoit légèrement.

— Je ferais mieux d'y aller, répète-t-il pour la deuxième ou troisième fois.

Il me rend mes jumelles et se dirige vers les marches. Mais il s'arrête au dernier moment.

— Merci pour les chips, dit-il en se retournant.

Puis il m'adresse un petit signe et disparaît.

De retour à l'intérieur, je prends Elsa dans mes bras et m'appuie contre la porte, le sourire aux lèvres. Ma sœur pointe un doigt sur ma bouche.

— Da ? demande-t-elle.

— Je suis juste heureuse, j'explique. Très, très heureuse.

Ma bonne humeur dure toute la soirée et se prolonge même le dimanche, quand Ed m'envoie une invitation sur Facebook que j'accepte aussitôt. Il est au courant pour ma mère, alors il peut bien voir mes photos de la Lune ! Annie remarque cette évolution et en profite pour me harceler de questions via la messagerie instantanée :

Annie : Alors, il t'a apporté des fleurs ?

Moi : Non. Juste son manuel de physique et une calculatrice scientifique.

Annie : Le goujat ! Tu as fait le test pour savoir s'il est sapiosexuel ?

Moi : Ta théorie est bidon. Je refuse de mener une expérience basée sur des données infondées.

Annie : Ooooouh… Ça m'excite ! Peut-être que je suis sapiosexuelle…

Deux minutes plus tard :

Annie : OK, je sais que je vais passer pour le genre de fille débile que je déteste mais… tu l'as embrassé ?

Ce message est accompagné d'un elfe vomissant un arc-en-ciel.

Moi : Non !

Annie : Alors qu'est-ce que vous avez fait ?

Moi : On a fait meugler un trotteur pour bébé.

Annie : Quoi ? C'est un code pour un truc dégueu ?

Moi : Non. On a vraiment fait meugler un trotteur pour bébé.

Annie : Ce n'est pas ce à quoi je m'attendais.

Moi : Moi non plus.

Quarante-cinq

Quand j'arrive à la crèche le lundi matin, je jette quasiment Elsa dans les bras de Dawn. Dernier jour ! À l'heure qu'il est, maman est dans l'avion. Je ne sais pas vraiment à quelle heure elle va rentrer, mais elle pourra la déposer demain.

Je suis sur le point de partir quand Dawn me tend une enveloppe.

— C'est pour ta mère. Ça vient de Christine, la directrice.

— Je la lui donnerai, dis-je en glissant l'enveloppe dans mon sac.

— C'est une facture, précise-t-elle, et même si elle ne laisse rien paraître elle semble jubiler.

— Je croyais que maman était à jour dans ses paiements ?

C'est même la première chose que j'ai vérifiée quand elle est partie.

— C'est le cas, mais nous avons dû lui compter un supplément pour les repas d'Elsa. D'habitude, ta mère nous les fournit, mais elle a arrêté quand elle s'est fait mal au dos.

— C'est vrai... C'était trop compliqué à gérer avec sa hernie. Combien coûtent les repas ?

— Deux livres. Ta mère nous doit vingt-quatre livres au total. Il nous les faut aujourd'hui. Nous avons essayé de la joindre à plusieurs reprises pour la prévenir.

J'essaye de me rappeler combien d'argent il nous reste. Quarante livres ? Peut-être moins.

— Et Christine aimerait lui parler au plus vite, reprend Dawn en plissant les yeux.

— D'accord, dis-je avec un sourire. Elle pourra lui parler demain, c'est elle qui viendra déposer Elsa.

De toute évidence, Dawn ne s'attendait pas à ça.

— Eh bien... Elle aurait aimé lui parler aujourd'hui.

— Désolée, elle a un rendez-vous à l'hôpital.

— Oh, mais c'est fantastique ! s'exclame Dawn, et cette fois elle a vraiment l'air sincère. Je suis contente qu'elle soit de nouveau sur pied.

— Moi aussi.

Je suis tellement excitée à l'idée de retrouver maman que j'ai du mal à me concentrer sur mes cours. À la pause déjeuner, je me rends à la bibliothèque pour travailler sur la loi de Beer-Lambert mais les formules se mélangent sous mes yeux et je n'arrive toujours pas à résoudre cette satanée équation. Après vingt minutes passées à me creuser le cerveau, je décide d'abandonner pour aller chercher de quoi manger.

J'allais quitter la cantine avec mon sandwich au fromage quand je repère Bella, Raj et Ed assis avec leurs amis. Je me rappelle alors ce qu'il m'a dit quand il était à la maison, et, avant même d'avoir eu le temps d'y réfléchir, je fonce droit sur eux et m'arrête derrière lui.

Bella lève les yeux sur moi.

— Salut, Meg ! lance-t-elle d'une voix forte.

Aussitôt, je déclare :

— Ed, je peux te demander quelque chose ?

— Oooooouh…, fait Bella avec de grands yeux.

— Au sujet de la loi de Beer-Lambert, j'ajoute, et je lui tends mon cahier.

Il étudie l'équation.

— Pas évident, dit-il en haussant un sourcil, mais aucune équation ne peut me résister !

— Oh, pitié, se lamente Bella avant de glisser sur le banc pour libérer de la place. Tu ferais mieux de t'asseoir, il y en a pour un moment.

Et parce que tout le monde me regarde, j'ai l'impression de ne pas avoir d'autre choix que de m'installer entre eux.

— Alors… Cette équation permet de calculer l'absorbance d'une solution proportionnellement à sa concentration, c'est ça ? demande Ed.

J'acquiesce.

— Dans ce cas, je crois que j'ai compris.

Il prend un crayon dans la poche de son blazer et commence à griffonner des chiffres. Après l'avoir observé quelques secondes, je déballe mon sandwich et mords dedans. Visiblement lassés de me regarder, ses amis reprennent leur conversation. Seule Bella continue de m'étudier attentivement.

— Qu'est-ce que tu penses de cette robe ? s'enquiert-elle en me montrant son téléphone.

Je jette un œil à la robe courte en dentelle affichée sur l'écran. Pour être honnête, elle ne m'inspire pas grand-chose, si ce n'est que les motifs en dentelle me font penser à des molécules. D'ordinaire, je répondrais un truc du style : « Elle est sympa », dans l'espoir qu'elle s'en contente et me fiche la paix, mais je suis assise à la cantine avec Ed et Bella, les roi et reine de l'école, les Jupiter et Saturne de notre Système solaire ! Si j'ai été assez courageuse pour venir à leur table et parler à Ed, je devrais pouvoir dire à Bella ce que je pense réellement de sa robe, non ?

— Pas grand-chose, j'avoue en haussant les épaules. À part que la dentelle me fait penser à des molécules.

Elle affiche un immense sourire.

— J'adore ce qui sort de ta bouche, Megara ! Ça n'a pas de prix.

— Merci, dis-je avant de mordre à nouveau dans mon sandwich.

— Je vais porter cette robe molécule pour le bal, poursuit-elle en me donnant un coup de coude. Tu as déjà trouvé un cavalier ?

— La ferme, Bella, intervient Ed, toujours en train d'écrire sur mon cahier.

— Le truc, c'est que je n'aime pas les bals. Je n'aime pas danser. Et je n'aime pas les robes, non plus. J'aime les étoiles, les planètes et les chiffres. C'est pour ça que – avec ou sans cavalier – je n'ai pas l'intention d'aller à ce bal.

Elle me regarde en clignant des yeux.

— Sérieux ? Tu n'aimes pas les robes ?

Je secoue la tête.

— OK…, lâche-t-elle. Tu veux des chips ?

— Avec plaisir.

Et pour bien enfoncer le clou, j'en prends toute une poignée ! La tête haute, je me tourne vers Ed, mais il a arrêté de travailler et fixe la télévision accrochée dans un coin de la pièce. Je suis son regard, et ma confiance disparaît.

Elle est branchée sur une chaîne musicale mais un bandeau d'information défile en bas de l'écran : *Flash spécial : tremblement de terre au Myanmar. Des centaines de personnes portées disparues.*

— Qu'est-ce qu'il y a ? demande Bella. Pourquoi vous faites cette tête ?

— Pour rien, se reprend Ed.

Il serre mes doigts sous la table tandis qu'un frisson glacé me parcourt l'échine. Je parviens tout juste à articuler :

— Il faut que j'y aille.

Puis je me lève et me précipite vers la sortie.

— Meg, tu as oublié ton sandwich ! crie Bella.

Mais je continue d'avancer et pousse la porte battante. Il faut à tout prix que je sorte d'ici.

Je trouve Annie dans la pièce sensorielle, avachie sur un fauteuil-poire, en train de contempler le plafond constellé d'étoiles.

— Qu'est-ce que tu fais là ? s'étonne-t-elle en relevant la tête.

— J'ai besoin que tu me rédiges un autre mot d'absence. Dis que c'est pour mes dents, un rendez-vous de contrôle.

Elle se redresse et je lui tends mon agenda et un stylo.

— Qu'est-ce qui se passe ?

— Rien.

— De toute évidence, il se passe quelque chose, Meg. Je comprends que tu aies des secrets et que tu ne veuilles pas les partager, mais là, tu as l'air à deux doigts de vomir. Pourquoi tu ne vas pas voir l'infirmière ? Elle appellera ta mère et tu pourras rentrer chez toi.

Je sens les larmes me monter aux yeux. Pourquoi ne se contente-t-elle pas de m'écrire ce mot ? Il faut que j'aille chez papi pour savoir s'il a eu des nouvelles. J'ai déjà essayé de l'appeler, mais évidemment il ne répond pas.

— Je ne peux pas aller voir l'infirmière… Si j'y vais, je crois que je vais…

Je presse mes doigts sur mes paupières.

— *Pleurer ?* termine Annie. Oh, Seigneur ! Je t'en prie, ne fais pas ça. OK, j'imagine que c'est important.

— Je t'expliquerai, si tu veux.

De toute façon, je ne peux pas continuer à lui cacher la vérité, et Annie est suffisamment forte pour encaisser. Peut-être qu'elle pourra m'aider.

— D'accord, mais seulement si ça n'a rien à voir avec un garçon, un baiser, ou une fille qui te martyrise.

Je secoue la tête.

— Ça a à voir avec ma mère… et un tremblement de terre.

Elle ouvre de grands yeux et pose le stylo.

— Oh ! merde, chuchote-t-elle.

Quarante-six

Je raconte tout à Annie : le départ inopiné de maman, Elsa et moi nous retrouvant seules à la maison, la crèche qui commence à avoir des doutes… Je lui parle même de la compétition, bien que je ne devrais pas me soucier de ça pour le moment.

Annie qualifie ma situation de « pourrie, mais pas désespérée », puis me rédige un mot d'absence afin que je puisse quitter l'école.

Je passe l'après-midi avec papi à vérifier nos téléphones, regarder les infos et parcourir le Net à la recherche d'articles sur le tremblement de terre. Papi appelle l'ambassade, mais on lui répond qu'ils n'auront aucune information avant quarante-huit heures. Néanmoins, il leur fournit une description de maman, et quand je l'entends mentionner ses deux tatouages je dois serrer Pongo très fort dans mes bras. Finalement, papi se rabat sur sa brasserie artisanale pour « s'offrir un petit remontant » et s'endort sur le canapé en ronflant. Il voulait m'accompagner à la crèche pour récupérer Elsa, mais je ne peux pas me résoudre à le réveiller, alors je lui laisse un mot : *Partie chercher Elsa. Retrouve-nous pour le dîner,* que je pose sur sa poitrine.

En échange de vingt-quatre livres, Dawn me rend ma petite sœur. J'ai l'impression d'avoir payé une rançon.

— Rappelle à ta mère de venir nous voir demain, lance-t-elle tandis que nous nous éloignons.

— Pas de souci, je réponds en priant intérieurement pour que maman nous attende à la maison.

Mais non. L'appartement est vide. Je dépose Elsa et ses affaires dans l'entrée. Pongo frotte son museau contre ma main ; il doit avoir faim. Elsa aussi, mais je reste plantée là à regarder le couloir plongé dans l'obscurité. Je n'ai jamais eu autant envie d'abandonner.

Elsa s'agrippe à ma jambe et tire sur mon pantalon.

— Tu as faim ? Allons voir ce qu'il y a dans le frigo.

Je suis en train de lui donner des œufs brouillés quand Ed m'envoie un message sur Facebook :

Où étais-tu cet après-midi ? Je t'ai cherchée partout.

Je sais que tu ne voudras que des faits, alors j'en ai trouvé quelques-uns :

1) L'épicentre du tremblement de terre se situe au nord du Myanmar et a épargné la majorité des zones touristiques.

2) Même de petits tremblements de terre peuvent perturber les réseaux de télécommunication. Il est donc fort probable que ta mère ne puisse pas te contacter.

3) Le Myanmar dispose de trois aéroports et seul l'un d'eux a fermé car les secousses ont endommagé les pistes. Si ta mère devait partir de cet aéroport, elle a dû traverser la moitié du pays pour se rendre dans un autre. En supposant qu'elle ait réussi à reporter son vol, il faut en moyenne vingt heures et deux escales pour arriver jusqu'ici, ce qui veut dire qu'elle aura au moins une journée de retard.

4) Cent quatre-vingts décès ont été rapportés. La population du pays est estimée à plus de cinquante-trois millions d'habitants, sans compter les touristes. Compte tenu de ces informations, la probabilité que ta mère fasse partie des victimes est d'à peu près 1 sur 294 000. Ceci n'est qu'une estimation, mais je pense que tu seras d'accord pour dire que c'est plutôt rassurant.

On se voit demain, Mega Snickers.

Ed.

Après avoir donné un bain à Elsa, je sors faire un tour sur le bord de mer, laissant papi préparer le dîner : spaghettis à la bolognaise et haricots blancs. Ça a l'air dégoûtant, mais je n'ai pas très faim. Je longe la promenade jusqu'à la jetée, puis descends sur la plage de galets. Alors qu'Elsa et moi contemplons le mouvement apaisant des vagues, Pongo court autour de nous, s'arrêtant de temps à autre pour renifler l'air iodé.

— Tu vois Orion ? je demande à Elsa en désignant le ciel pour lui montrer la constellation. Cette étoile s'appelle Rigel, et elle brille quarante mille fois plus fort que notre Soleil. Et ça, c'est Bételgeuse. Regarde-la bien parce qu'elle disparaîtra bientôt... Enfin, d'ici à quelques millions d'années.

Elsa tend la main vers le ciel, mais ses yeux commencent à se fermer. Je la berce doucement entre mes bras.

Le message d'Ed m'a rassurée. Je savais déjà qu'il y avait peu de risques que maman fasse partie des victimes du tremblement de terre, mais ses mots m'ont réconfortée. J'ai surfé sur le Net tout l'après-midi sans parvenir à trouver la moitié de ce qu'il a découvert. Il a dû passer un long moment à rassembler ces faits. Et il n'est pas le seul à avoir pensé à moi. Annie m'a envoyé une photo de la Galaxie avec ce commentaire : *Reste calme et regarde les étoiles*. Le fait que ça n'ait rien de sarcastique ou qu'il ne s'agisse pas d'une blague sur les trous noirs m'a beaucoup touchée.

C'est la raison pour laquelle je suis ici, à contempler le ciel nocturne, bercée par le bruit des vagues. Ma mission n'est pas terminée, elle a simplement changé, et je n'ai pas l'intention d'abandonner. Quand je rentrerai, j'écrirai une lettre à Christine remplie de « Namasté » et de smileys pour lui faire croire qu'elle vient de maman. Puis papi et moi continuerons à prendre soin d'Elsa jusqu'à ce qu'elle rentre à la maison. Parce qu'elle *va* rentrer.

J'appelle Pongo, puis je tourne le dos au ciel étoilé et remonte la plage, mes pieds glissant sur les galets.

Quarante-sept

Christine en personne m'accueille lorsque je dépose Elsa à la crèche.

— Où est ta mère ? demande-t-elle en jetant un œil par-dessus mon épaule, comme si elle pouvait se cacher derrière moi.

Je bascule Elsa d'une hanche à l'autre et me force à regarder Christine droit dans ses lunettes rouges.

— Elle a attrapé ce méchant virus qu'Elsa a eu la semaine dernière. Elle m'a donné ça pour vous. (Je lui tends la lettre.) Oh, et elle vous remercie de l'avoir aidée pendant qu'elle avait sa hernie. Elle vous en est vraiment reconnaissante !

Je sors une boîte de Ferrero Rocher de mon sac et la lui tends. *Pourvu que ça marche*, me dis-je, *ces chocolats m'ont coûté une fortune !*

Christine prend la boîte et son expression s'adoucit.

— J'imagine que ça a été dur pour toi aussi, déclare-t-elle.

— Pas tant que ça, je réponds en haussant les épaules. Je n'ai pas eu grand-chose à faire.

Sur cet ultime mensonge, je dis au revoir à Elsa et la confie à Christine. J'entends celle-ci ouvrir l'enveloppe tandis que je m'éloigne, me demandant si mon *avec amour et énergie* n'est pas un peu de trop.

— Alors elle viendra déposer Elsa la semaine prochaine ? lance-t-elle dans mon dos.

— Absolument ! dis-je sans me retourner.

Durant toute la matinée, je m'accroche aux probabilités d'Ed comme à un talisman. Quand j'arrive à l'atelier biscuits, Rose et Annie sont déjà là, ainsi que M. Curtis. Je suis surprise de les trouver assis à une table recouverte de bouquins.

— Que se passe-t-il ? je demande. Où est Jackson ?

— Là-bas, m'informe M. Curtis en désignant un coin de la pièce où se trouve Jackson, vautré sur un fauteuil-poire, les yeux rivés sur l'iPad d'Annie. Il a promis de se taire pour qu'on puisse se concentrer.

Jackson me salue puis fait mine de fermer sa bouche à clé.

— Se concentrer sur quoi ?

Je m'assieds avec eux et remarque que les livres sont tous des ouvrages de maths, de physique ou d'astronomie.

— Sur ta compétition, répond Annie sans relever les yeux du bouquin qu'elle est en train de lire. Tu savais qu'ils avaient essayé de faire pousser des tomates sur la Station spatiale internationale en utilisant des sous-vêtements sales ?

— Annie nous a parlé de ton problème, intervient Rose.

— Avec le concours, précise mon amie.

— Alors nous allons t'aider, déclare M. Curtis.

— C'est gentil, dis-je, mais la simple vue de cette énorme pile de livres suffit à me donner le tournis. Ça a lieu samedi et mon discours est loin d'être à la hauteur. J'ai peur qu'il ne soit trop tard.

— Trop tard ? s'insurge M. Curtis. Comment espères-tu devenir astronaute si tu renonces à la moindre difficulté ?

Annie lève les yeux de son bouquin et hausse les épaules.

— Il se peut que je leur aie aussi parlé de ton ambition de devenir astronaute.

— C'est tellement excitant ! s'exclame Rose en tapant des mains.

— Mais ça *n'arrivera pas*, Rose. Les chances que je voyage un jour dans l'espace sont tellement infimes que j'ai presque honte d'y songer. C'est pour ça que je n'en parle *jamais*.

— Mais ça les augmenterait un peu si tu gagnais ce concours et allais à Houston, observe M. Curtis. Tous les astronautes ne rêvent-ils pas de s'envoler dans l'espace depuis leur plus jeune âge ? Visiter le Centre spatial et rencontrer un vrai astronaute te permettront d'établir un lien qui te sera peut-être utile plus tard.

Je rougis en entendant ces paroles, car c'est exactement ce que je me suis dit, et c'est pourquoi je tiens tellement à remporter ce concours.

— J'imagine… Mais par où allons-nous commencer ?

— Quel est le problème de ton discours au juste ? demande-t-il.

— Ce que j'ai écrit est bien documenté, mais ça perd de son intérêt quand je le dis à voix haute. Je *déteste* m'exprimer devant des gens : je parle trop vite, je me mets à rougir… J'ai essayé d'agrémenter mon discours en y ajoutant des faits et des statistiques incroyables, mais mon grand-père dit qu'il manque de passion, et il a raison. Oh, et il y a cette partie un peu floue où j'essaye d'expliquer une équation mais c'est totalement incompréhensible.

Annie et Rose me regardent d'un air ahuri, mais M. Curtis ne se laisse pas décourager.

— Je suppose que tu as ton discours avec toi ?

— Toujours, je réponds en sortant mes fiches de mon sac.

Annie prend celle qui parle des planètes telluriques et de leur relation avec les planètes gazeuses.

— J'ai l'impression de regarder dans le cerveau d'un fou, commente-t-elle. Tu comprends vraiment tout ça ?

— Bien sûr, dis-je en haussant les épaules.

— Rose, reprend M. Curtis, tu vas aider Meg à apprendre ses fiches. Son discours sera plus vivant si elle le connaît par cœur. Annie et moi allons…

— Rester là à vous regarder parce qu'on ne comprend rien de ce qui est écrit ? propose-t-elle en riant.

— Non. Nous allons essayer de démêler cette fameuse équation.

— D'accord… J'imagine que ce sera toujours plus utile que de faire des éléphants en origami.

M. Curtis lui adresse un sourire.

— Et dans une demi-heure, nos efforts seront récompensés par de *nouveaux* biscuits !

Il sort une boîte rutilante de son attaché-case.

— Wooooh, fait Jackson de l'autre côté de la pièce.

— Toi, tais-toi ! le rembarre Annie.

Quarante-huit

J'arrive à mémoriser plus de fiches durant l'atelier biscuits que je ne suis parvenue à le faire en quinze jours. Rose m'apprend une technique incroyable appelée « le palais de la mémoire » qui consiste à visualiser une pièce différente pour chaque fiche. Au début, je suis un peu sceptique, mais après avoir imaginé la partie de mon discours parlant d'Alpha Centauri B dans la cuisine de papi et celle sur la loi de Beer-Lambert dans ma chambre, je suis surprise de découvrir que ça fonctionne vraiment. De son côté, Annie achève de résoudre l'équation en appelant un de ses amis super doués en maths et, à la fin, Rose surligne les phrases que je n'ai pas retenues et les reporte dans une liste intitulée « Ce que Meg ne sait pas » afin que je puisse les apprendre plus tard.

Mais le mieux dans tout ça, c'est que pendant une heure je ne pense pas une seconde à maman et au tremblement de terre.

À l'heure du déjeuner, il fait trop beau pour aller m'enfermer à la bibliothèque, alors je sors dans la cour et trouve un endroit à l'écart pour réviser les parties de mon discours qui me posent encore problème. J'essaye de retenir que la masse de Jupiter est deux fois supérieure à celle de toutes les autres planètes réunies quand mon téléphone se met à vibrer dans ma poche. Au milieu des cris et des rires qui emplissent la cour, je fixe la petite enveloppe affichée sur l'écran. C'est un message de papi.

— Meg !

Je lève les yeux et vois Ed se diriger vers moi. Il désigne mon téléphone.

— Tu as du nouveau ?

Il devait jouer au foot car ses cheveux sont décoiffés et les manches de sa chemise retroussées.

— J'ai reçu un message de mon grand-père, mais j'ai peur de l'ouvrir.

Son épaule effleure la mienne lorsqu'il s'installe à mes côtés.

— Il ne t'enverrait pas un message s'il s'agissait d'une mauvaise nouvelle !

— Tu ne connais pas mon grand-père. Il ne réfléchit pas toujours à ce qu'il fait.

— Je suis sûr que tout va bien, me dit-il pour me rassurer en me donnant un petit coup de coude.

Je prends une grande inspiration et ouvre le message.

Je souris.

C'est une bonne nouvelle.

La *meilleure* qui soit !

— Écoute ça : *« Alice vient d'appeler. Le village dans lequel elle séjourne a été touché par le tremblement de terre, mais elle va bien. Elle va rester un peu pour les aider, et ensuite, elle rentre à la maison. Ouf !!! »*

— Attends, il a vraiment écrit « ouf » ?

— Avec trois points d'exclamation. *« Elle n'avait pas beaucoup de temps mais elle a tout de même pu emprunter un téléphone pour pouvoir m'appeler. Hourra !! »*

— « Hourra » ? répète Ed.

— « Hourra ! » dis-je avec un grand sourire.

— Ed ! lance une voix de l'autre côté de la cour.

C'est Raj. Il est en train de jongler avec un ballon.

— On t'attend, mec !

— Je ferais mieux d'y aller, déclare Ed.

Mais il reste à mes côtés, arrachant des morceaux de pelouse.

— Merci pour les faits, je lâche sans réfléchir. Ils m'ont vraiment aidée.

— Je t'en prie..., répond-il en haussant les épaules. Mais je n'ai pas réussi à t'aider avec l'équation.

— Un ami d'Annie a trouvé la solution.

Le soleil brille tellement que je dois protéger mes yeux pour le regarder.

— Tant mieux.

Il se relève et débarrasse les brins d'herbe de son pantalon.

— À plus tard, dit-il avant de rejoindre ses amis.

J'étudie la liste de ce que je ne sais pas. Il y a une chose que je pourrais y ajouter : ce qu'Ed King pense réellement de moi. Avec l'existence de la vie sur d'autres planètes, c'est un des grands mystères de l'Univers. Sauf qu'il y a une différence. J'adorerais savoir s'il existe des petits hommes verts vivant sur une autre planète. Mais en ce qui concerne Ed, le mystère qui l'entoure a quelque chose… d'excitant. Qui aurait cru que l'ignorance pouvait être aussi palpitante ?

Quarante-neuf

Pendant le reste de la semaine, deux choses occupent mon esprit : l'argent et la compétition. Papi et moi n'avons pas assez du premier et je manque de temps pour préparer la seconde. La pension de papi doit être versée vendredi, mais mercredi, il ne nous reste plus que cinq malheureuses livres pour survivre. J'ai compté les couches d'Elsa, et à moins d'une catastrophe je ne devrais pas avoir besoin d'en racheter. Papi et moi nous mettons d'accord sur le fait que notre seule dépense doit concerner le lait d'Elsa.

Nous vivons donc sur nos restes. Mercredi soir, nous mangeons des sandwiches aux œufs et à la mayonnaise, et jeudi, du riz et des haricots à la sauce tomate – probablement l'un des trucs les plus dégoûtants que j'aie mangé de ma vie. Papi saupoudre son assiette d'épices pour chili et prétend que c'est délicieux. Mais vendredi, je suis accueillie par une délicieuse odeur lorsque j'entre dans la maison.

— Poulet au curry ! annonce papi depuis la cuisine.

Je le trouve en train de sortir des courses d'un énorme sac en plastique.

— Ce soir, nous allons manger comme des rois, Meg !

Je range les boîtes et les paquets dans le placard tandis que le poulet mitonne sur la gazinière.

— On fête le versement de ta pension ?

— Non, nous fêtons la fin de ta mission. Ta mère a appelé. Elle est à l'aéroport. Elle rentre à la maison !

— C'est vrai ?

— Absolument ! s'exclame-t-il avant de me verser un verre de Coca. Et nous fêtons ta victoire lors de la compétition de demain et ton futur voyage à Houston ! Ta mère ne sera pas rentrée à temps, tu le sais ?

— Oui. Ça ne fait rien.

Maman a réussi à appeler plusieurs fois cette semaine, mais j'étais toujours à l'école. J'ai du mal à croire qu'elle soit sur le chemin du retour. Je reporte mon attention sur papi.

— À vrai dire, j'ai des amis qui vont venir me voir.

— Oh, vraiment ? s'étonne-t-il, l'air intrigué.

— Oui, enfin, il n'y a pas de quoi en faire tout un plat, dis-je en riant. Tu te souviens de l'atelier biscuits dont je t'ai parlé ? Eh bien, ils vont tous venir – Annie, Rose, Jackson, et même le prof, M. Curtis.

— C'est fantastique, Meg ! s'enthousiasme papi. Et tu nous auras, Elsa et moi. Nous serons là pour t'encourager !

J'avais faim il y a une seconde, mais à présent je me sens un peu nauséeuse.

— Peut-être qu'on devrait arrêter d'en parler, papi, dis-je en m'asseyant. J'ai révisé mon discours avec Rose aujourd'hui…

— Et ?

— Je me suis souvenue de chaque mot.

Rose m'a aidée tout au long de la semaine à construire mon palais de la mémoire.

— C'est une excellente nouvelle !

— Bof, j'avais l'impression d'être un robot… Est-ce que mes mains tremblent ? (Je les tends devant moi pour vérifier.) Oh oui, c'est horrible !

Papi installe Elsa dans sa chaise haute et lui donne un bol de riz au curry. Ma sœur plonge aussitôt les doigts dedans.

— J'ai une solution pour ça.

— Vraiment ?

— Serre les fesses. Il est physiologiquement impossible que tes mains tremblent si tu contractes les muscles de tes cuisses ou de ton fessier.

Je ne peux pas m'empêcher d'essayer.

— Hé, ça marche !

— Tu vois ?

— Mais je me sens toujours nerveuse…

Il sort une baguette du sac et en coupe un morceau.

— Dis-toi que c'est de *l'excitation*. Tu es excitée parce que tu es sur le point de faire quelque chose d'incroyable.

— Je crois plutôt que je suis hyper nerveuse parce que je vais devoir monter sur une scène, me tenir devant une salle remplie et réciter de tête un discours super compliqué. C'est tellement…

— Excitant !

— Terrifiant !

Papi est sans doute la personne la plus optimiste que je connaisse. Tandis que nous mangeons, je passe inlassablement en revue le programme du lendemain. Le concours débute à quatorze heures ; je vais rester à la maison le matin pour me détendre un peu, puis je déposerai Elsa et Pongo chez papi après le déjeuner afin de pouvoir arriver tôt à l'école. Ils me rejoindront juste avant que ça commence.

— Je ne suis pas sûre que ce soit une bonne idée d'emmener Elsa..., dis-je. Je n'arriverai pas à me concentrer si je l'entends pleurer.

— Ne t'inquiète pas. Je la ferai sortir si elle n'est pas sage.

Le poulet au curry est délicieux, mais après quelques bouchées je repose ma fourchette.

— Tu vois, reprend papi, tu es tellement excitée que tu n'as même plus faim !

Cinquante

— Fiches, eau, couches, téléphone, ours en origami d'Annie…

Tandis que je me rends chez papi, je vérifie que je n'ai rien oublié, même si je l'ai déjà fait deux fois avant de quitter la maison.

— Elsa, Pongo…

Je m'agrippe à la poussette et enroule la laisse du chien autour de mon poignet. Il y a une minute, il a vu un écureuil et a failli nous envoyer dans le décor.

Pour une fois, Elsa a dormi toute la nuit alors que je me suis réveillée à plusieurs reprises. Ce matin, j'ai donc essayé de me détendre un maximum. Nous avons pris notre petit-déjeuner devant *Peppa Pig*, puis nous sommes allées nous promener au parc avec Pongo. Je n'ai pas regardé mon discours une seule fois. Je me suis dit que ça me rendrait encore plus nerveuse.

Je prends note mentalement de ne pas oublier d'aller aux toilettes avant de partir de chez papi. Quand Youri Gagarine était en route vers la navette – dans sa combinaison de cosmonaute – il a demandé au bus de s'arrêter pour pouvoir soulager sa vessie sur le bas-côté. Depuis, tous les cosmonautes décollant de Baïkonour l'imitent et je comprends mieux, maintenant, pourquoi Gagarine a initié cette tradition : faire quelque chose « d'excitant » donne envie de faire pipi. C'est aussi simple que ça.

Comme d'habitude, papi a laissé sa porte ouverte.

— Papi ? j'appelle en entrant dans la maison.

Pas de réponse. J'avance dans le séjour et jette un œil dans la cuisine. Personne. La maison est étrangement silencieuse, alors je monte à l'étage, puis je vais regarder dans le jardin. Où est-il passé ? L'inquiétude me gagne peu à peu mais je tente de me rassurer en me disant qu'il a dû s'absenter pour aller faire une course ou rendre visite à un voisin. Il est impossible que papi ait oublié ce qui doit se passer aujourd'hui.

Il n'a laissé aucun mot, ni sur la table de la cuisine, ni sur le frigo, ni dans le salon. Caché derrière la porte, cependant, j'aperçois un immense cône blanc que je reconnais aussitôt : il s'agit du haut de la fusée qu'il m'a construite pour mes sept ans. Pendant un moment, j'oublie que papi n'est pas là… J'oublie même la compétition. J'ai passé des journées entières à jouer dans cette fusée… Je ne savais pas qu'il l'avait gardée. Je soulève le cône pour voir si les notes concernant mes missions sont toujours gribouillées à l'intérieur, et c'est là que je découvre la petite bouteille en verre remplie d'un liquide ambré. *Carburant pour la fusée de Meg !* est inscrit sur une étiquette attachée au goulot avec un morceau de ficelle.

Les cosmonautes boivent toujours une gorgée de vrai carburant avant de s'envoler dans l'espace ; c'est censé leur porter chance. J'ignore ce que papi a mis dans la bouteille, mais j'imagine qu'il voulait m'en faire boire avant que je parte pour l'école. Je glisse le flacon dans ma poche et retourne dans l'entrée où Elsa se tortille dans sa poussette.

C'est alors que je remarque que le vélo de papi a disparu.

Il ne serait quand même pas allé faire un tour en vélo ? Pas aujourd'hui… J'appelle sur son portable et tombe directement sur la messagerie.

— Papi est parti faire un tour en vélo, dis-je à Elsa sans trop y croire. Qu'est-ce que je dois faire ?

J'ouvre la porte et jette un œil dans la rue.

— Da !

— Tu as raison, je réponds en revenant à l'intérieur. On va l'attendre ici. J'ai encore le temps avant d'aller au collège. Je suis sûre qu'il va bientôt rentrer.

Je détache les sangles de sa poussette et Elsa se laisse glisser sur le tapis.

— En fait, ce n'est pas plus mal. Je vais pouvoir réviser mes fiches une dernière fois.

Mais je n'arrive pas à me concentrer. Toutes les deux secondes, je me lève pour regarder par la fenêtre, à la recherche du casque jaune de papi. Au bout d'une demi-heure, je réalise que je ne peux pas attendre plus longtemps.

— Allez, viens, dis-je à Elsa en l'attrapant pour la remettre dans sa poussette. Je ne sais pas ce que fabrique papi, mais on dirait que je vais devoir t'emmener avec moi. L'atelier biscuits s'occupera de toi.

— Na, na ! s'écrie-t-elle en se tordant dans tous les sens pour m'empêcher de l'attacher.

— Arrête, Elsa !

Je parviens à fermer les sangles, mais elle est en colère et se met à pleurer. C'est à ce moment que la sonnerie du téléphone fixe retentit.

— Chut ! je m'exclame, avant de décrocher le combiné, la main plaquée sur l'oreille pour couvrir les cris d'Elsa.

— Meg ? fait une voix lointaine.

— Papi ? C'est toi ?

— Oh, Seigneur, merci, tu es là ! Mais tu ne devrais pas déjà être à l'école ?

— Si ! La compétition commence dans vingt minutes ! Où es-tu ?

— Ah... je me suis fourré dans un sacré pétrin. Je suis sorti en vélo et...

— Papi ! Qu'est-ce qui t'a pris d'aller faire un tour en vélo aujourd'hui ?

— Eh bien, je ne suis pas exactement allé faire un tour. J'étais tellement excité hier soir que je n'arrivais pas à dormir. Et ensuite, je me suis souvenu que j'avais toujours ta fusée dans le grenier. Je me suis dit que ce serait super de l'installer dans le salon pour que tu la trouves à ton arrivée ! Je t'ai même préparé un peu de carburant que j'ai caché dedans.

— Je les ai trouvés, papi. Mais qu'est-ce que ça a à voir avec la promenade en vélo ?

— Ah, j'allais y venir. J'ai découvert que le dessous de la fusée – le carton dans lequel tu t'asseyais – avait été rongé par les rats, alors j'ai décidé d'aller t'en chercher un autre au supermarché. Ils m'en ont donné un vraiment beau, Meg. Il est encore plus grand que l'original. Enfin bref, j'étais en train de traverser le bois en vélo, le carton sous le bras, quand c'est arrivé.

— Qu'est-ce qui est arrivé ?

— J'ai heurté une racine. Quand je suis revenu à moi, ma cheville faisait la taille d'une balle de tennis. J'ai un peu de mal à marcher.

— *Quand tu es revenu à toi ?* Papi, où es-tu ?

— Au fond de l'ancienne carrière... Tu aurais dû me voir voler dans les airs, Meg !

— Donc tu n'es pas très loin...

— Ne te fais pas de souci pour moi. Va à l'école et remporte cette compétition. (La ligne grésille, et pendant un moment je n'entends plus ce qu'il dit.) Tu viendras me chercher plus tard... Amène peut-être un ami ou deux. Je vais avoir besoin d'aide pour remonter.

Je presse le combiné contre mon oreille.

— Mais tu as perdu connaissance, papi ! Je ne peux pas te laisser là-bas !

— Ça n'a duré qu'une minute ! J'ai une barre de céréales et une brique de jus de fruits avec moi, ne t'inquiète pas. Tu vas les impressionner, Meg, et tu vas décrocher ce voyage à Houston. C'est ta nouvelle mission ! *Poyekhali*, Meg ! *Poyek*...

La ligne coupe.

Je respire un grand coup, luttant contre la panique qui commence à monter. Certes, c'est un imprévu, mais je peux le gérer si j'arrive à garder mon sang-froid. Dois-je aller à l'école, prononcer mon discours, puis revenir le chercher ? Non. Je ne peux pas faire ça. Et s'il perdait à nouveau connaissance ? Si sa blessure à la cheville était plus grave qu'il ne le pensait ? Le problème, c'est que je ne peux pas aller à la carrière toute seule... Qu'est-ce que je ferais d'Elsa pendant ce temps ?

Alors que j'envisage d'appeler les secours, mon téléphone se met à sonner.

— Allô ?

— Mais enfin, où est-ce que tu es ?!

— Annie !

— Je suis avec Rose dans les tribunes, l'auditorium est plein à craquer, les participants sont tous là... Sauf toi, évidemment. Meg, ce concours super important qui peut changer ta vie est sur le point de commencer !

— Écoute-moi, j'ai un souci...

Je lui explique en deux mots comment papi s'est retrouvé dans un trou.

— Tu crois qu'il faut que j'appelle une ambulance ?

— Non, si tu les appelles, ils vont vouloir que tu viennes avec eux et tu vas définitivement manquer le concours.

— Annie, quel genre de personne laisse un vieil homme blessé au fond d'un trou juste pour pouvoir gagner une compétition ?

Ma gorge se serre et je ravale un sanglot.

— Reprends-toi, Clark, déclare Annie. Ton grand-père n'est pas un idiot. S'il était gravement blessé, il aurait appelé une ambulance lui-même. Dis-moi simplement où il est.

— Au fond de l'ancienne carrière, près du bois… Pourquoi ?

— Parce que je vais le sortir de là. Enfin, pas personnellement, mais ne t'inquiète pas pour ça. Fonce au collège. Je m'occuperai d'Elsa pendant ton discours.

— Non, c'est mon grand-père. Je devrais y aller et le ramener à la maison.

— Meg, je suis ton capitaine, ou peu importe comment tu l'appelles…

— CAPCOM.

— C'est ça. Je suis le CAPCOM Demos, et tu vas faire exactement ce que je te dis. Je vais te guider pendant la phase de lancement, OK ?

— OK.

— Parfait, dit-elle. Dans ce cas, ramène tes fesses ici.

Cinquante-et-un

— Où étais-tu passée ? me demande Mme Edgecombe quand j'arrive dans le hall. Et pourquoi as-tu amené un *bébé* ?

— Longue histoire, je parviens à articuler, agrippée à la poussette pour reprendre mon souffle.

C'est difficile de courir avec une poussette, mais au moins les secousses ont endormi Elsa.

— Vous avez vu Annie Demos ?

— Elle est quelque part dans l'auditorium, m'informe Mme Edgecombe. Mais ne t'inquiète pas pour tes amis, Meg. Ça va bientôt commencer !

Elle m'emmène dans la salle remplie de familles venues encourager les participants. Il y a tellement de monde que certaines personnes doivent rester debout dans le fond. Sur la scène, j'aperçois une rangée de chaises, et devant, un micro éclairé par une rampe de spots. J'ai déjà la tête qui tourne à cause de ma course effrénée et la vue de ce dispositif n'arrange rien.

— Il faut que je parle à Annie, dis-je en parcourant désespérément la foule du regard.

La prof m'attrape par le bras.

— Tu n'iras nulle part tant que tu ne te seras pas enregistrée. Viens avec moi.

Elle me guide dans l'allée centrale bordée de sièges, tous occupés.

— Voici Meg Clark, annonce-t-elle en s'arrêtant devant une table installée à côté de la scène. Mieux vaut tard que jamais !

— Tu es juste à l'heure, répond la femme chargée de l'enregistrement en me tendant une étiquette. Tu porteras le numéro quinze. Va rejoindre les autres afin que nous puissions commencer.

Un groupe d'adolescents attend au pied de la scène. La plupart portent des uniformes mais certains, comme moi, ont mis leurs propres vêtements. Parmi eux, je distingue Ed, vêtu d'une chemise et d'une cravate, évidemment. Il m'observe d'un air curieux, les bras croisés sur sa poitrine. Il me fait un petit signe et je lui adresse un sourire en retour.

Il faut que je trouve Annie, mais Mme Edgecombe insiste pour me conduire parmi les participants.

— Bien, reste ici, lâche-t-elle après m'avoir menée jusqu'à Ed. Que vas-tu faire de ce bébé ?

— C'est pour ça qu'il faut que je trouve Annie. Elle doit s'en occuper.

C'est alors que j'entends « Meg ! » de l'autre côté de l'auditorium, et Annie, Rose et Jackson fendent la foule pour me rejoindre.

— Tant mieux, soupire Mme Edgecombe. Pendant un moment, j'ai cru que tu allais me demander de m'en charger. Mais je ne peux pas, je dois filmer les discours.

Je me retourne vers elle.

— Vous devez *quoi* ?

— Filmer les discours, répète-t-elle en riant. Nous allons diffuser les images en ligne. Je ne t'en ai pas parlé avant parce que je ne voulais pas que tu en fasses toute une montagne. Je savais que ça t'angoisserait.

Elle me tape sur l'épaule avant de reprendre :

— Bonne chance. À toi aussi, Ed. Montrez à ces gens ce que vous avez dans le ventre !

Puis elle traverse la salle en direction de la table des juges.

— Que se passe-t-il ? s'enquiert Ed.

— Je t'expliquerai.

— Salut ! lance Annie avant d'abandonner ses béquilles pour me prendre la poussette des mains. En plus, elle dort. Parfait !

Je retire mon manteau et avale une grande gorgée d'eau.

— Alors, qui est allé chercher mon grand-père ?

— Ah…, fait-elle, à ce propos…

Je fronce les sourcils.

— Annie, par pitié, dis-moi que quelqu'un y est allé, ou je m'en vais tout de suite !

— Ils sont *sur le point* d'y aller.

Je remarque alors que Jackson tient une crosse de hockey et que Rose a enroulé une corde autour de son bras.

— Je te présente l'équipe de sauvetage de ton grand-père, dit-elle en les désignant du menton. Le seul problème, c'est qu'elle est constituée de deux personnes anormalement petites.

— Hé ! Je suis *trapu*, pas petit, proteste Jackson.

— Moi, je suis définitivement petite, admet Rose.

— Peu importe, rétorque Annie. Meg, ton grand-père fait-il partie de ces petits vieux tout rabougris ?

Je sens la panique me gagner.

— Non ! Il fait du vélo de randonnée ! Et en plus, il a bon appétit...

— C'est bien ce que je craignais, déclare Annie en étudiant Jackson et Rose d'un œil critique. Je doute que ces deux-là puissent sortir un vélo d'un trou, et encore moins un homme de la carrure de ton grand-père.

— On se débrouillera *très bien*, réplique Jackson. Je sais exactement où il est. Je suis déjà tombé dans ce trou moi aussi...

— Et j'ai reçu une formation aux premiers secours, ajoute Rose.

— Mais ça ne vous servira à rien si vous ne pouvez pas le faire sortir ! je m'écrie.

C'est ridicule ! Ils n'arriveront jamais à le sortir de là tout seuls et il n'est *pas question* que j'abandonne mon grand-père.

— Je viens avec vous. On sera plus efficaces à trois.

À cet instant, une salve d'applaudissements retentit et le silence tombe dans l'auditorium. Je me retourne pour voir un homme vêtu de baskets et d'un jean monter sur scène.

— Je suis le professeur Hayes, déclare-t-il. Permettez-moi de vous souhaiter la bienvenue à ce concours intitulé « À la poursuite des étoiles » lors duquel ces jeunes gens, ici présents, vont nous confier ce que l'espace représente *vraiment* pour eux !

Je me tourne vers Annie.

— Ça va aller, chuchote-t-elle. Je vais trouver une solution. J'ai appelé quelques amis et j'attends de leurs nouvelles.

Je reporte mon attention sur la scène. Ça fait des semaines que je suis terrifiée à l'idée de m'y retrouver, mais maintenant que je suis là je meurs d'envie d'y aller. Le professeur Hayes reprend.

— Chacun aura cinq minutes pour nous convaincre de sa passion pour l'espace et l'astrophysique. Nous élirons ensuite l'heureux gagnant, qui s'envolera cet été pour les États-Unis afin de découvrir le centre spatial de Houston !

Des applaudissements et quelques « wooooouh ! » s'élèvent dans la salle.

— Non, Annie, ça ne va pas aller, je persifle. Il a déjà passé trop de temps dans ce trou.

— J'y vais, lâche une voix derrière moi.

Je fais demi-tour et découvre Ed.

— Mais… tu ne peux pas, je balbutie. Tu vas rater la compétition.

— Aucune importance, dit-il avec un haussement d'épaules. J'ai entendu votre conversation. Je comprends le problème. Je peux vous aider.

— Veuillez accueillir chaleureusement nos participants ! poursuit le professeur Hayes.

Le public applaudit tandis que mes concurrents gravissent les marches de la scène.

— OK, reprend Ed. On va passer par les vestiaires prendre un kit de premiers secours. Je sais où le trouver.

Il commence à s'éloigner. La moitié des participants est sur scène, à présent.

— Ed ! je m'écrie avant de le retenir. C'est *mon* problème. Tu ne peux pas partir comme ça et abandonner tes chances de gagner.

— Si, je peux, répond-il en me regardant droit dans les yeux. Montre-leur Mega Snickers. Tu vas les éblouir.

Puis il fait volte-face et quitte l'auditorium. Après un moment d'hésitation, Rose et Jackson le suivent.

— Ils t'attendent, murmure Annie en me poussant vers les marches.

Je lève les yeux vers la scène. Deux chaises sont vides au premier rang.

— Il a abandonné ses chances de gagner pour moi.

— Je sais, déclare Annie avec un sourire. Quel loser. Allez, vas-y !

Je passe ma main dans les cheveux d'Elsa.

— Merci, dis-je à Annie.

— Pas de souci. C'est à ça que servent les amis.

Cinquante-deux

Tandis que j'avance sur la scène, je sens des centaines d'yeux rivés sur moi. Ma bouche s'assèche et mes mains se mettent à trembler, mais je me force à continuer. Je longe la rangée de sièges et vais m'asseoir sur le dernier, à côté de celui destiné à Ed.

Un juge approche de l'estrade et entame une conversation à voix basse avec le professeur Hayes. Ils jettent un œil au siège vide et je suis soudain prise de nausées.

Le professeur Hayes reprend le micro.

— J'ai bien peur qu'un de nos participants n'ait abandonné, annonce-t-il. Cela étant, il nous reste quatorze merveilleux discours à écouter, alors ne perdons pas une minute !

Je n'arrive pas à croire qu'il ait fait ça, mais je n'ai pas le temps de penser à Ed parce que le professeur Hayes poursuit en expliquant les règles de la compétition.

— Un signal marquera le début des cinq minutes accordées à chaque participant, déclare-t-il, et quand il retentira à nouveau, celui-ci devra interrompre son discours, qu'il ait ou non terminé.

Un des juges appuie sur un bouton posé sur la table et un buzz sonore résonne dans tout l'auditorium. Certains participants laissent échapper un rire nerveux.

— Bien, reprend le professeur, c'est toujours intimidant de commencer en premier, alors réservez un tonnerre d'applaudissements à Scarlet Bedu du collège pour filles d'East Hoathly !

Le public applaudit poliment tandis qu'une fille vêtue d'un uniforme vert bouteille avance d'un pas résolu vers le micro. Elle se tient devant les spectateurs, une tresse fine tombant dans son dos. Le signal retentit.

— Les étoiles, commence Scarlet en relevant le menton, sont le fondement de notre Galaxie, et l'espace est le théâtre au sein duquel se jouent leur naissance, leur évolution et leur mort.

La voix de Scarlet se propage à travers la salle, claire et assurée, et tandis qu'elle parle, elle regarde les gens dans le public, qui lui sourient en retour. Elle ne tient aucune feuille ni fiche, et elle ne montre pas la moindre hésitation lorsqu'elle confie que l'espace lui a permis « d'atteindre les étoiles ».

Soudain, le buzz marque la fin de sa présentation et les applaudissements emplissent l'auditorium. Scarlet s'incline légèrement, puis fait demi-tour et regagne son siège, incapable de retenir un sourire satisfait. Son discours était parfait, et elle le sait.

Je prends une grande inspiration, tentant de garder mon calme. La prestation de Scarlet était si aboutie et si maîtrisée que j'en ai eu le souffle coupé.

Après quelques mots du professeur Hayes, le garçon assis à côté de Scarlet se lève pour prendre sa place devant le micro. Il explique que, pour lui, l'espace est synonyme de divertissement, et que l'exploration spatiale a mené à ce qu'il y a de mieux dans la vie : la télévision par satellite, les ordinateurs, et même les baskets à coussins d'air. Son élocution n'est pas parfaite, mais son enthousiasme est contagieux, et il fait rire tout le monde quand il se met à sautiller sur la scène comme un enfant de trois ans.

Puis le signal retentit à nouveau, et j'écoute une série de discours sur les étoiles, les trous noirs, les nouvelles technologies et les navettes spatiales. À mesure que mon tour se rapproche, j'ai de plus en plus de mal à respirer.

Bientôt, il ne reste plus que deux participants, puis un, puis les gens applaudissent et le garçon du collège d'Highbury retourne s'asseoir sur la chaise d'à côté.

Le professeur Hayes s'approche du micro.

— Merci d'accueillir notre dernière participante, annonce-t-il en se tournant vers moi. Meg Clark !

Un nouveau tonnerre d'applaudissements retentit et tous les regards se braquent sur moi. Je me lève et inspire profondément. J'ai la tête qui tourne, mais je me force à avancer vers le micro. Tandis que je traverse la scène, je me dis que cette journée a peut-être mal commencé, mais que je suis là à présent, et que je suis prête à faire ce pour quoi je suis venue.

Tout ce que je dois faire, c'est garder mon sang-froid, parler fort et distinctement, et me souvenir de chaque mot de mon discours. Je serre mes fiches entre mes doigts. Je sais que je n'en ai pas besoin, mais je préfère les avoir avec moi, juste au cas où.

J'arrive devant le micro.

C'est le moment.

Cinquante-trois

Je contemple le public et le signal retentit. Les fiches tremblent dans mes mains et le professeur Hayes m'adresse un sourire encourageant. Je jette un œil à mon introduction, puis relève la tête et ma voix résonne dans l'auditorium :

— Pour moi, l'espace représente la liberté. Parce que l'exploration spatiale nous offre la possibilité de quitter la Terre pour découvrir les merveilles de l'Univers.

Je prends une grande inspiration, et c'est à ce moment que j'aperçois une silhouette se glisser dans le fond de la salle ; il s'agit d'une femme avec des dreadlocks blondes décolorées, un pantalon ample et un sac à dos. Un immense sourire étire ses lèvres lorsque nos regards se croisent.

Et aussi simplement que ça, maman est de retour dans ma vie.

Une vague de colère et d'amertume me ramène au jour où elle m'a appelée de l'avion. Mais elle est aussi brève que soudaine, et l'instant d'après elle fait place au soulagement. Je suis tellement contente de la voir. Mes doigts se resserrent autour des fiches dont je n'ai pas besoin, et je poursuis :

— Les scientifiques pensent qu'une planète pouvant accueillir la vie gravite autour d'Alpha Centauri B, et que dans quelques siècles nous serons capables de la visiter...

Le volume de ma voix diminue. Je sens mon cœur cogner dans ma poitrine. Quelqu'un tousse dans le public, puis des murmures s'élèvent.

J'étudie les mots inscrits sur mes fiches. Frappée d'un éclair de lucidité, je réalise que ma vision de l'espace comme échappatoire est *totalement* erronée.

— Désolée, dis-je en secouant la tête, mais je ne peux pas continuer... Ce que j'ai écrit sur ces fiches ne reflète pas la réalité.

Ma voix n'est qu'un murmure, mais le micro parvient quand même à l'amplifier.

— Je veux dire, les faits sont exacts, mais ils n'expliquent en rien ce que l'espace représente réellement pour moi.

À présent, le public est parfaitement silencieux. J'observe mes précieuses fiches, que j'ai mis des semaines à écrire et à mémoriser, puis je les pose sur le sol. Mon cœur bat à cent à l'heure tandis que je me redresse et contemple mon auditoire. Les secondes s'égrènent et un frisson me parcourt l'échine. Puis-je vraiment faire ça ? Puis-je vraiment leur montrer qui je suis ?

Je sais que j'en suis capable.

Je prends la bouteille de papi dans ma poche et retire le bouchon en liège. Puis je la porte à mes lèvres et la vide d'un trait. Le liquide est doux et épicé. Je range la bouteille et ma main désormais libre se transforme en poing. Avant même d'avoir eu le temps d'y réfléchir, je le brandis dans les airs.

— *Poyekhali !* je m'exclame.

C'est parti !

Les spectateurs ouvrent de grands yeux et laissent échapper quelques rires surpris, mais je garde la tête haute.

— Quand on observe les étoiles, il peut parfois nous arriver de nous sentir minuscules. Insignifiants. Et pour cause : notre Galaxie, la Voie lactée, est peuplée de centaines de milliards d'étoiles, mais il existe des centaines de milliards d'autres galaxies dans l'Univers. Ces galaxies sont elles aussi constituées de centaines de milliards d'étoiles. Je veux dire – je secoue la tête d'un air incrédule – ça fait beaucoup d'étoiles…

Les rires du public m'encouragent à continuer.

— Si vous consultiez une carte de l'Univers, la Terre n'y figurerait même pas. Il serait impossible de la représenter. Mais quand je regarde le ciel, je ne me sens pas petite ou effrayée, je me sens… rassurée.

Les mots viennent naturellement à présent, et j'ai l'impression de ne plus pouvoir m'arrêter. Je m'interromps, me rappelant la fois où je suis allée au parc après le départ de maman et l'apaisement que j'ai éprouvé en constatant que les étoiles étaient exactement là où elles devaient être.

— J'imagine que c'est parce que l'espace a quelque chose de logique et qu'il obéit aux lois de la physique. Parfois, je me dis que le mouvement des étoiles est la seule chose fiable dans ma vie.

Je secoue la tête.

— Enfin, c'est ce que je me *disais*. Avant. Pour être honnête, l'espace me semblait beaucoup plus facile à comprendre que ma vie sur Terre. C'est pour cette raison que j'avais prévu de vous parler de mon envie de la quitter, pour partir à la découverte d'une nouvelle planète, inhabitée. Depuis que je suis toute petite, j'ai toujours voulu visiter l'espace, comme certains vont visiter Disneyland. Je veux flotter en apesanteur. Tourner autour de la Terre à vingt-huit mille kilomètres par heure. Poser le pied sur la surface d'une autre planète !

Je souris à présent, et je remarque que les gens dans le public me sourient aussi.

— Je pensais que le seul moyen d'y parvenir était de travailler dur. Et de ne compter que sur moi-même. Les autres gens – les êtres humains – ne sont jamais rentrés en ligne de compte. Je ne voulais pas de leur aide et je les considérais même parfois comme un obstacle. Les pleurs de ma petite sœur m'empêchaient de réviser, les rires de mes camarades me déconcentraient, et même ma mère semblait me mettre des bâtons dans les roues en m'obligeant à aller planter des carottes dans ses jardins communautaires alors que tout ce que je voulais, c'était faire mes devoirs. Mais récemment, quelque chose s'est produit…

Ma gorge se serre. Je pose les yeux sur maman afin qu'elle sache que je m'adresse à elle.

— J'ai vécu mon propre big bang – et ça a tout changé. Pour la première fois de ma vie, je me suis sentie perdue dans l'Univers… J'avais peur et je ne pouvais pas m'en sortir seule. C'est alors que j'ai rencontré les membres de mon équipage. Un astronaute ne peut pas voyager dans l'espace sans le soutien de personnes incroyablement douées et qualifiées. Rose, Jackson et Annie ont endossé ce rôle et m'ont aidée à arriver jusqu'ici.

Un profond « Wooooh ! » retentit dans les tribunes.

— Ça, c'est Annie, dis-je en riant. Peu importe le problème, Annie est toujours là pour trouver une solution. Elle est calme et réfléchie et peut parer à n'importe quelle situation ; elle aurait définitivement ramené Apollo 13 sur Terre. Et j'ai aussi Ed – nous sommes assis ensemble en cours de sciences. Pendant un long moment, j'ai cru que nous étions en compétition. Mais j'avais tort. Tout le monde sait que Buzz Aldrin et Neil Armstrong ont été les premiers à marcher sur la Lune, mais ils n'auraient jamais pu le faire si Michael Collins ne les avait pas attendus en orbite. Ed est mon Michael Collins. Il a fait passer ma mission en premier, ce qui explique pourquoi il y a un siège vide derrière moi. Avant de rencontrer mon équipage, je pensais que je pourrais aller dans l'espace simplement en étudiant – les mathématiques, la physique, l'informatique… J'avais même commencé à apprendre le russe…

Des rires s'élèvent dans le public.

— *Ya mogu govorit' po-russki !*, je reprends pour le prouver. Mais j'avais oublié que pour réussir, un astronaute n'a pas seulement besoin de connaissances. Il a aussi besoin d'une équipe. De personnes en qui il peut avoir confiance. Sir Isaac Newton a dit un jour : « Si j'ai vu si loin, c'est que j'étais monté sur des épaules de géants. » Youri Gagarine, le premier homme à avoir effectué un vol dans l'espace, est arrivé jusque-là parce que, à travers l'histoire, des hommes, d'Aristote à Einstein, ont accompli des choses incroyables. Neil Armstrong a pu faire un bond de géant pour l'humanité parce que des centaines de personnes étaient derrière lui. J'ai fini par comprendre que l'espace n'était pas un moyen d'échapper au chaos des êtres humains, mais *qu'au contraire* il existe grâce à lui.

Je repense à l'après-midi où Elsa était malade et je comprends enfin ce que papi essayait de me dire. Mes yeux se posent à nouveau sur maman.

— Nietzsche a dit qu'il fallait porter en soi un chaos pour pouvoir mettre au monde une étoile dansante. Et il y a deux personnes particulièrement chaotiques que j'aimerais remercier pour m'avoir transmis leur curiosité et encouragée à lever les yeux vers le ciel. Mon grand-père m'a offert ma première paire de jumelles et il m'a appris à les utiliser. Pour mon septième anniversaire, il m'a construit une fusée qui m'a emmenée chaque jour sur la Lune. Ma mère, quant à elle, a peint la Voie lactée sur le plafond de ma chambre. Elle a tracé une flèche pointant vers la Terre et elle a écrit : *Tu es ici*. Elle disait que la Terre n'était que mon point de départ et que je pourrais aller n'importe où.

Je m'interromps pour reprendre d'une voix assurée.

— J'ai toujours rêvé de découvrir l'espace. Quand j'ai regardé la Lune pour la première fois à travers les jumelles de papi, un compte à rebours s'est déclenché. Depuis, ce compte à rebours rythme ma vie, tels les battements réguliers d'un cœur, et il ne s'arrêtera que lorsque j'aurai réalisé ce rêve. Quand je prends ma sœur dans mes bras pour lui montrer une constellation, je lui montre d'où elle vient. Nous sommes issus d'éléments formés au cœur des étoiles. Il y a plusieurs milliards d'années, des étoiles ont explosé. Leur poussière s'est répandue à travers l'Univers et a fini par former notre planète. La poussière d'étoiles a donné vie à ma petite sœur. Elle nous a donné vie à tous. En fin de compte, je n'ai pas besoin de quitter la Terre pour contempler les merveilles de l'Univers parce que je vis en plein dedans.

Je marque une pause avant de conclure :

— Voilà ce que l'espace représente pour moi.

Un tonnerre d'applaudissements déferle sur la salle et j'exécute une révérence bizarre que je regrette aussitôt. Mais alors que je regagne ma place, je me sens si libre et si légère que j'ai l'impression de marcher sur la Lune.

Cinquante-quatre

Mme Edgecombe m'attrape quand je descends de la scène.

— Meg, tu m'as donné la chair de poule *sur le visage* !

— C'est bon signe, non ?

— Définitivement. La seule fois où ça m'est arrivé c'est quand j'ai vu Benedict Cumberbatch à l'aéroport.

M. Curtis nous rejoint.

— C'était une improvisation fantastique, Meg !

— Monsieur Curtis ! J'avais oublié que vous veniez.

— Je n'aurais manqué ça pour rien au monde, même si je suis un peu déçu d'avoir travaillé sur cette équation pour rien... Peut-être que ça me servira un jour.

— Désolée, dis-je. Je ne voulais pas vous faire perdre votre temps.

— Ne t'excuse pas. Ton discours vient de prouver, une bonne fois pour toutes, que l'atelier biscuits n'a rien d'une perte de temps. (Il me tend sa boîte de biscuits cassés.) Tiens. Tu l'as méritée. Prends-la et va fêter ça avec Annie.

Je me fraye un chemin à travers la foule jusqu'au fond de la salle où je retrouve Annie, assise à côté de la poussette vide d'Elsa. Elle m'adresse un sourire radieux.

— Tu m'as comblée de joie ! s'exclame-t-elle. Mais pour info, c'est toi, Jackson et Rose qui êtes les membres de *mon* équipage.

— Évidemment, je déclare en ouvrant la boîte de biscuits émiettés. Je meurs de faim, tout d'un coup. Tu en veux ?

Elle jette un œil dans la boîte.

— Oh, il y en a un entier. Il est pour moi !

— Au fait..., je reprends entre deux bouchées. Qu'est-ce que tu as fait de ma sœur ?

— Je l'ai confiée à une hippie couverte de coups de soleil. J'ai pensé que c'était ta mère.

— Est-ce qu'elle avait *Poyekhali !* tatoué sur une épaule et un Dumbo raté sur l'autre ?

— C'est bien elle, confirme-t-elle en farfouillant dans la boîte. La bonne nouvelle, c'est que ton grand-père va bien. Il s'est foulé la cheville, mais il a réussi à rentrer, et Jackson, Rose et Ed prennent soin de lui. C'est bizarre, non ?

J'essaye de les imaginer tous les trois réunis dans la maison de papi.

— Un peu...

— Oh, et ta mère t'attend dehors.

— OK.

Annie remarque mon expression.

— Je lui ai dit ce que je pensais, lâche-t-elle. Qu'elle était égoïste et irresponsable et qu'elle ne méritait pas d'avoir une fille aussi brillante que toi.

— Tu n'as pas fait ça ?!

— Bien sûr que non ! À vrai dire, elle était plutôt réservée. Ton grand discours lui a fait monter les larmes aux yeux, et en plus elle vient juste de survivre à un tremblement de terre.

— Je sais.

— Eh bien, vas-y ! s'écrie-t-elle en me donnant un coup de coude. Autant en finir au plus vite. Moi, je vais aller manger quelques chips et parler à des geeks.

— Bonne idée, dis-je avec un soupir.

— File !

Je sors de l'école et cligne des yeux face au soleil. Il n'y a presque personne dans la cour, alors je n'ai pas de mal à repérer maman, assise dans un carré de pelouse. Elsa est sur ses genoux et elle lui tient les mains en lui parlant doucement. Annie avait raison, elle n'a pas l'air dans son assiette. Elle sourit, mais ses traits sont tirés et elle semble pâle sous ses coups de soleil.

Je me dirige vers elles.

— Salut, je lance.

— Meg !

Maman bondit sur ses pieds et me serre dans ses bras de toutes ses forces. Elle sent la sueur et la crème solaire, mais je parviens à déceler la faible odeur de bois de santal qui la caractérise.

— Désolée, dit-elle en me relâchant. Je fais peur à voir. Je suis venue directement de l'aéroport.

— Ça ne fait rien, je réponds.

Nous restons là, maman agrippée à mon bras et Elsa se trémoussant à nos pieds.

— J'ignorais que tu ressentais tout ça, Meg, finit par dire ma mère. Ou peut-être que je le savais, au fond de moi.

Elle ne me quitte pas des yeux et je commence à avoir chaud. Une partie de moi voudrait s'enfuir, mais je me force à rester exactement où je suis.

— Le tremblement de terre était horrible, reprend-elle. Pas quand il s'est produit – j'étais loin, je n'ai senti qu'une légère secousse – mais après, quand il a fallu aider tous ces gens… Ça m'a vraiment bouleversée.

— J'ai vu des images. Je comprends que tu aies voulu rester.

Elle acquiesce d'un air incertain.

— Pendant mon séjour, je suis allée dans un refuge temporaire où j'ai distribué de la nourriture. Un jour, je suis tombée sur un garçon. Il était seul et il veillait sur son petit frère malade. Quand il m'a dit qu'il avait quinze ans, j'ai eu du mal à m'en remettre : il aurait dû être en train de jouer au football avec ses amis, pas de chercher des médicaments pour son frère. Puis j'ai réalisé qu'il avait ton âge, Meg. Je n'aurais pas dû vous laisser.

— Non, tu n'aurais pas dû. Pas comme ça.

— J'y ai pensé pendant des heures dans l'avion. Même si vous étiez allées chez papi, ça n'aurait rien changé.

Une larme roule sur sa joue, mais je n'arrive toujours pas à la consoler. Après un moment, elle demande :

— Tu es en colère contre moi ?

— Je l'ai été.

Elle baisse les yeux et pousse un profond soupir.

— Je me suis dit que papi pourrait prendre soin de vous…

— Il a essayé, et on aurait pu aller chez lui, mais je voulais à tout prix rester à la maison.

Je ris et secoue la tête.

— Je crois que je voulais te prouver que je pouvais me débrouiller seule, te donner une leçon ou un truc du genre.

— Mais je pensais que vous aimiez être avec papi ?

— C'est le cas. Mais on préfère être avec toi.

— Vraiment ? Parfois, j'ai l'impression que tu ne m'aimes pas beaucoup… Ou que tu n'as pas besoin de moi. On est tellement différentes toutes les deux.

— Je sais.

Nous nous observons un instant, et même si sa main repose sur mon bras je ne peux toujours pas me résoudre à me rapprocher d'elle.

— Je vais changer, déclare-t-elle. Je vais arrêter les missions humanitaires et le bénévolat.

— Je ne veux pas que tu changes, maman. Reste comme tu es, mais… reste avec nous.

Parfois, les choses les plus simples sont les plus difficiles à accomplir. Je fais un pas en avant et passe mes bras autour d'elle, puis je pose la tête sur son épaule et la serre contre moi. Le soleil nous réchauffe et je me sens enfin en sécurité. Maman va sûrement continuer à me rendre dingue, et je ne serai jamais la fille qu'elle espérait avoir… mais ça ne fait rien. Je n'aurai qu'à regarder les étoiles et me rappeler que des choses magnifiques peuvent naître du chaos.

Honnêtement, ce n'est pas un super-câlin – Elsa est coincée entre nous et les perles dans les cheveux de maman me meurtrissent la joue –, mais c'est un bon début.

Le cri étouffé de ma sœur nous oblige à nous séparer.

— Je crois qu'on devrait aller voir papi, annonce maman.

Elle dépose Elsa dans sa poussette, mais celle-ci tend les bras vers moi en criant : « Beb, Beb ! »

Puis maman ramasse son sac à dos et nous quittons l'école toutes les trois.

Cinquante-cinq

Quand nous arrivons chez papi, je laisse maman se débrouiller avec la poussette et suis le bruit provenant du séjour.

Une scène surréaliste s'offre alors à mes yeux.

Papi est allongé dans le canapé, la voix de Nina Simone s'échappe de la chaîne Hi-Fi, Jackson danse devant la brasserie artisanale, et Ed bande la cheville de papi.

Ed King bande la cheville de papi !

— Meg ! s'écrie ce dernier lorsqu'il m'aperçoit. J'étais en train d'expliquer aux garçons le principe de la fermentation… Raconte-moi comment ça s'est passé !

Il me dévisage d'un air impatient, mais je suis incapable de parler, figée d'horreur à la vue d'Ed bandant le pied racorni de papi.

— Tu n'es pas obligé de faire ça, je finis par déclarer.

— J'ai presque terminé, répond-il en levant les yeux. J'ai appris à faire les bandages quand j'étais chez les scouts. C'est cool de pouvoir enfin mettre mes compétences à profit. Rose allait le faire, mais elle a disparu.

— Euh, OK... N'oublie pas de te laver les mains après.

Jackson pousse le volume de la musique et je parcours la pièce du regard.

— Où est Rose ? je demande.

— Avec les hamsters, m'informe papi.

Évidemment... Et ensuite, un tas de choses se produisent en même temps et le salon de papi devient soudain surpeuplé. Maman apparaît avec Elsa, faisant bondir papi de joie avant qu'il ne retombe lourdement sur le canapé, Jackson embrasse une bouteille de bière, Rose revient avec une femelle hamster gravide jusqu'aux dents, Pongo aboie et Elsa se met à pleurer.

— Ce truc *déchire,* s'exclame Jackson en vidant son verre. Vous aviez raison, ça a un peu le goût de biscuit et de raisins grillés !

— J'en ai tout un fût sous l'escalier, déclare papi. Pourquoi n'irais-tu pas le chercher, Jackson ? C'est un peu fort, mais nous avons quelque chose à fêter : Alice est de retour à la maison !

— *Non !* je proteste à l'attention de Jackson qui se précipite dans le couloir sans m'écouter.

Quant à maman, elle est trop occupée à grattouiller frénétiquement le ventre de Pongo pour s'en soucier.

Ed se lève du canapé et me rejoint.

— Voilà..., dis-je en scrutant la scène. Tu as rencontré ma famille.

— En effet, acquiesce-t-il. Mais je n'ai pas encore vu les poules.

Il y a tellement de choses que j'aimerais lui dire que je ne sais pas par où commencer.

— Veux-tu que je te les montre ? je finis par demander.

— Avec plaisir.

Je l'emmène dans le jardin et nous nous asseyons sur un vieux banc en bois. Les poules picorent à nos pieds tandis que les rayons du soleil percent à travers le feuillage des arbres.

Nous restons assis un moment et Ed me raconte le sauvetage de papi. Il est en train de m'expliquer comment ils l'ont sorti de la carrière quand je le coupe :

— Merci, dis-je tout à trac. D'avoir abandonné la compétition comme ça… C'est la chose la plus gentille qu'on ait faite pour moi.

Il lève les yeux et sourit.

— Je t'en prie.

Je ne sais pas trop quoi dire ensuite, alors je prends une poule dans mes bras mais elle s'échappe en caquetant.

— Est-ce que tu auras droit à une séance de rattrapage ?

— Non, répond-il en laissant échapper un petit rire. J'ai croisé Mme Edgecombe avant de partir et elle m'a clairement fait comprendre que c'était maintenant ou jamais. Je crois que ma mère ne va pas être très contente.

— Je suis vraiment désolée. Tu pourras quand même y aller ?

— Aller où ?

— Eh bien, à Houston. Au centre spatial de la NASA. Tes parents pourront t'y emmener, non ?

— Meg, dit-il en riant, as-tu une idée de combien coûtent les billets ?

— Mais je croyais…

Je m'interromps. Qu'est-ce que je croyais, au juste ? Que la famille d'Ed était tellement riche qu'il participait simplement pour le plaisir ? Ou pour essayer de me battre ?

— Quand j'ai parlé du voyage à ma mère, elle m'a prévenu que si je voulais y aller, je devrais gagner la compétition.

— Alors tu as laissé passer ta chance pour…

— … pour toi.

Il me regarde droit dans les yeux.

— Mais, Ed, je ne suis même pas sûre de gagner !

— Peu importe. Tu méritais d'y aller plus que moi. Tu as travaillé dur pour en arriver là, et puis… j'ai vu ta chambre.

— Oh… C'est vrai que j'aime bien l'espace.

Mon euphémisme nous fait rire tous les deux. Puis nous restons un instant silencieux tandis que j'étudie le jardin défraîchi de papi.

— Il y a une autre raison pour laquelle j'ai fait ça…, reprend-il.

Quelque chose dans sa voix m'incite à baisser les yeux. Nos mains se touchent presque.

— Ah oui ?

— Je l'ai fait parce que je t'aime bien.

Il me prend la main et il est impossible qu'il s'agisse d'un contact accidentel. C'est une vraie étreinte : paume contre paume, doigts entrelacés… J'ai l'impression qu'un courant électrique me parcourt le bras jusqu'à la racine des cheveux.

Je relève la tête.

— Je t'aime bien aussi.

— *Vraiment ?*

— Euh… oui.

Puis il ajoute d'une traite :

— Tant mieux parce que je voulais te demander de sortir avec moi samedi prochain…

Une brise légère balaye le jardin et j'observe une poule gratter la terre à mes pieds.

— Le soir du bal ?

Il acquiesce.

— Je sais que tu as dit que tu ne sortirais jamais avec moi, même si un météore s'écrasait sur la Terre et qu'on était les deux seuls survivants…

— Un *astéroïde*, je corrige. Un météore est un corps extraterrestre qui se consume en entrant dans l'atmosphère…

— D'accord, intervient-il en me serrant la main. Donc, je sais que tu as dit que tu ne sortirais jamais avec moi même si un *astéroïde* s'écrasait sur la Terre et qu'on était les deux seuls survivants, mais… se pourrait-il que tu aies changé d'avis, Meg ?

Je pose les yeux sur lui et je ne peux pas m'empêcher de revoir l'air espiègle de Bella quand elle a parlé du fait qu'Ed voulait m'inviter au bal.

— Tu ne plaisantes pas, cette fois ?

— Je n'ai *jamais* plaisanté, Meg ! Je prévoyais vraiment de t'inviter, le jour où on est allés à l'université. Bella m'avait même fait réviser ce que je devais dire parce qu'elle savait que j'étais nerveux. Mais tu avais l'air tellement en colère contre moi à cause de cette histoire de Mega Snickers que je n'ai pas osé te le demander. C'est vraiment dur d'inviter quelqu'un à sortir. Sûrement plus que de comprendre la théorie de la relativité.

— La théorie de la relativité n'est pas si difficile à comprendre, je déclare. Il faut juste se souvenir que les lois de la physique ne changent jamais et…

— Meg !

— Oui ?

— Samedi prochain. Tu veux sortir avec moi, oui ou non ?

— Oui !

Je secoue la tête pour lui prouver que je le pense vraiment, et pour me convaincre, moi, Meg Clark, que je suis sur le point de me rendre courageusement à un rendez-vous galant !

Enfin, vous pouvez rayer le « courageusement »…

Mais je vais assurément me rendre à un rendez-vous galant… et peut-être même à Houston ! J'ai du mal à regarder Ed dans les yeux, alors je serre ses doigts entre les miens pour lui montrer à quel point je suis heureuse.

— Hé !

Une voix dans notre dos nous fait tourner la tête. Annie se tient devant la porte, en compagnie de Rose.

— Je rêve ou vous vous *tenez la main* ?

— Non, répond Ed en levant nos mains jointes dans les airs. Tu ne rêves pas !

Cinquante-six

La fête, parce que c'est bien une fête dont il s'agit, s'est déplacée dans le jardin.

Maman a préparé des fish and chips. Papi, installé sur une chaise longue, a fini par s'endormir après avoir consommé un mélange détonant de bière, d'antidouleurs et de poisson. Maman décide de rentrer prendre une douche, mais elle hésite en voyant Elsa s'amuser comme une folle et se promener parmi les invités en leur tendant des cadeaux bizarres comme des cailloux ou des fleurs écrasées.

— Ça me fait mal au cœur de l'emmener avec moi, déclare-t-elle tandis que Rose hisse ma petite sœur sur ses genoux.

Je propose de la lui ramener plus tard et le visage de maman s'illumine.

— Tu es sûre ?

— On ira peut-être faire un tour avant, j'ajoute.

Depuis qu'elle est rentrée, maman a pourvu à tous les besoins d'Elsa – elle lui a donné à manger, l'a consolée quand elle est tombée, lui a changé sa couche – et même si je suis soulagée de ne plus avoir à m'occuper d'elle, je me sens aussi un peu triste. J'ai envie de l'avoir à nouveau rien que pour moi, ne serait-ce qu'un instant.

Après le départ de maman, nous restons tous les cinq dans le jardin, à discuter par-dessus les ronflements de papi et la voix ténue de Nina Simone. Il y a encore quelques jours, je n'aurais jamais cru ça possible, mais à présent je me sens parfaitement à l'aise avec eux. Annie nous raconte l'échange qu'elle a eu avec un garçon nommé Alistair après la compétition.

— Il n'arrêtait pas de regarder mes béquilles, alors je me suis dit : peut-être qu'il vient d'une école de garçons et qu'il n'a pas souvent l'occasion de parler à des filles, et que du coup il ne sait pas quoi dire ? Mais ensuite il m'a sorti : « Tu savais que les poignées de tes béquilles avaient été développées par la NASA ? » Puis il a disparu !

— Il a raison, je confirme. C'était pour améliorer leur confort.

— C'est bon, arrête de ramener ta science, réplique Annie. Tu as déjà eu ton quart d'heure de célébrité.

— Au fait, comment ça s'est passé ? demande Rose.

Entre le retour de maman et la mission sauvetage de papi, nous avons à peine eu le temps d'en parler.

— Eh bien… J'ai plus ou moins laissé tomber mon discours pour en improviser un nouveau.

— *Quoi ?* s'exclame Ed en me dévisageant. Tu veux dire que j'ai abandonné mes chances de présenter un super-discours sur l'espace et l'environnement pour que tu puisses *improviser* ?

— Tu aurais dû l'entendre, intervient Annie. Elle a parlé de nous.

Les yeux d'Ed se plissent.

— C'est vrai ? Qu'est-ce que tu as dit ?

— Vous allez devoir patienter, je déclare. Les discours seront bientôt en ligne.

La sonnette retentit et Ed bondit sur ses pieds.

— C'est ma mère.

Un peu plus tôt, il s'est arrangé pour qu'elle vienne le chercher.

— Attends ! proteste Annie. Tu ne peux pas partir maintenant !

— Désolé, dit-il, mais il faut que j'y aille. Le moment est venu de me faire sermonner.

Nous échangeons un regard et un silence gêné s'installe dans le jardin. Annie lève les yeux au ciel.

— Raccompagne-le, andouille !

Ed me suit à travers la maison. Il n'y a personne derrière la porte d'entrée, mais je remarque une voiture bleue, garée le long du trottoir, à l'arrière de laquelle se trémousse le petit frère d'Ed. La femme assise au volant nous fait signe. Elle n'a pas l'air de vouloir sermonner qui que ce soit.

— Bon…, déclare Ed en se tournant vers moi.

Comment dit-on au revoir à quelqu'un qui vient de vous inviter à sortir… et dont la mère est en train de vous épier ?

— Hum… À plus.

À plus ?!

Il hoche la tête.

— On s'appelle ? propose-t-il avant de s'éloigner.

Je lance un « Merci ! » et il m'adresse une sorte de salut qui me fait sourire parce que c'est exactement le genre de geste que Buzz Aldrin aurait pu faire. Plus j'y pense, plus je me dis qu'Ed lui ressemble. Mon sourire s'étire sur mes lèvres. J'ai réussi à décrocher un rendez-vous avec le sosie d'un astronaute !

Je retourne dans le jardin en dansant et les trois autres me fixent d'un drôle d'air.

— Ouais, il est canon, lâche Annie. Félicitations. Maintenant, efface-moi ce sourire de ton visage, ça me donne envie de vomir.

Cinquante-sept

Une fois les autres partis, et après avoir réussi à convaincre papi que « piquer une tête dans le Jacuzzi » n'était pas une bonne idée, j'emmène Elsa faire une promenade sur le bord de mer.

Il est tard et le ciel nocturne se reflète dans les eaux sombres. Nous nous arrêtons dans une aire de jeux et je sors ma sœur de sa poussette pour m'asseoir avec elle sur une balançoire.

— Ça y est, maman est rentrée…

— Mamama, répond-elle en levant les yeux sur moi.

Puis elle sourit et tend la main pour attraper mon visage.

— Woh ! Il faut que je te coupe les ongles.

Mais je réalise que ce n'est plus à moi de le faire… Maman pourra s'en charger. Elsa se retourne vers la mer tandis que je commence à nous balancer lentement. Elle rit, et j'enfouis mon nez dans ses cheveux dont émanent des odeurs de savon et de Weetabix. Rose a raison. C'est la meilleure odeur au monde.

Je désigne la Lune, qui diffuse un halo argenté dans le ciel noir.

— C'est la Lune, dis-je. *Lune.*

— Beb, lâche-t-elle.

— Non, pas Meg, *Lune.*

Elle se plaque contre moi de tout son poids, m'incitant à nous balancer plus haut.

— Il y a presque cinquante ans, je reprends, deux hommes ont marché sur la Lune pour la première fois. Tu savais que la Lune a une odeur ? Quand les astronautes sont retournés dans leur module et qu'ils ont débarrassé leur combinaison de la poussière lunaire, une odeur de poudre à canon s'est répandue dans l'habitacle. Ensuite, ils ont découvert que le bouton dont ils avaient besoin pour quitter la Lune était cassé, alors Buzz Aldrin en a fabriqué un nouveau en plantant un stylo dans le tableau de bord.

Elsa s'appuie contre moi tandis que nous flottons dans les airs. Je prends une grande inspiration et contemple l'astre qui me fascine depuis que je suis toute petite.

— Je crois que la Lune est la plus belle chose qui existe. Après toi.

— Da, confirme Elsa, puis elle fait : « nun ».

— Quoi ?

— NUN ! dit-elle, avant de montrer le ciel.

Je suis son doigt et découvre qu'elle désigne la Lune éclatante.

— Nun ! Nun ! répète Elsa.

Mon cœur se gonfle de fierté.

— C'est ça, je murmure. C'est la Lune.

Cinquante-huit

— Mets-toi devant le miroir et relève la tête.

Je suis les consignes d'Annie. Nous discutons sur Skype et elle me sert à nouveau de CAPCOM pour mon rendez-vous avec Ed. Elle voulait venir à la maison, mais j'avais peur qu'elle ne dise quelque chose de gênant devant lui. Je vais avoir suffisamment à faire avec maman.

— Tu peux m'expliquer pourquoi je fais ça ? je demande.

— Pour vérifier que tu n'as pas de crottes de nez qui pourraient apparaître au cours de la soirée... Tu en vois ?

— Oh mon Dieu, *oui* !

Je me jette sur la boîte de mouchoirs.

— Bien, reprend-elle, maintenant grogne. Il faut s'assurer que tu n'as rien entre les dents.

Je m'exécute.

— Grrr... Rien à signaler.

— Je pense que tu es prête. Nerveuse ?

— J'ai mal au ventre.

— Ouais… OK, montre-moi ta tenue.

Je pose l'ordinateur sur le bureau et jette un dernier coup d'œil au miroir. Si étonnant que cela puisse paraître, j'ai mis une robe. À en croire Bella, c'est la tenue qui convient à ce genre d'événement.

Ça a été une semaine plutôt étrange au collège. Ed et moi avons beaucoup parlé et traîné ensemble, mais à aucun moment nous ne nous sommes pris la main. J'en suis même venue à me demander si je n'avais pas mal interprété ses intentions en m'invitant à ce bal, mais Annie m'a dit qu'il fallait que j'arrête de me faire des films.

Maman est allée acheter ma robe à Brighton. Je fais glisser mes doigts sur le tissu. Je suis à peu près certaine que personne d'autre ne portera une robe avec des planètes imprimées dessus.

— J'ai l'air de moi, mais dans une robe, je commente. Autrement dit, j'ai l'air bizarre.

— Pas bizarre, corrige Annie. Cosmique.

La sonnette retentit. Pongo aboie et maman passe en courant devant ma chambre.

— Dépêche-toi ! lance-t-elle.

— Oh mon Dieu ! je m'écrie en me tournant vers l'ordi. Il est là !

Annie est assise sur son lit dans une robe rouge vif. Son rat albinos, Alice, est roulé en boule sur son épaule.

— Waouh, dit-elle avec de grands yeux. C'est le moment, ma vieille.

— Souhaite-moi bonne chance.

— Hors de question. Je ne crois pas en ces conneries.

— Tu as raison. Souhaite-moi une issue logique.

— Et ce serait quoi ?

Sur le mur, Valentina Terechkova m'adresse son regard le plus sévère pour me rappeler qu'il vaut toujours mieux privilégier la vérité.

— Un baiser.

— Dans ce cas, va chercher ce baiser, fille de l'espace !

Puis elle se penche sur l'écran et disparaît. Annie n'est pas du genre à dire au revoir.

— *Meg !* crie maman depuis le couloir.

Je prends une grande inspiration, vérifie mon nez une dernière fois, puis sors de ma chambre. Dans l'entrée, maman retient Pongo et Elsa tandis que j'ouvre la porte.

Et Ed apparaît, le sourire aux lèvres, l'air totalement décontracté. Il porte un jean et un pull sous sa grosse parka. Un sac de sport repose sur son épaule.

— Waouh, Meg, tu...

Il fronce les sourcils devant ma robe.

— Quoi ?

— Tu vas avoir froid comme ça.

— J'ai un gilet, dis-je en attrapant celui-ci derrière la porte.

Maman adresse un immense sourire à Ed et je sais qu'elle meurt d'envie de lui parler. Il faut que je nous sorte de là avant qu'elle lui demande son signe astrologique ou qu'elle essaye de le toucher pour évaluer son énergie.

— Mais on va rester assis dehors pendant des heures, objecte Ed. L'astéroïde ne sera pas visible avant onze heures.

— L'astéroïde ? Mais… et le bal ?

J'étudie mes ongles. J'ai laissé maman les vernir spécialement pour l'occasion. Elle était aux anges.

— Pourquoi ne m'as-tu rien dit ?

Il sourit et hausse les épaules.

— Je voulais te faire une surprise. Tu m'as demandé de ne plus *jamais* parler du bal en ta présence.

— Il ne fallait pas le prendre au pied de la lettre.

— Peu importe, je n'avais pas l'intention de t'y emmener de toute façon. Tu as dit que tu détestais ça. J'ai pensé qu'on pourrait aller au parc. J'ai emprunté la tente de Raj et pris de la nourriture. On pourra même faire un feu.

Il hésite un instant.

— C'était une mauvaise idée ? Je me suis dit que ça te plairait…

Je dois me retenir de lui sauter au cou.

— C'est une *super*-idée. Je vais me changer !

Je retourne dans ma chambre, et, tandis que j'enfile un legging sous ma robe et cherche mon pull le plus chaud, j'entends maman proposer à Ed des sacs de couchage.

Quelques minutes plus tard, je suis prête. Avant de partir, je demande à maman :

— À quelle heure dois-je rentrer ?

— À l'heure que tu veux, du moment que vous faites attention à vous.

C'est plutôt cool d'avoir une mère ouverte d'esprit, finalement.

— Profitez bien de votre soirée ! ajoute-t-elle.

— Nun, nun ! s'exclame Elsa.

— Hé, dit Ed en me donnant un petit coup de coude alors que nous descendons l'escalier. Ça va ?

— Très bien, je réponds.

Puis, avant de changer d'avis, je glisse ma main dans la sienne et ses doigts se referment autour des miens.

Cinquante-neuf

Nous mettons près d'une heure à trouver l'endroit idéal, loin de la pollution lumineuse de la ville. Ed installe la tente pendant que je vais chercher des brindilles pour le feu.

— Tu as fait ça comme une pro, déclare-t-il en voyant le tas de bois savamment disposé.

— Ma mère adore faire des feux, alors j'ai l'habitude.

Je gratte une allumette et la glisse sous l'entrelacs de branches sèches.

— Waouh ! s'exclame-t-il quand les flammes se mettent à lécher les brindilles.

— Il faudra le laisser s'éteindre dans quelques heures, sinon on ne verra pas bien le ciel.

Nous nous asseyons sous la tente, épaule contre épaule, puis nous faisons griller des Chamallows. Au-delà du feu se dressent les silhouettes sombres des arbres. Le parc est silencieux. De temps à autre, nous entendons le couinement d'un petit animal ou un bruissement dans les feuillages.

— Tu ne préférerais pas être au bal ? je demande après un moment.

— Non, dit-il en haussant les épaules. Je n'ai pas besoin d'y aller, Bella me racontera tout demain.

Bella s'est montrée plus sympa avec moi, cette semaine, alors j'ai essayé d'en faire autant. Hier, par exemple, pendant notre expérience de physique, je lui ai demandé si je mesurais la longueur d'onde correctement et elle m'a regardée, bouche bée, avant de répondre : « C'est à *moi* que tu le demandes ? »

Je me tourne vers Ed. Sa capuche lui masque la moitié du visage.

— Je parie que tu aurais adoré porter un costume.

— C'est vrai, admet-il avec un sourire. Mais je n'ai pas besoin d'aller à un bal pour ça.

Je lève les yeux vers le ciel. La Lune est parfaitement visible. Je passe mes jumelles à Ed pour qu'il puisse observer ses cratères. De l'autre côté de la colline, un renard glapit.

— Je n'aurais jamais imaginé faire ça il y a encore quelques semaines, je confie.

— Moi si.

— Quoi ? Tu nous imaginais assis dans le parc sous la tente de Raj ?

— Peut-être pas sous sa tente, mais je nous voyais tous les deux, admirant les étoiles.

Un frisson d'excitation me parcourt et pour rompre le silence, je désigne le ciel :

— Regarde. C'est la galaxie d'Andromède.

Il faut une seconde à Ed pour la localiser avec les jumelles et je dois me rapprocher de lui pour l'aiguiller.

— À quelle distance se trouve-t-elle ? demande-t-il.

— Environ deux virgule cinq millions d'années-lumière.

— Et je suis en train de la regarder…, murmure-t-il, émerveillé.

— Tu ne la regardes pas *maintenant*. Tu la vois telle qu'elle était il y a deux virgule cinq millions d'années.

— Alors si un extraterrestre habitant cette galaxie observait la Terre avec un télescope, il ne nous verrait pas ?

— Il ne verrait aucun être humain. Nous ne sommes apparus que deux cent trente mille ans plus tard.

Ed baisse les jumelles et me regarde dans les yeux.

— Pourtant, on est là.

Nos visages ne sont qu'à quelques centimètres l'un de l'autre.

— Oui, on est là.

Il se penche vers moi et pose ses lèvres sur les miennes. Le courant que je sens vibrer entre nous depuis des jours, des semaines, voire des années, se transforme en explosion qui se propage dans tout mon corps. Ses mains m'attirent contre lui et je m'agrippe à son manteau pour lui rendre son baiser. Je sens le goût des Chamallows sur ses lèvres, étrangères et pourtant si familières à la fois. J'embrasse Ed King, il m'embrasse en retour, et, en cet instant, j'apprécie vraiment ma vie sur la planète Terre.

Soixante

— Ouvre-la !

Maman, Elsa et Pongo se sont entassés sur mon lit. Elsa agite une enveloppe sous mon nez. Une épaisse enveloppe marron frappée du logo de la NASA. Maman l'arrache des mains de ma petite sœur et me la tend. Je fais glisser mes doigts sur le papier rugueux.

— Je ne pense pas avoir gagné, maman. C'est sûrement une mauvaise nouvelle.

— Regarde comme elle est épaisse, commente-t-elle. De combien de mots ont-ils besoin pour dire : « Dommage, vous avez perdu » ? Pas beaucoup. En revanche, s'il faut inclure des informations sur les vols et les hôtels…

— Tu crois ?

— Absolument ! Mais il n'y a qu'un seul moyen de le savoir…

Elsa bondit sur mon lit, mes planètes tournent sur leur mobile et les cinquante-neuf femmes astronautes accrochées au mur me sourient.

— J'ai vraiment envie d'y aller, dis-je en soulevant le coin de l'enveloppe. Plus que tout au monde.

Je crois que maman sait que je ne parle pas seulement de Houston.

— Mais si je n'ai pas gagné, je n'abandonnerai pas. Ce n'est que le début.

Maman me sourit et plaque ses mains sur ses yeux, incapable d'en voir davantage.

Je respire un grand coup et ouvre soigneusement l'enveloppe. Je sors les feuilles pliées en deux et les lisse sur mes genoux.

— *Chère Megara*..., lis-je à voix haute.

Je lis et relis la phrase qui suit, encore et encore.

— Parée au décollage ? demande maman.

Je lève les yeux sur elle. Un immense sourire se dessine sur mes lèvres.

Composition et mise en pages
Nord Compo à Villeneuve-d'Ascq

Achevé d'imprimer en juillet 2018
par CPI Firmin Didot au Mesnil-Sur-l'Estrée
Dépôt légal : août 2018
N° 139627-1 (147164)

Imprimé en France